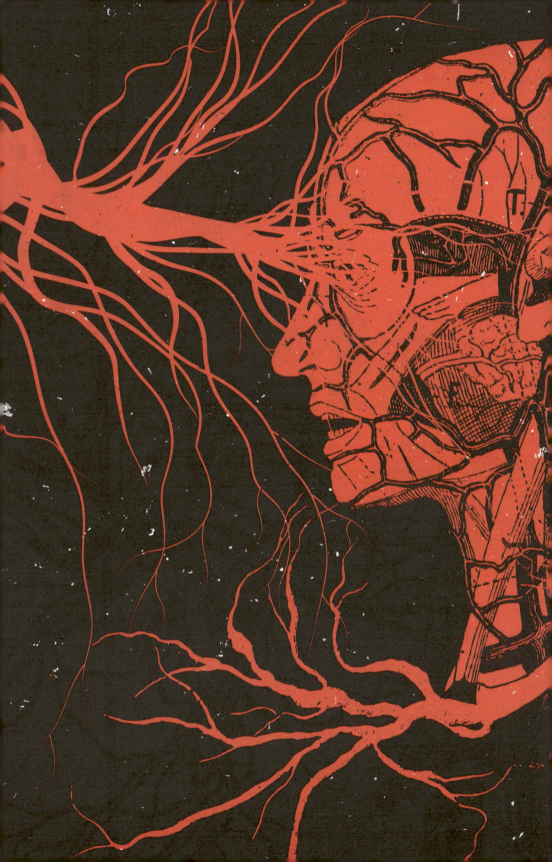

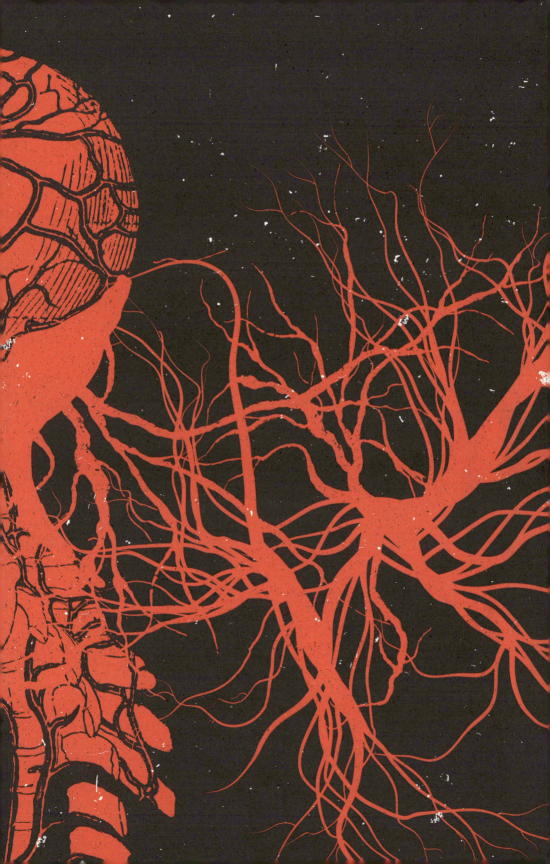

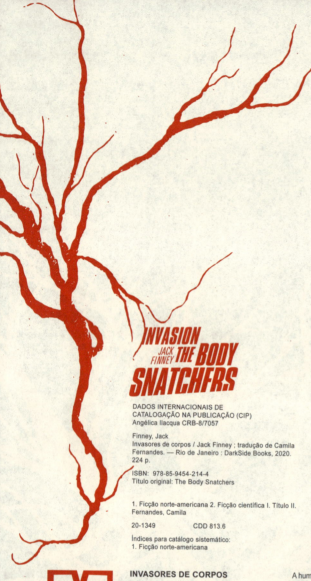

DADOS INTERNACIONAIS DE
CATALOGAÇÃO NA PUBLICAÇÃO (CIP)
Angélica Ilacqua CRB-8/7057

Finney, Jack
Invasores de corpos / Jack Finney ; tradução de Camila
Fernandes. — Rio de Janeiro : DarkSide Books, 2020.
224 p.

ISBN: 978-85-9454-214-4
Título original: The Body Snatchers

1. Ficção norte-americana 2. Ficção científica I. Título II.
Fernandes, Camila

20-1349   CDD 813.6

Índices para catálogo sistemático:
1. Ficção norte-americana

INVASORES DE CORPOS
INVASION OF THE BODY SNATCHERS
Copyright © 1954, 1955, 1978 by Jack Finney
Tradução para a língua portuguesa
© Camila Fernandes, 2020
Crédito p. 212-224 © Allied Artists Pictures,
Invasion of the Body Snatchers, 1956.
Ilustração e Capa © Anders Røkkum & Retina78

A humanidade se abala, se isola, se protege, se cura e triunfa sobre um inimigo invisível que ameaça a nossa existência. Que os irmãos e irmãs das mais de cem mil almas ceifadas neste processo encontrem luz e paz. Essa colheita sinaliza a força e adaptação de cada ser humano disposto a construir um novo mundo sobre as velhas ruínas, e honra a todos que aqui sonharam.

Fazenda Macabra
Reverendo Menezes
Pastora Moritz
Coveiro Assis
Caseiro Moraes

Leitura Sagrada
Alexandre Boide
Clarissa Rachid
Jéssica Reinaldo
Tinhoso e Ventura

Direção de Arte
Macabra

Impressão
Braspor

Colaborador
Irmão Chaves

A toda Família DarkSide

MACABRA™
D A R K S I D E

Todos os direitos desta edição reservados à
DarkSide® Entretenimento Ltda. • darksidebooks.com
Macabra™ Filmes Ltda. • macabra.tv

© 2020, 2024 MACABRA/ DARKSIDE

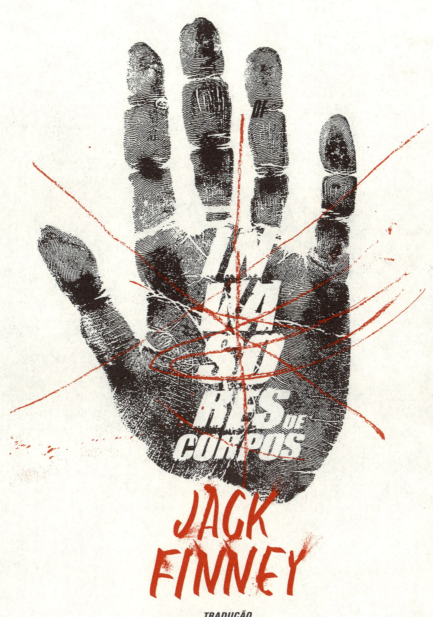

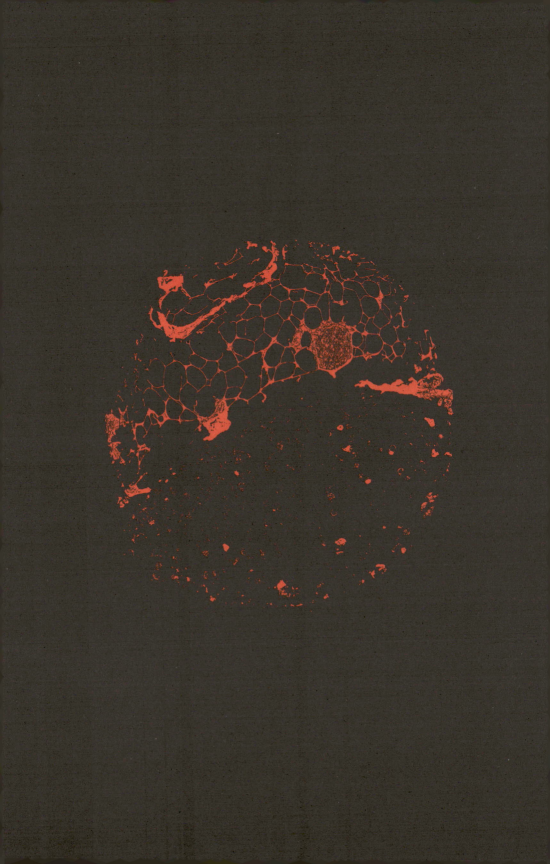

*Para minha mãe e meu pai,
sr. e sra. Frank D. Berry*

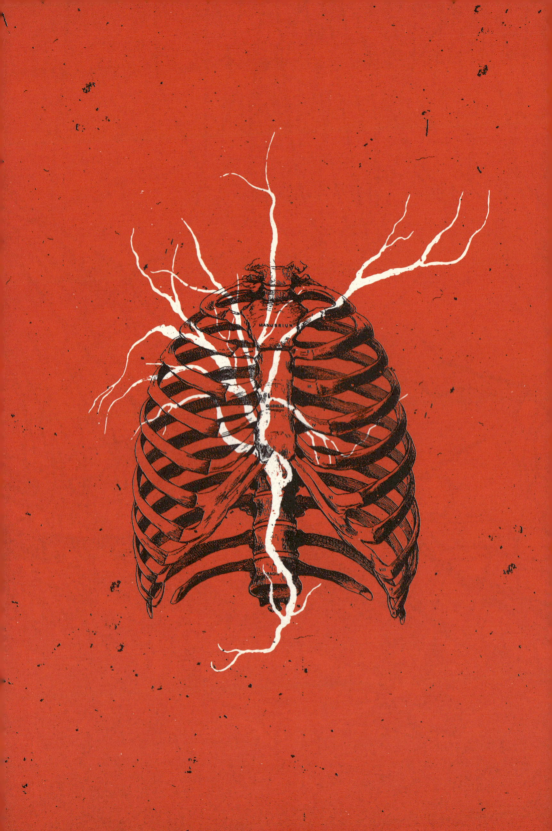

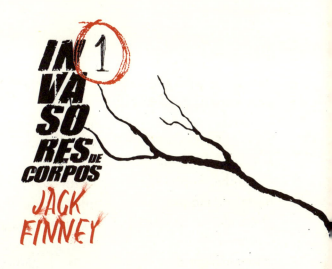

1

INVASORES DE CORPOS
JACK FINNEY

Fica o aviso: isso que você está começando a ler agora está cheio de pontas soltas e perguntas sem resposta. A história não é do tipo de final bem amarradinho, com todas as questões resolvidas e explicações satisfatórias. Pelo menos, não de minha parte. Não posso afirmar que sei exatamente o que aconteceu, ou o motivo, ou como começou e terminou, se é que terminou; apesar de estar bem no meio dos acontecimentos. Então, se você não gosta desse tipo de história, honestamente, é melhor não ler. Tudo o que posso fazer é contar aquilo que sei.

Para mim, começou por volta das seis horas de uma tarde de quinta, 13 de agosto de 1953, quando me despedi do meu último paciente — com uma luxação no polegar — pela porta lateral do meu consultório, com a sensação de que o dia ainda não tinha acabado. E quem me dera não ser médico, porque geralmente acerto quando tenho esse tipo de palpite. Tirava férias com a certeza de que voltaria dentro de um ou dois dias; foi mesmo o que fiz, por causa de uma epidemia de sarampo. Ia para a cama morto de cansaço, sabendo que acordaria dali poucas horas para atender a uma chamada na zona rural; foi o que fiz muitas vezes, e sei que vou fazer novamente.

Agora, sentado à minha mesa, acrescentei uma anotação ao prontuário do paciente, tomei um brandy medicinal, fui ao banheiro e preparei um drinque, coisa que quase nunca fazia. Mas naquela noite eu fiz um e, na janela atrás da minha mesa, em pé, observando a Main Street, tomei um gole. Naquela tarde, eu fizera uma apendicectomia de emergência, não tinha almoçado e estava de mau humor. Ainda não estava acostumado a tantas surpresas e queria ter algo divertido para fazer naquela noite, para variar.

Então, quando ouvi as batidas leves na porta da recepção, minha vontade foi de permanecer imóvel até quem quer que estivesse ali fosse embora. Poderia agir assim com qualquer outra profissão, menos na minha. Minha enfermeira tinha ido para casa — provavelmente havia corrido para a escada antes mesmo de o último paciente sair, chegando bem antes dele lá embaixo — e agora, neste instante, com o pé apoiado no aquecedor abaixo da janela, simplesmente bebi meu drinque, olhando a rua e fingindo que não atenderia, enquanto a batida suave recomeçava. Ainda demoraria a escurecer, mas a luz do dia já havia diminuído. Algumas lâmpadas de neon se acenderam, e, lá fora, a Main Street estava vazia — por aqui, quase todo mundo janta às seis — e eu me sentia sozinho e deprimido.

Então ouvi as batidas outra vez, deixei a bebida na mesa, saí do consultório, destranquei a porta e a abri. Creio que pisquei algumas vezes, tolo e boquiaberto, porque Becky Driscoll estava lá.

"Olá, Miles." Ela sorriu, contente com a surpresa e satisfação estampadas no meu rosto.

"Becky", murmurei, com um passo para o lado para deixá-la entrar, "que bom ver você. Entre!" Abri um sorriso, e Becky passou por mim, atravessando a recepção rumo ao meu consultório. "O que é isso?", perguntei, fechando a porta, "uma consulta profissional?" Estava tão aliviado e feliz que exagerei na animação. "As apendicectomias estão em promoção nesta semana", gritei alegremente. "É melhor fazer um estoque!", e ela me olhou e sorriu. Sua aparência, notei ao segui-la, continuava maravilhosa. Becky tem um esqueleto bem formado, recoberto lindamente pela carne; já escutei as mulheres dizerem que ela é larga demais nos quadris, mas nunca ouvi um homem comentar isso.

"Não", Becky parou à minha mesa e se virou para responder à minha pergunta, "não é bem uma consulta."

Peguei meu copo, erguendo-o contra a luz. "Eu bebo o dia inteiro, como todo mundo sabe. Principalmente em dia de cirurgia. E todos os pacientes têm que beber comigo... que tal?"

O copo quase escorregou por entre meus dedos, porque Becky soluçou, um arfar seco e profundo, inalando o ar freneticamente. Seus olhos se encheram de lágrimas brilhantes e repentinas, e ela se virou às pressas, curvando os ombros, levando as mãos ao rosto. "Eu bem que estou precisando", mal conseguiu responder.

"Sente-se", eu disse em seguida, com uma voz gentil, e Becky se jogou na poltrona de couro diante da mesa. Fui ao banheiro, preparei um drinque para ela sem pressa, voltei e deixei o copo na mesa com tampo de vidro à sua frente.

Em seguida contornei a mesa e me sentei diante dela, recostando-me na cadeira giratória e, quando Becky olhou para mim, apontei com o queixo para o copo, incentivando-a a beber, enquanto dava um gole do meu, sorrindo para ela por cima da borda, deixando-a se recompor. Pela primeira vez desde que entrou, eu a olhei de fato. Vi que tinha o mesmo rosto bonito, com ossos proeminentes e bem torneados sob a pele; os mesmos olhos inteligentes e amáveis, as pálpebras um pouco vermelhas agora; os mesmos lábios fartos e belos. Seu cabelo estava diferente, mais curto ou coisa assim; mas tinha o mesmo tom castanho-escuro, quase preto, grosso e volumoso, e parecia naturalmente ondulado, embora não fosse desse jeito na minha lembrança. Ela havia mudado, claro; não era mais alguém de dezoito anos, mas de vinte e tantos, e não aparentava ter mais nem menos. Mas ainda era a mesma garota que conheci no ensino médio; havíamos saído algumas vezes no meu último ano. "Que bom ver você de novo, Becky", repeti, saudando-a com o copo e sorrindo. Então tomei um gole, abaixando o olhar. Queria que ela falasse alguma outra coisa, antes de contar qual era o problema.

"É bom ver você, Miles." Becky respirou fundo e se recostou na poltrona, com o copo na mão; ela sabia o que eu estava fazendo, e seguiu a minha deixa. "Lembra aquela vez em que você foi me buscar? A gente ia a uma festa no clube, e você estava com algo na testa."

Eu me lembrava, mas ergui as sobrancelhas de forma questionadora.

"Você tinha escrito M.B. AMA B.D. na testa com tinta vermelha ou batom ou alguma coisa assim. Disse que ia à festa desse jeito. Tive que insistir para você apagar aquilo."

Eu sorri. "É, eu lembro." E me lembrei de outra coisa. "Becky, ouvi falar do seu divórcio, claro; e lamento muito."

Ela assentiu. "Obrigada, Miles. E eu ouvi sobre o seu; também lamento muito."

Dei de ombros. "Acho que estamos no mesmo barco."

"É." Ela foi direto ao assunto. "Miles, vim falar da Wilma." Wilma era sua prima.

"Qual é o problema?"

"Não sei." Becky olhou para o copo por um momento, depois para mim outra vez. "Ela está sofrendo de um...", ela hesitou; as pessoas detestam dar nomes a essas coisas. "Bem, acho que dá para chamar de delírio. Você conhece o tio dela... tio Ira?"

"Conheço."

"Miles, Wilma diz que ele *não é* o tio dela."

"Como assim?" Tomei um gole. "Que eles não são parentes de verdade?"

"Não, não." Ela balançou a cabeça, impaciente. "O que eu quis dizer", um ombro se encolheu num gesto confuso, "é que a Wilma acha que ele é um impostor ou coisa parecida. Alguém que só é *parecido* com Ira."

Fiquei olhando para Becky. Eu não estava entendendo; Wilma tinha sido criada pela tia e pelo tio. "Mas ela não saberia a diferença?"

"Não. Disse que ele tem a mesma aparência do tio Ira, fala como ele, age como ele... tudo isso. Mas ela sabe que não é ele. Miles, estou muito preocupada!" As lágrimas voltaram a seus olhos.

"Continue bebendo", murmurei, indicando seu copo, e tomei um grande gole do meu, me recostei na cadeira e olhei para o teto, refletindo. Wilma tinha lá seus problemas, mas era racional e inteligente; e tinha cerca de trinta e cinco anos. Com bochechas vermelhas, era baixa e roliça, nem um pouco bonita; nunca se casou, o que é uma pena. Tenho certeza de que gostaria, e acho que teria sido uma boa esposa e mãe, mas a vida é assim. Ela administrava a biblioteca local e a loja de cartões comemorativos, e fazia um ótimo trabalho. Ela vivia disso, o que não é lá muito fácil numa cidade pequena. Wilma não se tornou azeda nem amarga; era perspicaz e de uma ironia cínica; sabia como o mundo funcionava e não tinha ilusões. Não me parecia provável que se afetasse por perturbações mentais, mas nunca se sabe. Olhei para Becky outra vez. "O que você quer que eu faça?"

"Vá até lá hoje à noite, Miles." Ela se inclinou por cima da mesa, implorando. "Agora mesmo, se você puder, antes que escureça. Quero que você veja o tio Ira, fale com ele; você o conhece há anos."

Eu estava com o copo a caminho da boca, mas o deixei novamente na mesa, encarando Becky. "Como assim? Do que está falando, Becky? Você acha que ele não é Ira?"

Ela corou. "Mas é claro que acho!" De repente, começou a morder os lábios e balançar a cabeça, impotente, de um lado para o outro. "Ah, eu não sei, Miles, não sei. Com certeza é o tio Ira! *Claro* que é, mas... é que Wilma está tão *convicta*!" Ela até contorceu as mãos, o tipo de coisa que a gente leu que acontece, mas raramente vê. "Miles, não sei o que está acontecendo lá!"

Eu me levantei e contornei a mesa para ficar ao lado da cadeira dela. "Bem, vamos lá ver", respondi delicadamente. "Fique calma, Becky", e coloquei a mão em seu ombro para confortá-la. O ombro debaixo do vestido de verão era firme, arredondado e quente, e tirei a mão. "O que quer que esteja acontecendo, existe um porquê, e vamos descobrir o que é e dar um jeito. Venha."

Eu me virei, abri o armário ao lado da mesa para pegar o chapéu e me senti idiota. Porque meu chapéu estava onde eu sempre o deixo: na cabeça de Fred. Fred é um esqueleto bem polido e articulado, e o guardo no armário ao lado de um menor, feminino; não posso deixá-los à vista no consultório para não assustar os pacientes. Meu pai me deu Fred de Natal no meu primeiro semestre na faculdade de medicina. Um esqueleto é muito útil para um estudante de medicina, claro, mas acho que a verdadeira razão de meu pai foi porque poderia mandá-lo numa caixa enorme, com 1,80 m de comprimento, embalada em tecido e amarrada com fitas vermelha e verde — e foi exatamente o que fez. Onde ele arranjou uma caixa daquele tamanho, não sei. Agora, Fred e sua companheira estão no armário do meu consultório e, claro, sempre coloco o chapéu naquela cabeça polida e braquicéfala. Minha enfermeira acha engraçado, e isso provocou um sorrisinho também em Becky.

Encolhi os ombros, peguei o chapéu e fechei a porta. "Às vezes acho que sou palhaço demais; logo as pessoas não vão confiar em mim nem para receitar aspirina para resfriado." Liguei para o serviço telefônico, informei aonde íamos e saímos para dar uma olhada no tio Ira.

Só para que fique claro: meu nome completo é Miles Boise Bennell, tenho vinte e oito anos e sou médico em Santa Mira, na Califórnia, há pouco mais de um ano. Antes fui residente, e, antes ainda, estudei na Faculdade de Medicina de Stanford. Nasci e cresci em Santa Mira. Meu pai era médico aqui antes de mim, e dos bons, por isso não tive muita dificuldade para conseguir pacientes.

Meço 1,80 m, peso 74 kg, tenho olhos azuis e cabelo preto, meio ondulado e muito grosso, embora já com um leve começo de calvície no alto da cabeça; é de família. Não me preocupo com isso; não há nada que possa fazer mesmo, embora todo mundo pense que os médicos poderiam dar um jeito nisso. Jogo golfe e nado sempre que posso, por isso estou sempre bronzeado. Me divorciei cinco meses atrás e fui morar sozinho numa casa de madeira, grande e antiga, cercada de grama e muitas árvores altas. Era a casa dos meus pais antes de morrerem, e agora é minha. É isso. Tenho um Ford conversível 1952, desses verdes e elegantes, porque não conheço nenhuma lei que obrigue um médico a ter um cupê compacto preto.

Entramos na Dewey Avenue, e o tio Ira estava no gramado na frente da casa. É uma via comprida, larga e tranquila, com todas as casas distantes umas das outras e bem recuadas da calçada. Eu estava com a capota abaixada e, quando encostamos no meio-fio, o tio Ira ergueu o olhar ao nos ver e acenou. "Boa noite, Becky. Oi, Miles", cumprimentou sorrindo.

Respondemos com outro aceno, e saímos do carro. Becky percorreu o caminho até a casa, falando animadamente com o tio Ira ao passar. Caminhei pelo gramado na direção dele de forma casual, com as mãos nos bolsos, sem pressa. "Boa noite, sr. Lentz."

"Como vai o trabalho, Miles? Matou muita gente hoje?" E sorriu como se fosse uma piada nova.

"O máximo que pude." Eu sorri e parei ao lado dele. Essa era nossa conversa toda vez que nos encontrávamos na cidade, e agora eu estava de pé, olhando-o nos olhos, com seu rosto a menos de um metro do meu.

O clima estava agradável, a temperatura por volta dos dezoito graus, e a iluminação estava boa; não a luz plena do dia, mas ainda havia sol. Não sei exatamente o que achei que veria, mas estava claro que aquele era o tio Ira, o mesmo sr. Lentz que conheci quando criança, entregando um jornal noturno no banco todas as noites. Na época, ele era o chefe dos caixas — agora está aposentado — e sempre me incentivava a depositar o enorme lucro que eu obtinha com a entrega do jornal. Ainda tinha praticamente a mesma aparência, porém com quinze anos a mais e cabelo branco. Ele é grande, mede muito mais de 1,80 m, e agora falta um pouco de firmeza no andar, mas ainda é vigoroso, de olhar inteligente. E era ele, ninguém mais, parado ali no gramado ao cair da noite, e comecei a ficar apreensivo com Wilma.

Conversamos sobre nada de mais — política local, clima, negócios, a nova rodovia estadual que planejavam construir cortando a cidade — e estudei cada ruga e poro de seu rosto, ouvi cada tom e inflexão de sua voz, alerta a todo movimento e gesto. Mas não se é possível fazer duas coisas ao mesmo tempo, e ele percebeu. "Você está preocupado ou tem algo errado, Miles? Parece meio distraído hoje."

Eu sorri e dei de ombros. "Estou só levando o trabalho para casa comigo, acho."

"Não faz isso, garoto; eu nunca fiz. Esquecia tudo a respeito do banco no momento em que punha o chapéu à noite. É claro que assim ninguém chega a ser presidente." Ele sorriu. "Mas o presidente já morreu, e eu ainda estou vivo."

Que diabo, era o tio Ira, cada fio de cabelo, cada ruga, cada palavra, movimento e ideia, e eu me senti um idiota. Becky e Wilma saíram e sentaram no balanço da varanda, e acenei para elas, depois fui na direção da casa.

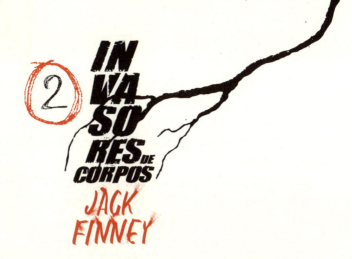

2
INVASORES DE CORPOS
JACK FINNEY

Wilma esperou no balanço com Becky, sorrindo amigavelmente até eu chegar aos degraus, depois disse baixinho: "Que bom que você veio, Miles".

"Olá, Wilma, que bom ver você." Eu sentei de frente para elas na balaustrada larga da varanda, com as costas apoiadas na coluna branca.

Wilma me encarou, inquisitiva, depois olhou para o tio, que tinha voltado a ajeitar o gramado. "E então?", perguntou ela.

Também olhei para Ira, depois para Wilma. Assenti com a cabeça. "É ele, Wilma. É o seu tio, sim."

Ela balançou a cabeça como se esperasse exatamente essa resposta. "Não é", resmungou, mas falou em voz baixa — não discutindo, apenas afirmando um fato.

"Bem", respondi, apoiando a cabeça na coluna atrás de mim, "vamos por partes. Afinal, seria difícil enganar você, que vive com ele há anos. Como sabe que não é o tio Ira, Wilma? Quais são as diferenças?"

Por um momento, a voz dela ficou mais aguda e tomada de pânico. "É disso que estou falando!" Mas Wilma se acalmou na mesma hora, inclinando-se em minha direção. "Miles, não há nenhuma diferença visível. Eu esperava que você encontrasse alguma, quando Becky me disse que você estava aqui... que você visse algum tipo de diferença. Mas é claro que não viu, porque não há nada para ver. Olhe só para ele."

Todos viramos para o gramado novamente; o tio Ira chutava inutilmente com a lateral do pé uma erva daninha ou pedra ou qualquer outra coisa enterrada na grama. "Cada gesto, tudo nele é exatamente igual ao meu tio." Com o rosto ainda vermelho e redondo como um círculo, mas agora marcado pela ansiedade, Wilma me encarava com olhos atentos. "Eu estava esperando este dia, hoje", sussurrou. "Esperando que ele cortasse o cabelo, e ele finalmente fez isso." Mais uma vez ela se inclinou em minha direção, com os olhos arregalados, falando em um murmúrio sibilante. "Há uma pequena cicatriz na nuca de Ira, ele teve um furúnculo ali, e o pai dele o cortou. Não dá para ver a cicatriz", cochichou, "quando ele demora para cortar o cabelo. Mas, quando ele raspa o pescoço, dá para ver. Bem, hoje — eu estava esperando por isso! — hoje ele cortou o cabelo..."

Eu me inclinei para a frente, de repente me sentindo agitado. "E a cicatriz sumiu? Quer dizer que..."

"Não!", exclamou ela, quase indignada, com os olhos faiscando. "Está *lá*, a cicatriz, exatamente como a do tio Ira!"

Por um tempo, eu não respondi. Observando a ponta do meu sapato, não me atrevi a olhar para Becky e, por um momento, não consegui encarar a pobre Wilma. Então levantei a cabeça, olhei-a nos olhos, e disse: "Então veja bem, Wilma, é o tio Ira. Não está vendo? Não importa o que você sinta, ele *é*...".

Ela sacudiu a cabeça e se recostou no balanço. "Não é."

Por um instante, fiquei surpreso, abalado; não conseguia pensar em mais nada para dizer. "Onde está sua tia Aleda?"

"Está tudo bem; ela está no andar de cima. É só não deixar que *ele* escute."

Fiquei mordendo o lábio, tentando pensar. "E os hábitos dele, Wilma?", perguntei. "O jeito de ser?"

"Tudo igual ao tio Ira. Idêntico."

Claro que não deveria perder a paciência, mas por um instante isso aconteceu. "Bem, *qual* é a diferença, então? Se não tem nenhuma, como você pode dizer..." Eu me acalmei na mesma hora e tentei ser construtivo. "Wilma, e as lembranças? Deve haver pequenas coisas que só você e o tio Ira saberiam."

Apoiando os pés no chão, ela começou a sacudir levemente o balanço, espiando o tio Ira, que agora olhava para uma árvore, como se imaginasse se ela precisava de poda. "Eu testei isso também", respondeu em voz baixa. "Conversei com ele sobre quando eu era criança." Ela suspirou, tentando inutilmente, e sabendo que era inútil, me fazer entender.

"Uma vez, anos atrás, ele me levou até uma loja de ferragens. Tinha uma porta em miniatura, instalada numa pequena moldura, em cima do balcão, uma propaganda de algum tipo de fechadura, eu acho. Com dobradiças pequeninas, maçaneta em miniatura, até mesmo uma aldrava minúscula de latão. Bem, eu queria a portinha, claro, e fiz a maior birra quando não consegui. Ele se lembra disso, de cada detalhe. O que eu falei, o que o vendedor respondeu, o que ele disse. Até o nome da loja, que já fechou há anos. Ele se lembra de coisas que eu tinha esquecido completamente — uma nuvem que vimos no final de uma tarde de sábado, quando ele foi me buscar no cinema depois da matinê. Tinha forma de coelho. Ah, ele se lembra, sim... de tudo. Exatamente como o tio Ira lembraria."

Sou clínico geral, não psiquiatra, estava fora da minha área e sabia disso. Por alguns instantes, fiquei só olhando os dedos entrelaçados e as costas das minhas mãos, ouvindo as correntes do balanço rangerem calmas.

Tentei mais uma vez, em voz baixa e no tom mais persuasivo de que fui capaz, lembrando-me de não ser condescendente com Wilma e de que, o que quer que tivesse acontecido à mente dela, ainda era uma pessoa inteligente. "Olhe só, Wilma, estou do seu lado; cuidar de gente com problemas é o meu trabalho. Isso é um problema e precisa ser resolvido, e você sabe disso tanto quanto eu, e vou encontrar um jeito de ajudar. Agora, preste atenção. Não espero nem peço que concorde comigo, assim do nada, que tudo isso foi um engano, que no fim das contas esse é o tio Ira e você não sabe o que pode ter acontecido. Quer dizer, não espero que você *emocionalmente* pare de sentir que esse não é o seu tio. Mas quero que *perceba* que ele é seu tio, não importa o que sinta, e que o problema está em você. É absolutamente impossível que duas pessoas tenham a mesma aparência, não importa o que você tenha lido em histórias ou visto nos filmes. Até mesmo os gêmeos idênticos podem ser identificados — sempre — por quem os conhece bem. Ninguém poderia fingir que é o seu tio Ira por mais que um instante, sem que você, Becky ou até eu víssemos milhares de pequenas diferenças. Perceba isso, Wilma, pense nisso e coloque na sua cabeça, e assim vai entender que o problema está dentro de você. E aí vamos poder fazer alguma coisa a respeito."

Fiquei apoiado à coluna da varanda — tinha feito tudo o que podia — e esperei por uma resposta.

Ainda balançando levemente, com o pé empurrando o chão no mesmo ritmo, Wilma pensou no que eu acabara de dizer. Então — com os olhos passeando distraídos pela varanda — ela franziu os lábios e sacudiu a cabeça devagar, negando.

"*Escute* aqui, Wilma." Eu cuspi as palavras, inclinando-me bem para a frente, atraindo seu olhar. "Sua tia Aleda perceberia! Não está vendo? Ninguém poderia enganá-la, logo ela! O que sua tia acha? Já falou com ela sobre isso?"

Wilma não fez mais que sacudir a cabeça outra vez, virando-se para olhar para o nada do outro lado da varanda.

"Por que não?"

Ela se voltou lentamente para mim; por um momento, olhou nos meus olhos e, de repente, as lágrimas escorreram por seu rosto roliço e franzido. "Porque... Miles... ela também não é minha tia Aleda!" Por um instante, ela me encarou de boca aberta em horror absoluto; depois, se é que alguém consegue gritar num sussurro, foi o que ela fez. "Ah, meu *Deus*, Miles, será que estou ficando louca? Diga, Miles, diga; não me poupe, eu tenho que *saber*!" Becky segurava a mão de Wilma, apertando-a, com o rosto contorcido de compaixão agoniada.

Abri um sorriso deliberado para Wilma, olhando em seus olhos, como se tivesse certeza do que estava falando. "Não", respondi com firmeza, "não está." Estendi a mão para colocá-la sobre a dela, fechada na corrente do balanço. "Mesmo nos dias de hoje, Wilma, enlouquecer não é tão fácil quanto você pode imaginar."

Numa voz quase calma, Becky disse: "Sempre ouvi dizer que, se você acha que está ficando louco, não está".

"Isso é bem verdade", afirmei, embora não seja. "Mas, Wilma, você não precisa perder a cabeça para precisar de ajuda psiquiátrica. Qual é o problema? Hoje em dia, isso não é nada, e muita gente tem procurado..."

"Você não entendeu." Ela ficou sentada olhando o tio Ira, a voz inexpressiva e baixa. Então, apertando a mão de Becky em agradecimento, retirou a própria mão e se voltou para mim, sem chorar, e falou com voz firme.

"Miles, ele parece o Ira, fala, age e lembra tudo o que o Ira lembraria. Por fora. Mas *por dentro* ele está diferente. Suas reações...", ela parou, procurando a palavra, "... estão *emocionalmente* erradas, se é que dá para explicar assim. Ele se lembra do passado em detalhes, sorri e diz: 'Você com certeza era uma menina bonita, Willy. E muito inteligente', do jeito que o tio Ira fazia. Mas *falta* alguma coisa, e isso também vem acontecendo com a tia Aleda." Wilma se interrompeu, olhando para o nada outra vez, com a expressão concentrada, obstinada, depois continuou. "O tio Ira foi um pai para mim, desde a infância, e, quando ele falava da minha infância, Miles, tinha *sempre* um brilho especial nos olhos mostrando que se lembrava de como aquela época foi maravilhosa para ele. Miles, esse brilho, bem no fundo dos olhos, desapareceu. Com esse... *esse* tio Ira, ou quem quer que ele seja, tenho a sensação, a *certeza*, Miles, de que ele está falando de modo mecânico. Os fatos relacionados às lembranças do tio Ira estão todos na mente dele, até os mínimos detalhes, prontos para ser recordados, mas as emoções não. Não existe emoção *nenhuma*, só uma simulação. As palavras, os gestos, os tons de voz, tudo... mas não o sentimento."

A voz dela de repente se tornou firme e autoritária: "Miles, com ou sem lembranças, com ou sem a aparência, possível ou impossível, esse não é meu tio Ira".

Agora, não havia mais nada a dizer, e Wilma sabia disso tão bem quanto eu. Com um sorriso, ela levantou e disse: "É melhor encerrarmos a conversa, caso contrário", ela apontou para o gramado, "ele vai começar a desconfiar".

Eu continuava confuso. "Desconfiar do quê?"

"Desconfiar", respondeu paciente, "que eu suspeito dele." Estendeu a mão para mim, e eu a apertei. "Você me ajudou, Miles, de forma consciente ou não, e não quero que se preocupe demais comigo." Ela se voltou para Becky. "Nem você." Wilma sorriu. "Sou durona; vocês sabem disso. Vou ficar bem. E, se você quiser que eu vá falar com o tal psiquiatra, Miles, eu vou."

Assenti, disse que marcaria uma consulta para ela com o dr. Manfred Kaufman, o melhor profissional que conheço, em Valley Springs, e que telefonaria de manhã. Murmurei algumas bobagens sobre relaxar, ficar calma, não se preocupar e assim por diante, e Wilma sorriu amavelmente e apoiou a mão no meu braço como a mulher faz quando perdoa o homem por ter fracassado. Depois, agradeceu a Becky por ter vindo, avisou que queria ir logo para a cama, e eu disse a Becky que a levaria para casa.

Voltando ao carro, passamos pelo tio Ira, e eu disse: "Boa noite, sr. Lentz".

"Boa noite, Miles; apareça mais vezes." Ele sorriu para Becky, mas, ainda falando comigo, disse: "Que bom ter Becky de volta, não é?", e deu até uma piscadinha.

"Pois é." Eu sorri, e Becky murmurou um boa-noite.

No carro, perguntei se ela gostaria de fazer alguma coisa, jantar em algum lugar, talvez, mas não me surpreendi quando preferiu ir para casa.

Ela morava a apenas três quarteirões dali, no caminho para minha casa, na residência branca, espaçosa e antiga de madeira onde seu pai nascera. Quando paramos no meio-fio, Becky perguntou: "Miles, o que você acha? Ela vai ficar bem?".

Eu hesitei, depois encolhi os ombros. "Não sei. Sou médico, segundo meu diploma, mas não sei qual é o problema da Wilma. Poderia começar a falar em jargão psiquiátrico, mas a verdade é que isso está fora da minha alçada, e dentro da de Mannie Kaufman."

"Bem, você acha que ele pode ajudá-la?"

Às vezes a sinceridade precisa de um limite, então respondi: "Acho. Se alguém pode ajudá-la, é Mannie. É...", parei um segundo, "acho que pode, sim". Mas na verdade eu não sabia.

À porta de Becky, sem ter planejado, nem sequer pensado nisso, perguntei: "Nos vemos amanhã à noite?", e Becky assentiu, distraída, ainda pensando em Wilma. "Sim. Lá pelas oito?", e eu disse: "Combinado. Venho buscar você". Quem visse pensaria que estávamos saindo havia meses; simplesmente retomamos do ponto onde tínhamos parado anos antes; e, voltando ao meu carro, ocorreu-me que fazia muito tempo que eu não ficava tão tranquilo e em paz com o mundo.

Isso pode parecer insensível; talvez você ache que eu deveria estar preocupado com Wilma, e de certo modo estava, bem lá no fundo do peito. Mas um médico aprende, por necessidade, a não se afligir por causa dos pacientes quando essa preocupação não traz nenhum benefício; até que evitar essa aflição seja possível, esses pensamentos devem ficar guardados num compartimento silencioso da cabeça. Não é algo que se aprende na faculdade de medicina, mas é tão importante quanto o seu estetoscópio. Você precisa ser capaz, inclusive, de perder um paciente, voltar ao consultório e tratar de uma irritação nos olhos com atenção total. Quem não consegue, desiste da medicina. Ou se especializa.

Jantei no Elman's. Sentado ao balcão, notei que o restaurante não estava cheio e fiquei imaginando por quê. Depois fui para casa, vesti calças de pijama e deitei na cama para ler um livro de mistério barato, torcendo para que o telefone não tocasse.

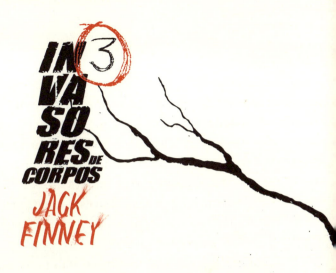

3
INVASORES DE CORPOS
JACK FINNEY

Na manhã seguinte, quando cheguei ao consultório, havia uma paciente esperando, uma mulher miúda e quieta de uns quarenta anos sentada na poltrona de couro em frente à minha mesa, com as mãos cruzadas sobre a bolsa, e me disse ter certeza de que seu marido não era seu marido. Com voz calma, contou que ele continuava a ser, falar e agir da mesmíssima forma como o marido dela de sempre — e estavam casados havia dezoito anos —, mas simplesmente não era ele. Era a história de Wilma outra vez, a não ser pelos detalhes, e quando ela saiu telefonei para Mannie Kaufman e marquei dois horários.

Vou resumir: na terça-feira da semana seguinte, na noite da reunião da Associação Médica do Condado, eu já tinha mandado mais cinco pacientes para Mannie. Um deles era um advogado jovem, brilhante e equilibrado, que eu conhecia razoavelmente bem, e estava convencido de que a irmã casada com quem morava não era de fato ela, embora seu cunhado obviamente ainda achasse que sim. Havia as mães de três meninas do ensino médio, que chegaram ao meu escritório em grupo para contar, às lágrimas, que as meninas estavam sendo ridicularizadas por insistir que a professora de inglês era, na verdade, uma impostora idêntica à verdadeira. Um menino de nove anos entrou com a avó, com quem foi morar depois de ficar histérico ao ver a mãe, que, segundo ele, não era sua mãe.

Mannie Kaufman estava esperando por mim quando cheguei, um pouco mais cedo para variar, à reunião médica. Estacionei ao lado do Legion Hall na saída da cidade — é lá que fazemos as reuniões — e, quando puxei o freio de mão, alguém me chamou de um carro estacionado mais atrás. Saí e caminhei até lá, imaginando que era só mais alguém querendo zombar do meu conversível verde.

Vi que eram Mannie e o dr. Carmichael, outro psiquiatra de Valley Springs, no banco da frente. Ed Pursey, meu concorrente em Santa Mira, estava atrás. Mannie, de porta aberta, estava sentado de lado no assento do carona, com os pés para fora do carro e os calcanhares apoiados no que seria o estribo, se houvesse um. Com os cotovelos nos joelhos, estava inclinado fumando um cigarro. É um homem moreno, ansioso e bonito; parece um jogador de futebol americano inteligente. Carmichael e Pursey são mais velhos e mais parecidos com médicos.

"Que diabo está acontecendo em Santa Mira?", perguntou Mannie quando eu me aproximei. Ele olhou para Ed Pursey no banco de trás para mostrar que a pergunta também era para ele, por isso entendi que Ed também deveria estar com alguns casos.

"É um novo passatempo por aqui", respondi, apoiando o braço na porta aberta. "Um substituto para a tecelagem e a cerâmica."

"Bem, é a primeira neurose contagiosa que já vi", comentou Mannie; estava meio risonho, meio zangado. "Mas, pelo amor de Deus, é uma verdadeira epidemia. E, se continuar, você vai acabar com nosso negócio; não sabemos o que fazer com toda essa gente. Não é, Charley?" Ele olhou por cima do ombro para Carmichael, que estava do lado do motorista e franziu um pouco a testa. Carmichael preserva a dignidade da psiquiatria de Valley Springs, enquanto Mannie é o cérebro.

"É uma série de casos muito incomum", disse Carmichael, ponderado.

"Bem", dei de ombros, "a psiquiatria está na infância, claro. É a enteada meio atrasada da medicina, e é óbvio que vocês dois não têm como..."

"Não se engane, Miles; esses casos me imobilizaram." Mannie olhou para mim, pensativo, tragando o cigarro, com um olho apertado pela fumaça. "Sabe o que eu diria dos casos deles, se não fosse absolutamente impossível? A moça Lentz, por exemplo? Eu diria que não se trata de delírio. Por todos os sintomas que conheço, diria que ela não é especialmente neurótica, pelo menos não com relação a isso. Acho até que ela não deveria estar no meu consultório, que sua preocupação é externa e real. Eu diria — a julgar só pela paciente, claro — que ela tem razão e que seu tio, na verdade, não é seu tio. Só que isso é impossível." Mannie tragou o cigarro, jogou no chão e pisou com a ponta do sapato. Depois, olhou para mim com curiosidade e acrescentou: "Mas é igualmente impossível que nove pessoas em Santa Mira, de repente e ao mesmo tempo, tenham desenvolvido um delírio praticamente idêntico; não é, Charley? Mas é bem isso o que parece ter acontecido".

Charley Carmichael não respondeu e, por um tempo, ninguém disse nada. Então Ed Pursey suspirou e contou: "Atendi outro hoje à tarde. Homem na casa dos cinquenta, meu paciente há anos. Tem uma filha de 25. Agora está dizendo que ela não é sua filha. O mesmo tipo de caso". Ele encolheu os ombros e falou para o banco da frente. "Mando ele para um de vocês?"

Por um momento, ninguém respondeu, até que Mannie disse: "Não sei. Faça o que quiser. Sei que não consigo ajudar se ele for como os outros. Talvez Charley não esteja tão desanimado".

Carmichael disse: "Pode mandar ele para mim; farei o que puder. Mas Mannie tem razão: definitivamente, não são casos típicos de delírio".

"E nem outra coisa", acrescentou Mannie.

"Talvez a gente devesse tentar uma flebotomia", sugeri.

"Do jeito que a coisa está, por que não?", respondeu Mannie.

Era hora de entrar. Eles desceram do carro e fomos todos para o salão. A reunião foi tão fascinante como de costume; ouvimos um palestrante, um professor universitário incoerente e monótono, e eu desejei estar com Becky, ou em casa, ou até no cinema. Depois da reunião, Mannie e eu conversamos um pouco mais, de pé no escuro ao lado do meu carro, mas na verdade não havia nada a comentar e, por fim, Mannie disse: "Bem, vamos conversando, certo, Miles? Temos que resolver isso". Concordei, entrei no carro e fui para casa.

Eu tinha visto Becky quase todas as noites na semana anterior, mas não por ter um romance florescendo entre nós. É que era melhor do que ficar à toa no salão de bilhar, jogar paciência ou colecionar selos. Sua companhia era um jeito agradável e cômodo de passar algumas noites, nada mais, e isso era bem conveniente para mim. Quarta à noite, fui na casa dela e decidimos ir ao cinema. Liguei para o serviço de recados e avisei Maud

Crites, de plantão naquela noite, que estava indo ao Sequoia, que ia largar o consultório para trabalhar com uma quadrilha fazendo abortos, e que ela poderia ser a primeira paciente; ela riu, alegre. Depois fomos para o carro.

"Você está linda", eu disse à Becky, enquanto a gente caminhava para o carro, estacionado em cima do meio-fio. E ela estava mesmo; vestia um traje cinza de um ombro só, com uma estampa floral bordada em tom prateado no tecido.

"Obrigada." Becky entrou no carro e sorriu para mim, um tanto preguiçosa e feliz. "Gosto quando estou com você, Miles", comentou. "Fico mais à vontade do que com qualquer outra pessoa. Acho que é porque somos divorciados."

Balancei a cabeça e liguei o carro; eu sabia do que ela falava. Era maravilhoso estar livre, mas, mesmo assim, o fim de algo que não devia terminar como terminou nos deixa abalados e inseguros, e eu sabia que tinha sorte por ter reencontrado Becky. Havíamos passado pelas mesmas crises, e isso significava que ela era uma garota para conversar de maneira direta, sem rodeios, pressões e demandas implícitas que, em geral, aos poucos, se acumulam entre um casal. Com qualquer outra pessoa, eu sabia que a gente ia rumo a um tipo de clímax inevitável: casar, ter um caso ou terminar. Mas Becky era exatamente o remédio de que eu precisava e, passeando agora pela noite de verão, com a capota aberta, eu estava feliz.

Achamos a última vaga para estacionar no quarteirão e, na bilheteria, comprei dois ingressos. "Obrigada, doutor", disse a moça na cabine. "É só falar com Gerry", ela acrescentou, o que significava que ela transmitiria qualquer recado que chegasse para mim, se eu avisasse ao gerente onde a gente ia sentar. Compramos pipoca no saguão, entramos e nos acomodamos.

Tivemos sorte; vimos metade do filme. Às vezes, acho que já vi mais filmes pela metade do que qualquer outra pessoa, e minha cabeça está cheia de vagas noções, que jamais vão ser confirmadas, sobre como algumas histórias terminaram e como outras começaram. Gerry Montrose, o gerente, vinha se esgueirando pelo nosso corredor, acenando para mim, e murmurei um palavrão para Becky — o filme era bom —, depois abrimos caminho por entre cinquenta pessoas.

Quando saímos para o saguão, Jack Belicec veio de perto do balcão de pipoca e se aproximou de nós, sorrindo como quem pede perdão. "Desculpe, Miles", disse, olhando para Becky para incluí-la no pedido. "Não queria estragar seu filme."

"Tudo bem. O que aconteceu, Jack?"

Ele não respondeu, mas segurou as portas abertas para nós, e entendi que não queria conversar no saguão, então saímos e ele nos acompanhou até a calçada. Mas lá fora, quando paramos pouco além das luzes da marquise, ele ainda não havia falado do assunto. "Não tem ninguém doente, Miles; não é isso. Não sei nem se você poderia chamar isso de emergência. Mas... eu, sem dúvida, estou feliz por você estar aqui esta noite."

Eu gosto de Jack. É um escritor dos bons, acho; li um de seus livros. Mas estava um pouco irritado; esse tipo de coisa acontecia com muita frequência. As pessoas esperam o dia todo, ficam pensando em ligar para o médico mas não ligam, torcendo para não precisarem ligar. Mas aí anoitece, e alguma coisa na escuridão noturna faz elas pensarem que talvez seja melhor chamar o médico, afinal de contas. "Bem, Jack", eu disse, "se não é emergência, se é uma coisa que pode deixar até amanhã, então por que não deixamos?" Apontei para Becky. "Não é só da minha noite que estamos falando, e... Aliás, vocês se conhecem?"

Becky sorriu e respondeu: "Sim", e Jack disse: "Claro, eu conheço Becky; o pai dela também". Ele franziu a testa e ficou parado na calçada, pensando por um momento. Depois, olhou para mim e para Becky, incluindo os dois no que dizia. "Escute só; traga Becky junto, se ela quiser. Pode ser uma boa; pode ajudar minha esposa." Ele abriu um sorriso torto. "Eu não digo que ela vai gostar do que vai ver, mas é muito mais interessante do que qualquer filme, isso eu garanto."

Olhei para Becky, ela assentiu e, como Jack não é bobo, não perguntei mais nada. "Tudo bem", respondi, "vamos com o meu carro. Trago você depois para pegar o seu."

Sentamos os três no banco da frente e, no caminho — Jack mora no campo, perto da cidade —, ele não passou mais nenhuma informação, e presumi que tivesse um bom motivo. Jack é intenso, de rosto magro e cabelo prematuramente branco. Tem cerca de quarenta anos, eu diria, e é um sujeito inteligente, com bom senso e discernimento. Eu sabia disso porque um ano antes sua esposa ficou doente e ele me ligou. Ela teve uma febre súbita e alta, cansaço extremo, e eu a diagnostiquei, por fim, com febre maculosa. Não gostei nada disso. Dá para ser médico na Califórnia e nunca encontrar a febre maculosa, e não conseguia imaginar como ela poderia ter contraído a doença. Como não sabia o que mais poderia ser, recomendei o tratamento padrão, a ser iniciado o quanto antes. Porém, fui obrigado a dizer ao Jack que nunca tinha visto caso semelhante e que, se ele quisesse outras opiniões, que ficasse à vontade. Contudo, acrescentei que tinha tanta certeza do meu diagnóstico quanto achava que qualquer outro médico teria do seu, e que uma opinião conflitante — uma incerteza da parte de um dos dois — não traria nada de bom. Jack ouviu, fez algumas perguntas, pensou no assunto e me pediu para ir em frente e tratar sua esposa, o que fiz. Um mês depois, ela estava bem, assando biscoitos; Jack me trouxe uma fornada no consultório. Então eu o respeitava, ele sabia decidir; e agora eu precisava esperar até que estivesse pronto para falar.

Passamos pela placa preta e branca indicando o limite da cidade e Jack apontou para a frente. "Vire à esquerda na estrada de terra, não sei se você lembra, Miles. É a casa verde na colina."

Balancei a cabeça e avancei pela estrada, reduzindo para a segunda marcha para subir.

Ele pediu: "Pare um minuto, sim, Miles? Quero perguntar uma coisa".

Parei à beira da estrada, puxei o freio de mão e me voltei para ele, com o motor ligado.

Jack respirou fundo e falou: "Miles, existem certas coisas que um médico é obrigado a denunciar quando vê, certo?".

Era tanto uma afirmação quanto uma pergunta, e eu assenti.

"Uma doença contagiosa, por exemplo", continuou, como se pensasse em voz alta, "ou um ferimento a bala, ou um cadáver. Bem, Miles", ele se virou para olhar pela janela do seu lado, "você sempre tem que informar às autoridades? Quer dizer, existe algum caso em que um médico pode achar que tem motivo para ignorar as regras?"

Encolhi ombros. "Depende", eu disse; não sabia o que responder a ele.

"De quê?"

"Do médico, eu acho. E do caso. O que houve, Jack?"

"Não posso contar ainda; primeiro preciso dessa resposta." Olhando pela janela, ele pensou por um momento, depois se virou para mim. "Talvez você possa responder assim. Dá para imaginar um caso, qualquer tipo de caso, um ferimento a bala, por exemplo, em que as regras, a lei ou o que quer que seja, obriguem a fazer uma denúncia? E em que você se meteria numa encrenca de verdade se não denunciasse e fosse descoberto, talvez até perdesse a licença? Dá para imaginar algum contexto em que você possa apostar sua reputação, sua ética e sua licença, e mesmo assim não informar as autoridades?"

Encolhi os ombros novamente. "Não sei, Jack; acho que sim. Creio que poderia imaginar algum tipo de situação em que passaria por cima das regras, se fosse muito importante e eu achasse que deveria." De repente fiquei irritado com todo aquele mistério. "Não sei; Jack, o que você quer? Isso tudo é muito vago, e não quero que você tenha a impressão de que prometi algo. Se você tem alguma coisa em casa que eu deva denunciar, é provável que eu denuncie; isso é tudo que posso prometer."

Jack sorriu. "Tudo bem, isso serve. Acho que talvez você não denuncie nesse caso." Ele indicou o caminho de casa com a cabeça. "Vamos em frente."

Voltei à estrada, e os faróis iluminaram uma pessoa, cerca de cem metros à frente, andando em nossa direção. Era uma mulher, de vestido simples e avental, com os braços cruzados diante do peito e as mãos nos cotovelos; aqui faz frio à noite. Vi que era Theodora, a esposa de Jack.

Fui na direção dela em marcha lenta e parei ao seu lado. Ela disse: "Olá, Miles", depois falou com Jack, olhando para o interior do carro através da minha janela aberta. "Eu não podia ficar lá sozinha, Jack. Eu não consegui; me desculpe."

Ele assentiu. "Eu devia ter trazido você comigo; foi besteira minha não fazer isso."

Abrindo a porta do carro, inclinei-me para a frente para deixar Theodora sentar no banco de trás. Jack a apresentou a Becky e seguimos para a casa.

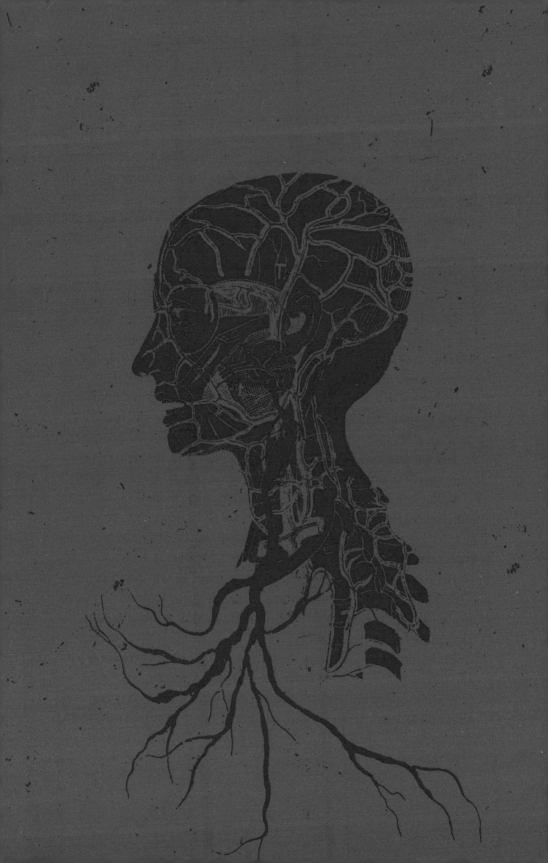

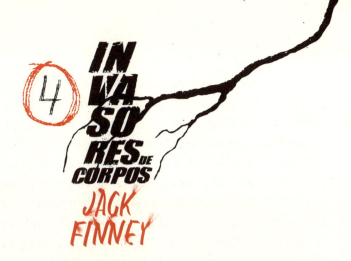

4 INVASORES DE CORPOS
JACK FINNEY

A casa de Jack é de madeira verde, solitária e na encosta de uma colina, e a garagem é uma parte do porão. Estava vazia, com a porta aberta, e Jack me fez sinal para entrar. Saímos do carro, Jack acendeu a luz, fechou a porta da garagem e abriu a que dava para o porão, e disse para entrarmos na frente dele.

A gente estava num porão comum: tanques de roupa, uma máquina de lavar, um cavalete de madeira, pilhas de jornais e, encostadas à parede, no chão, algumas caixas de papelão e várias latas de tinta usadas. Jack passou por nós, cruzando o recinto até outra porta; parou e voltou-se para nós com a mão na maçaneta. Havia uma boa mesa de bilhar usada ali, eu sabia; ele dizia que jogava muito, sozinho, só rebatendo bolas de um lado para o outro, criando desse jeito boa parte de sua escrita mentalmente. Olhou para Becky e para a esposa. "Preparem-se," avisou, depois entrou e puxou a corrente da lâmpada no teto, e fomos atrás dele.

A luz em uma mesa de bilhar é projetada para iluminar intensamente a superfície de jogo. É pendurada abaixo do nível dos olhos, para não ofuscar a visão dos jogadores, o que deixa o teto na escuridão. Essa tinha uma cúpula retangular para confinar a luz apenas ao tampo da mesa, e o resto do cômodo ficava na penumbra. Eu não conseguia ver o rosto de Becky direito, mas a ouvi respirar fundo. Deitado no tampo da mesa verde-escuro, debaixo da luz forte da lâmpada de 150 watts e da manta emborrachada que Jack usava para cobrir a mesa de bilhar, estava o que era, com certeza, um corpo. Virei-me para Jack, e ele disse: "Vai lá, tira a manta".

Fiquei irritado; isso me preocupava e me assustava, e era mistério demais para o meu gosto; me passou pela cabeça que o lado escritor de Jack estava exagerando na dramaticidade. Peguei a manta, puxei e joguei ela num canto da mesa. Deitado no feltro verde, de barriga para cima, estava o corpo nu de um homem. Devia ter 1,75 m de altura — não é fácil calcular a estatura olhando um corpo na horizontal. Era branco, com a pele bem pálida à luz brilhante e sem sombras, e, ao mesmo tempo, parecia irreal e teatral, porém ainda assim era bastante verdadeiro. O corpo era magro, talvez uns 60 kg, mas bem nutrido e musculoso. Não era possível estimar a idade; só sabia que não era velho. Os olhos estavam abertos, mirando a luz no teto, de um jeito que faria seus olhos arderem. Eram azuis e muito claros. Não havia ferida visível, nem outra causa aparente de morte. Fui até Becky, passei o braço pelo seu e me voltei para Jack. "Fala!"

Ele sacudiu a cabeça, recusando-se a comentar. "Olhe mais um pouco, examine o corpo. Não tem nada estranho?"

Me voltei para o corpo na mesa, cada vez mais irritado. Não estava gostando disso; havia alguma coisa estranha nesse cadáver na mesa, mas eu não sabia dizer o que era, e isso só me aborrecia ainda mais. "Vamos lá, Jack." Olhei para ele novamente. "Não estou vendo nada além de um homem morto. Deixe de mistério; o que está acontecendo?"

Ele sacudiu a cabeça mais uma vez, franzindo a testa, suplicante. "Miles, calma. Por favor. Não quero contar o que na minha opinião é o problema; não quero influenciar você. Se for visível, primeiro quero que você descubra sozinho. E, se não for, se eu estiver imaginando coisas, quero saber também. Confie em mim, Miles", disse em voz baixa. "Dê uma boa olhada nisso daí."

Estudei o cadáver, andando devagar ao redor da mesa, parando para olhá-lo de vários ângulos. Jack, Becky e Theodora saíam do meu caminho enquanto eu passava. "Tudo bem", disse relutante, pedindo desculpas ao Jack com o tom da minha voz. "Tem mesmo algo errado com ele. Você não está vendo o que não existe. Ou, se estiver, eu também estou." Por mais um meio minuto, observei o que estava na mesa. "Bem, para começar", expliquei enfim, "não se vê um corpo destes com frequência, vivo ou morto. De alguma maneira, isso me lembra alguns pacientes tuberculosos que já vi, aqueles que passaram quase a vida toda em sanatórios." Encarei a todos. "Não é possível viver uma vida normal sem ganhar algumas cicatrizes, uns cortes aqui e ali. Mas esses pacientes do sanatório nunca tiveram a chance de se ferir; seus corpos ficaram ilesos. E este é como eles." Apontei com o queixo para o corpo pálido e inerte debaixo da luz. "Mas não é tuberculoso. É um corpo saudável e bem cuidado; tem músculos bons. Mas nunca jogou futebol nem hóquei, nunca caiu de uma escada, nunca quebrou um osso. Parece... sem uso. É isso que você quer dizer?"

Jack assentiu. "É. O que mais?"

"Becky, você está bem?" Olhei para ela do outro lado da mesa.

"Estou." Ela assentiu, mordendo o lábio inferior.

"O rosto", eu disse em resposta a Jack. Estava olhando aquele rosto, branco como cera, absolutamente imóvel e rígido, os olhos claros de porcelana fitando o nada. "Não é exatamente... imaturo." Eu não sabia como dizer aquilo. "Esses ossos são bons; é um rosto adulto. Mas parece..." — eu caçava a palavra e não conseguia encontrá-la — "vago. Parece..."

Jack me interrompeu, com a voz tensa e ansiosa; chegou até a sorrir. "Já viu como é que se faz uma medalha?"

"Medalha?"

"Isso, uma boa medalha. Ou um medalhão."

"Não."

"Então, para conseguir um resultado bom mesmo em metal duro", Jack continuou a sua explicação, "eles fazem duas cunhagens." Eu não sabia do que ele estava falando, nem o porquê. "Primeiro, pegam um bloco de impressão e fazem a cunhagem número um, dando ao metal liso sua primeira forma rústica. Depois complementam com o bloco número dois, e é esse segundo bloco que imprime os detalhes: as linhas finas e a modelagem delicada que você vê num medalhão de boa qualidade. Eles têm que fazer assim porque o segundo bloco, que tem os detalhes, não conseguiria penetrar o metal liso. Você tem que criar a primeira forma básica com o bloco número um." Ele parou, e olhou atentamente de mim para Becky, para ver se estávamos entendendo.

"E daí?", retruquei, um pouco impaciente.

"Bem, quase sempre os medalhões têm o desenho de um rosto. E, quando você olha para ele depois do bloco número um, o rosto não está terminado. Está tudo lá, menos os detalhes que conferem personalidade." Ele me encarou. "Miles, é essa a aparência deste rosto. Está tudo aí: lábios, nariz, olhos, pele e estrutura óssea por baixo. Mas não tem marcas, nem detalhes, nem personalidade. É amorfo. Veja isso!" Ele subiu o tom de voz. "É como um rosto em branco, vazio, esperando estamparem o rosto final!"

Jack tinha razão. Eu nunca tinha visto uma face como aquela na vida. Não era flácida; não poderia mesmo dizer isso. Porém, de algum modo, era amorfa, sem personalidade. Não era de fato um rosto; ainda não. Não tinha vida, nem marcas de experiência; essa é a única maneira como consigo explicar o que vi. "Quem é ele?", perguntei.

"Não sei." Jack foi até a porta e indicou o porão e a escada que levava para o andar de cima. "Tem um armarinho embaixo da escada; é revestido de compensado para ser um espacinho de armazenamento. Está meio cheio de lixo que não usamos mais: roupas em caixas de papelão, eletrodomésticos queimados, um aspirador de pó velho, um ferro de passar, umas lâmpadas, coisas assim. Quase nunca abrimos. E tem uns livros antigos também. Foi lá que eu o encontrei; estava procurando uma referência e achei que poderia estar num daqueles livros. Ele estava deitado lá, em cima das caixas, do jeito que você está vendo agora. Quase morri de susto. Pulei para trás como um gato numa casinha de cachorro; bati a cabeça, fiquei com um galo", ele tocou o couro cabeludo.

"Depois voltei e o tirei de lá. Achei que ainda poderia estar vivo, eu não sabia. Miles, em quanto tempo o *rigor mortis* se instala?"

"Ah... de oito a dez horas."

"Toque nele", disse Jack. De certa forma, estava contente, como quem consegue cumprir uma grande promessa que fez.

Peguei um braço do corpo pelo pulso: frouxo e flexível. Não estava úmido nem especialmente frio.

"Não tem *rigor mortis*", disse Jack. "Certo?"

"Isso mesmo", respondi, "mas o *rigor mortis* não é invariável. Existem certas condições..." Parei de falar; não sabia o que pensar.

"Se você quiser", continuou Jack, "pode chamar as autoridades, mas não vai encontrar feridas nas costas, nem no meio do cabelo. Não há o menor sinal do que o teria matado."

Hesitei, mas legalmente eu não podia tocar aquele corpo; peguei a manta emborrachada e joguei sobre ele outra vez, cobrindo-o pela metade. "Muito bem", eu disse. "Para onde agora? Para cima?"

"Isso." Jack apontou com o queixo para a porta e manteve a mão na corrente da lâmpada até todos saírem.

Na sala de estar, Theodora pediu educadamente que sentássemos, acendeu lâmpadas e distribuiu cinzeiros, depois foi para a cozinha e voltou num instante sem o avental. Ela se acomodou numa poltrona grande, Becky e eu ficamos com o sofá, e Jack ficou junto à janela numa cadeira de balanço de madeira, observando a cidade. Quase toda a parede frontal da sala de estar de Jack é uma folha única de vidro, e podemos ver as luzes de toda a cidade espalhadas pelas colinas; é um belo cômodo.

"Querem uma bebida ou alguma outra coisa?", perguntou Jack.

Becky sacudiu a cabeça, negando, e eu respondi: "Não, obrigado; mas fiquem à vontade para beber".

Jack disse que não, olhando para a esposa, e ela fez que não com a cabeça. Então ele continuou: "Ligamos para você, Miles, porque é médico, mas também porque é um cara capaz de encarar os fatos, mesmo se os fatos não forem o que deveriam ser. Você não é do tipo que insiste em negar uma coisa só porque é mais confortável. Com você, as coisas são o que são, como sabemos muito bem".

Encolhi os ombros e não disse nada.

"Você tem mais alguma coisa a dizer sobre aquele corpo lá embaixo?", perguntou Jack.

Fiquei em silêncio por um tempo, mexendo num botão no meu casaco, e decidi contar o que achava. "Tenho, sim", respondi. "Não faz sentido, não faz o menor sentido, mas eu adoraria fazer uma autópsia naquele corpo, porque sabe o que acho que encontraria?" Olhei para todos ao meu redor — Jack, Theodora e Becky — e ninguém respondeu; continuaram sentados, esperando. "Acho que não encontraria nenhuma causa de morte. Acho que veria todos os órgãos em perfeitas condições, assim como o exterior do corpo. Tudo em perfeito estado de funcionamento, pronto para o uso."

Dei a eles um tempo para pensar, depois mais um pouco; eu me senti completamente idiota ao dizer isso, mas tinha certeza de que estava certo. "Não é só isso. Acho que, quando abrisse o estômago, não haveria nada lá dentro. Nenhuma migalha, nenhuma partícula de comida, digerida ou não; nada. Vazio como o de um bebê recém-nascido. E, se eu abrisse os intestinos, a mesma coisa: nenhum vestígio, nada. Nada mesmo. Por quê?" Olhei para eles novamente. "Porque não acredito que aquele corpo lá embaixo tenha morrido. Não há causa de morte, porque nunca morreu. E nunca morreu porque nunca esteve vivo." Encolhi os ombros e apoiei as costas no sofá. "Pronto. É maluquice o bastante para vocês?"

"É", respondeu Jack, balançando a cabeça lenta e enfaticamente, com as mulheres nos observando em silêncio. "É exatamente essa a maluquice para mim. Só queria confirmar."

"Becky", eu me voltei para ela, "o que você acha?"

Ela sacudiu a cabeça, franzindo a testa, e suspirou. "Estou atordoada. Mas acho que aceitaria aquela bebida agora."

Todos sorrimos, e Jack fez menção de levantar, mas Theodora disse: "Vou pegar a bebida", e se ergueu da poltrona. "Uma para cada?", perguntou, e todos aceitamos.

Esperamos; pegamos cigarros, acendemos fósforos e compartilhamos fogo até Theodora voltar e distribuir os copos. Cada um de nós deu um gole, e Jack disse: "É exatamente o que eu acho, e Theodora também. E o curioso é que não contei nada para ela das minhas impressões. Deixei que ela mesma olhasse aquela coisa e tivesse sua opinião, assim como fiz com você, Miles. E ela foi a primeira a comparar com os medalhões; nós vimos artesãos fazendo medalhões uma vez, em nossa lua de mel em Washington". Jack suspirou e sacudiu a cabeça. "Conversamos e pensamos nisso o dia todo, Miles; depois decidimos chamar você."

"Vocês contaram a mais alguém?"

"Não."

"Por que não chamaram a polícia?"

"Não sei." Jack olhou para mim com um sorrisinho se formando na boca. "Quer ligar para eles?"

"Não."

"Por que não?"

Eu sorri também. "Não sei. Mas não quero."

"Pois é." Jack concordou meneando a cabeça, e todos ficamos sentados por um bom tempo, bebendo sem pressa. Jack sacudiu o gelo no copo, distraído; olhou para ele e disse devagar: "Tenho a impressão de que é hora de fazer mais do que chamar a polícia. Que não é hora de passar a responsabilidade adiante e deixar que outras pessoas se preocupem. O que exatamente a polícia poderia fazer? Não é apenas um corpo, e sabemos disso. É...", ele encolheu os ombros, com uma expressão sombria, "uma coisa terrível. Uma coisa... Não sei definir". Ele ergueu o olhar do copo, encarando todos nós. "Só sei que, e por algum motivo tenho certeza disso, não podemos cometer um erro aqui. Que só existe uma coisa — uma única coisa sensata e correta a fazer — e, se não fizermos isso, se a gente errar, algo terrível vai acontecer."

"E o que seria?", perguntei.

"Não sei." Jack se virou para olhar pela janela por um momento. Depois, se voltou para nós e sorriu um pouco. "Tenho uma vontade enorme de... ligar para o presidente pela linha direta da Casa Branca, ou para o chefe do exército, o FBI, os fuzileiros navais ou a cavalaria, ou coisa assim." Ele sacudiu a cabeça, sorrindo consigo mesmo e se divertindo, mas logo o sorriso desapareceu. "Miles, o que estou dizendo é: quero que *alguém* — exatamente a pessoa certa, seja quem for — perceba desde o começo como isso é importante. E quero que ela ou elas façam o que for preciso, sem nenhum erro. E a questão é que, seja quem for a pessoa com quem eu fale, se ao menos me ouvir ou acreditar em mim, pode acabar se revelando a pessoa errada, alguém que faria o pior possível. Seja isso o que for. Mas sei que não é assunto para a polícia local. Isso é..."

Ele encolheu os ombros, percebendo que estava se repetindo, e parou de falar.

"Eu sei", respondi. "Tenho a mesma sensação, de que o mundo sofrerá se não cuidarmos disso do jeito certo." Às vezes, na medicina, num caso intrigante, uma resposta ou pista pode surgir do nada; imagino que seja obra do subconsciente. Perguntei: "Jack, qual é sua altura?".

"Um metro e setenta e cinco."

"Exatamente?"

"É. Por quê?"

"Qual você diria que é a altura do corpo no andar de baixo?"

Ele olhou para mim por um momento, depois respondeu: "Um metro e setenta e cinco".

"E quanto você pesa?"

"Sessenta quilos." Ele balançou a cabeça. "Pois é, isso é mais ou menos o que o corpo lá embaixo pesa. Você acertou; ele tem meu tamanho e porte. Mas não se parece muito comigo."

"Nem com nenhuma outra pessoa. Você tem uma almofada de carimbo em casa?"

Ele se voltou para a esposa. "Temos?"

"O quê?"

"Uma almofada de carimbo. Daquelas que se usa para colocar tinta num carimbo."

"Sim." Theodora se levantou e atravessou a sala até uma mesa. "Tem uma aqui em algum lugar." Ela encontrou e tirou a almofada, e Jack se aproximou, pegou, abriu outra gaveta e tirou uma folha de papel de carta.

Fui até a mesa, e Becky também. Jack tocou a tinta da almofada com a ponta dos cinco dedos da mão direita, depois estendeu a mão para mim. Eu a segurei e apertei os dedos, rolando cada um, cuidadosamente, na folha de papel, obtendo um conjunto completo de impressões digitais nítidas. Então, apanhei a almofada e o papel. "Vocês querem vir?", perguntei às mulheres na sala e apontei com o queixo para a porta.

Elas se entreolharam; não queriam voltar à mesa de bilhar, nem ficar ali esperando. Becky respondeu: "Não, mas vou", e Theodora concordou.

No andar de baixo, Jack acendeu a luz da mesa de bilhar. Ela balançou um pouco e segurei a cúpula para ela parar. Mas meus dedos tremeram, e só a fiz oscilar ainda mais. A cúpula ainda girava num arco minúsculo de menos de 2 cm, com a luz transbordando da mesa e depois recuando até os olhos abertos do corpo, deixando a testa lisa na semiescuridão por um instante. A impressão era de que o corpo estava se mexendo um pouco, e o segurei pelo pulso direito, me concentrando naquela parte, sem olhar para o rosto. Levei a almofada à ponta de todos os cinco dedos, depois coloquei a folha de papel com as impressões digitais de Jack na borda larga da mesa, ao lado da mão direita do corpo. Levantei a mão, pousei-a na folha branca e, rolando cada dedo, tirei uma impressão de todos, logo abaixo das digitais de Jack, depois tirei a mão do papel.

Becky chegou a gemer quando viu as digitais, e acho que todos ficamos nauseados. Porque uma coisa é especular sobre um corpo em branco, que nunca esteve vivo. Mas é muito diferente, e afeta tudo o que é primitivo no fundo do cérebro, ver essa especulação confirmada. Não havia impressões digitais; havia cinco círculos absolutamente lisos e solidamente pretos. Limpei da melhor forma possível a tinta dos dedos, e todos nos debruçamos, encolhidos num círculo debaixo da luz oscilante, e olhamos para as extremidades escuras daqueles dedos. Eram lisas como a bochecha de um bebê, e Theodora murmurou: "Jack, eu vou vomitar", ele se virou para ampará-la — ela estava se dobrando ao meio — e a ajudou a subir.

Sentado de novo na sala de estar, sacudi a cabeça e disse a Jack: "Você usou a palavra certa. É um vazio; um objeto inacabado à espera da cunhagem final".

Ele assentiu. "O que vamos fazer? Você tem alguma ideia?"

"Tenho..." Fiquei olhando para ele por um momento. "Mas é só uma sugestão e, se não quiser aceitar, ninguém vai culpar você. Eu com certeza não vou."

"O que é?"

"Lembre que é só uma sugestão." Eu me inclinei para a frente no sofá, apoiando os antebraços nos joelhos, e me voltei para Theodora. "E, se você achar que não dá para aguentar", eu disse a ela, "é melhor não tentar, estou avisando." Voltei a olhar para Jack. "Deixe a coisa onde está, na mesa. Hoje à noite você vai dormir; vou dar uma coisinha para ajudar." Então me virei para Theodora. "Mas você fica acordada; não durma nem por um instante. A cada hora, se puder fazer isso, quero que desça e olhe para aquele... corpo. Se perceber algum sinal de mudança, corra para cima e acorde Jack na mesma hora. Tire ele daqui — os dois, saiam imediatamente — e venham direto para a minha casa."

Jack olhou para Theodora por um momento, depois disse em voz baixa: "Quero que você diga não, se achar que não consegue".

Ela ficou mordendo levemente o lábio, olhando para o tapete. Em seguida ergueu o olhar, primeiro para mim, depois para Jack. "Como seria... a aparência do corpo? Se começasse a mudar?"

Ninguém respondeu, e depois de um momento ela voltou a olhar para o tapete, mordiscando o lábio outra vez, e não repetiu a pergunta. "Jack acordaria normalmente?" Theodora olhou para mim. "Eu poderia acordar ele a qualquer momento?"

"Sim. Um tapa no rosto e ele acorda na hora. Agora escute; mesmo que nada aconteça, acorde Jack se achar que não aguenta. Vocês dois podem passar o resto da noite na minha casa, se quiserem."

Ela concordou e olhou para o tapete outra vez. Por fim respondeu: "Acho que consigo". Ela olhou para Jack, franzindo a testa. "Se eu souber que posso acordar Jack a qualquer momento, acho que consigo."

"Não podemos ficar com ela?" perguntou Becky.

Eu encolhi ombros. "Não sei. Mas acho que não. Acho que só as pessoas que moram aqui deveriam estar na casa; do contrário, não tenho certeza se vai funcionar. Mas não sei por que estou dizendo isso; é só um palpite, um pressentimento. Acho que só Jack e Theodora deveriam estar aqui."

Jack assentiu e, depois de olhar para Theodora, confirmando com a cabeça, disse: "Vamos tentar".

Continuamos lá sentados e conversamos um pouco mais — por um bom tempo, na verdade —, observando as luzes pequeninas da cidade no vale logo abaixo. Mas ninguém falou nada que já não tivesse sido dito e, por volta da meia-noite, a maior parte das luzes da cidade havia se apagado, e Becky e eu levantamos para sair. Os Belicec pegaram os casacos e foram à cidade conosco para buscar o carro de Jack. Estava estacionado em Sutter Place, a um quarteirão e meio do cinema. Quando paramos ao lado do carro deles e os dois desceram, repeti para Theodora o que havia instruído sobre acordar Jack e ir embora se o corpo no porão começasse a se alterar de alguma forma. Peguei meio vidro de Seconal da minha maleta e dei para Jack, avisando a ele que um comprimido seria suficiente para fazê-lo dormir. Então eles deram boa-noite — Jack sorrindo um pouco, Theodora sequer se dando ao trabalho de tentar —, entraram no carro, nós acenamos e fomos embora.

A caminho da casa dela, pelas ruas escuras e vazias, Becky disse em voz baixa: "Existe uma ligação, não é, Miles? Entre esse caso e o de Wilma?".

Me virei para Becky rapidamente, mas ela estava olhando para a frente, através do para-brisa. "O que você acha?", perguntei em tom casual. "Acha que tem ligação?"

"Acho." Ela não esperou que eu concordasse, simplesmente assentiu como se tivesse certeza. Depois de um tempo, acrescentou: "Surgiram outros casos como o de Wilma?".

"Alguns." Observando a rua de asfalto à luz dos faróis, dei uma espiada em Becky pelo canto dos olhos.

Mas ela não reagiu, nem disse nada por quase um quarteirão. Entramos na rua dela e, enquanto eu aproximava o carro do meio-fio e parava na frente da casa, Becky disse — ainda olhando fixo para a frente através do para-brisa: "Miles, eu pretendia contar a você depois do filme". Ela respirou fundo. "Desde a manhã de ontem", ela começou devagar, mantendo a voz calma, "estou com a impressão de que...", e concluiu num fluxo frenético de palavras, "que meu pai não é meu pai!" Lançando um olhar horrorizado à varanda escura e sombreada de sua casa, Becky cobriu o rosto com as mãos e começou a chorar.

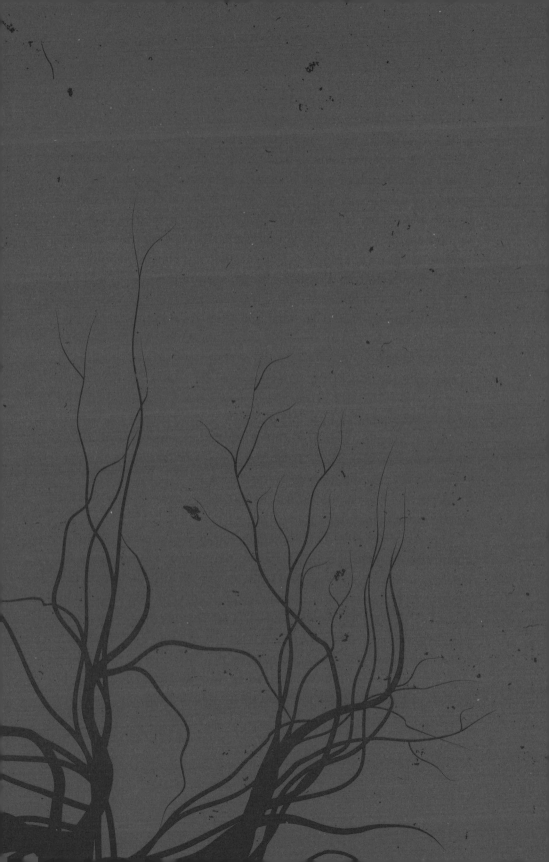

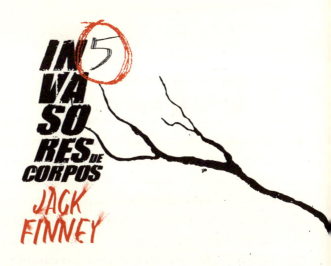

INVASORES DE CORPOS
JACK FINNEY

Não alego ter muita experiência com mulheres chorando, mas, nas histórias que li, o homem sempre abraça a garota e a deixa desabafar. E sempre foi a coisa mais sensata e compreensiva a fazer; nunca ouvi falar de um único caso confirmado em que a coisa sensata e compreensiva fosse distraí-la com truques de cartas, piadas ou cócegas nos pés. Então, fui sensato e compreensivo. Abracei Becky e a deixei chorar, porque não sabia mais o que fazer ou dizer. Depois do que vimos no porão de Jack Belicec nesta noite, se Becky acreditava que seu pai era um impostor que se parecia exatamente com o pai verdadeiro, eu não conseguiria discordar dela.

Apesar de tudo, gostei de abraçar Becky. Ela não era exatamente gorda, mas também não era magra, e não havia nem escassez nem negligência em sua estrutura corporal. Ali, dentro do carro, na rua silenciosa em frente à sua casa, Becky se encaixou muito bem em meus braços, o rosto apoiado na minha lapela. Eu estava preocupado e amedrontado, até mesmo em pânico, mas ainda em condições de apreciar a presença quente e viva de Becky junto a mim.

Quando o choro se tornou apenas um fungar de quando em quando, perguntei: "Que tal ficar na minha casa esta noite?". A ideia foi repentina e espantosamente empolgante. "Eu durmo em outro cômodo, pode ficar com o quarto para você..."

"Não." Becky se endireitou, mantendo a cabeça abaixada para que eu não visse seu rosto, e começou a vasculhar a bolsa. "Não estou com medo, Miles", disse calmamente, "só preocupada." Abriu um estojo de pó compacto e, inclinando-se para perto da pequena luz do painel, retocou cuidadosamente as marcas de lágrimas com a esponja para pó. "É como se meu pai estivesse doente", continuou. "Está diferente, e..." Ela se interrompeu, aplicou batom, dobrou os lábios para dentro por um instante, depois estudou o próprio rosto no espelho compacto. "Bem, não é hora de eu sair de casa", concluiu, fechou o estojo, olhou para mim e sorriu. De repente, ela se aproximou e me beijou rapidamente na boca, com muita firmeza e afeto. Depois abriu a porta e saiu. "Boa noite, Miles. Me telefone de manhã." Ela percorreu depressa o caminho de tijolos que levava à varanda escura de sua casa.

Eu a observei. Fiquei sentado, olhando sua figura bela e curvilínea, ouvi o ruído baixo dos sapatos nos tijolos ásperos do caminho, ouvi seus passos leves subirem rapidamente a escada e a vi desaparecer nas sombras da varanda. Depois de uma pausa, a porta da frente se abriu e se fechou atrás dela. E o tempo todo eu estava sentado lá, assentindo com a cabeça para mim mesmo, lembrando o que havia pensado sobre Becky no começo da noite. Afinal de contas, ela não era só uma boa companhia que por acaso usava saias. Ponha uma garota bonita de que gosta em seus braços, eu me dava conta, deixe-a chorar um pouco, e na certa você vai se sentir todo carinhoso e protetor. Aí o sentimento vai se misturar com o sexo e, se não tomar cuidado, você terá dado pelo menos o primeiro passo para se apaixonar. Eu sorri e liguei o carro. Então eu tomaria cuidado, só isso. Com os destroços de um casamento ainda espalhados ao meu redor, eu não me meteria em outro tão cedo. Perto da esquina no final do quarteirão, olhei de relance para a casa de Becky, grande e branca sob a luz fraca das estrelas, e entendi que, embora gostasse muito dela, e embora ela fosse atraente, não seria muito difícil tirá-la da cabeça; e foi isso o que fiz. Percorri a cidade silenciosa, pensando nos Belicec, lá em cima, em sua casa na colina.

Naquele instante, Jack estava dormindo, eu tinha certeza, e Theodora provavelmente observava a cidade da sala de estar. Poderia ver os faróis do meu carro neste exato momento, sem saber que era eu. Imaginei-a tomando café, talvez fumando, lutando contra o horror daquilo que estava debaixo de seus pés, na sala de bilhar — e reunindo coragem para descer até lá muito em breve, acender a luz e olhar nos olhos fixos daquela coisa branca como cera no feltro verde-escuro da mesa.

Cerca de duas horas depois, quando o telefone tocou, o abajur ao lado da minha cama continuava aceso; eu estava lendo, imaginando que demoraria a dormir, mas tinha adormecido num instante. Eram 3h da manhã; estendi a mão para o telefone e olhei o horário automaticamente.

"Alô", eu disse, e enquanto falava ouvi o telefone do outro lado cair no gancho. Sabia que havia atendido ao primeiro toque; por mais cansado que esteja à noite, sempre ouço e atendo ao telefone na mesma hora. Repeti "Alô!" um pouco mais alto, sacudindo o telefone, como se costuma fazer, mas estava sem linha e eu desliguei. Um ano antes, a telefonista noturna, cujo nome eu sabia, poderia ter me dito quem havia ligado. Provavelmente seria a única luz em seu painel àquela hora da noite, e ela teria lembrado qual era, porque a pessoa ligou para o médico. Mas agora temos telefones de discagem direta, de uma eficiência maravilhosa, que nos poupam um segundo ou mais a cada vez que ligamos, desumanamente perfeitos e acéfalos por completo; e nenhum deles jamais lembrará onde o médico está à noite, quando uma criança ficar doente e precisar dele. Às vezes acho que estamos extraindo toda a humanidade de nossas vidas.

Sentado na beira da cama, comecei a xingar, cansado. Eu estava farto — de telefones, de acontecimentos e mistérios, de sono interrompido, de mulheres que me perturbavam quando eu só queria ficar em paz, de meus próprios pensamentos, de tudo. Acendi um cigarro sabendo que o gosto seria ruim, e foi mesmo, e quis jogá-lo fora, mas continuei fumando até sobrar só a ponta. Finalmente, depois de terminar, apaguei a luz e estava quase adormecendo outra vez quando ouvi os passos subindo a escada da varanda, depois o repique rápido e cristalino da campainha, sempre inesperadamente mais alta à noite, seguido de uma batida acelerada e frenética no vidro da porta.

Eram os Belicec: Theodora de olhos arregalados, o rosto branco como farinha, incapaz de falar; Jack com olhar contido, mas furioso. Só trocamos as palavras necessárias para levar Theodora, quase carregando-a, escada acima até a cama no quarto de hóspedes, dei-lhe um cobertor e uma injeção de amobarbital de sódio.

Então Jack sentou-se na beira da cama e a observou por um longo tempo, talvez vinte minutos, segurando a mão dela entre as suas, olhando para o rosto da esposa. De pijama, eu sentei do outro lado do quarto, numa poltrona grande, fumando, até Jack finalmente olhar para mim. Assenti com a cabeça e falei em voz alta e decidida: "Ela vai dormir por várias horas, Jack, talvez até as 8h ou 9h da manhã. Depois, vai acordar com fome e vai ficar bem".

Jack assentiu, aceitando, passou mais algum tempo olhando para Theodora e depois levantou, virou-se para a porta, e eu o acompanhei.

Minha sala de estar é grande, recoberta por um carpete cinza simples de parede a parede; a carpintaria é pintada de branco, e o cômodo ainda contém os móveis de vime dos anos 1920, azuis, que meus pais compraram. É uma sala grande e agradável que ainda retém, creio eu, um pouco da atmosfera mais simples e sossegada da geração anterior. Nos sentamos lá, Jack e eu, um de cada lado da sala, com bebidas nas mãos, e depois de alguns goles do seu copo, sombrio, olhando o chão, Jack começou a falar. "Theodora me acordou, ela me sacudiu pela camisa — eu dormi com a mesma roupa do dia — e me bateu com tanta força que meus dentes rangeram. Eu ouvi", Jack olhou para mim, franzindo a testa; ele costuma escolher as palavras com extremo cuidado, "não exatamente me chamando, mas dizendo meu nome num tipo de gemido baixo e desesperado, 'Jack... Jack... Jack...'."

Ele sacudiu a cabeça ao recordar, mordeu o lábio inferior algumas vezes, depois tomou um gole da bebida. "Acordei e ela estava histérica. Não disse nada. Só me encarou por um segundo, descontrolada e meio frenética, depois correu pelo quarto até o telefone, pegou, discou seu número, esperou um segundo, depois não conseguiu ficar parada, bateu o telefone com tudo e começou a brigar comigo — muito baixo, como se alguém pudesse ouvir — para que a tirasse de lá."

Jack sacudiu a cabeça mais uma vez, contraindo o rosto, irritado consigo mesmo. "Sem pensar, agarrei o pulso dela e a levei escada abaixo até a garagem e o carro, mas Theodora começou a resistir, puxando o braço para se soltar, empurrando meu ombro, com a expressão enlouquecida. Miles, acho que ela teria rasgado meu rosto com as unhas se eu não a soltasse. Saímos pela porta da frente e descemos a escada externa. Mesmo assim, ela não quis chegar perto da garagem e do porão; ficou na estrada, bem longe da casa, enquanto eu tirava o carro."

Jack tomou mais um gole e olhou para uma janela da sala de estar, com o brilho escuro da noite do outro lado. "Não sei ao certo o que ela viu, Miles", ele olhou para mim, "embora possa imaginar, e sei que você também pode. Mas não tive tempo de ir ver pessoalmente; eu sabia que precisava tirar ela da casa. E ela não me contou nada até chegarmos aqui. Ficou só sentada, toda encolhida e trêmula, colada em mim — fiquei com o braço em volta dela o tempo todo — dizendo: 'Jack, ah, Jack, Jack, Jack'." Por um bom tempo ele me encarou, sombrio. "Nós provamos uma coisa, com certeza, Miles", disse Jack, em voz baixa e amarga. "O experimento funcionou, eu acho. E agora?"

Eu não sabia, nem tentei fingir que sim. Me limitei a sacudir a cabeça. "Eu gostaria de dar uma olhada naquela coisa", murmurei.

"É, eu também. Mas não vou deixar Theodora sozinha agora. Se ela acordar, me chamar e eu não responder — nesta casa vazia — ela vai ficar louca."

Não respondi. É possível — acontece com todos nós, na verdade — ter uma longa série de pensamentos num instante, e foi o que me aconteceu naquela hora. Pensei em ir até a casa de Jack sozinho, imediatamente. Imaginei-me estacionando o carro ao lado daquela casa vazia, saindo na escuridão, depois parado ali, ouvindo os grilos e o silêncio. Então me vi andando em direção à garagem aberta, passando devagar pelo porão escuro, procurando na parede um interruptor desconhecido para acender a luz. Eu entraria naquela sala de bilhar escura como piche, tateando o caminho até a mesa, sabendo o que estava ali, e chegando cada vez mais perto, as mãos espalmadas para encontrá-lo, esperando tocar a mesa e não aquela pele fria e sem vida na escuridão. Pensei em esbarrar na mesa, encontrando finalmente a luz acima dela; em seguida, ligando-a e baixando os olhos para ver o que quer que havia deixado Theodora em estado de histeria e choque. E fiquei envergonhado. Não queria ter feito o que eu pedira a Theodora para fazer; não queria ir até aquela casa à noite, sozinho.

De repente, senti raiva de mim mesmo. Naquela mesma reflexão, comecei a encontrar pretextos, dizendo a mim mesmo que não havia *tempo* para ir lá agora; que precisávamos agir, precisávamos fazer alguma coisa. E descontei a raiva e vergonha em Jack. "Olha só", eu estava de pé, olhando furiosamente para ele do outro lado da sala, "o que quer que seja que vamos fazer, a gente tem que fazer já! E então? Tem alguma ideia? O que vamos *fazer*, pelo amor de Deus!" Eu também estava um pouco histérico, e sabia disso.

"Não sei", respondeu Jack, devagar. "Mas temos que agir com cuidado, com a certeza de que é a coisa certa..."

"Você já disse isso! Já disse isso hoje mesmo e eu concordo, eu concordo! Mas o *que mais*? Não podemos ficar parados para sempre até que a única ação correta se revele para nós!" Eu olhava com fúria para Jack, então me esforcei para me comportar. Pensei numa coisa e virei para atravessar a sala rapidamente, piscando para ele, de modo que soubesse que eu já estava bem. Então peguei o telefone do andar de baixo e disquei.

O toque do outro lado da linha começou, e não consegui conter um sorriso; estava extraindo certo prazer malicioso daquilo. Quando um clínico geral abre seu consultoriozinho, sabe que será tirado da cama por telefonemas, provavelmente pelo resto da vida. De certa forma, ele se acostuma a isso sem jamais se habituar de fato. Pois na maior parte das vezes o telefonema tarde da noite é caso sério; você tem que lidar com pessoas amedrontadas, o que torna tudo duas vezes mais difícil; talvez seja necessário arrancar o farmacêutico da cama e acionar o hospital. E, por trás de tudo, ocultos do paciente e de sua família, estão seus próprios medos e dúvidas a respeito de si mesmo, e é preciso derrotá-los, pois agora tudo depende de você e mais ninguém — você é o médico. Não é nada divertido receber um telefonema à noite, e às vezes é impossível não se ressentir daquelas especializações da medicina que nunca, ou quase nunca, recebem chamadas de emergência.

Então, quando o toque na outra ponta da linha foi enfim interrompido, eu estava sorrindo, satisfeito com a imagem mental do dr. Manfred Kaufman, com o cabelo preto despenteado, os olhos meio fechados, imaginando quem seria.

"Alô, Mannie?", eu disse quando ele atendeu.

"É."

"Escute...", usei um tom de voz exageradamente apreensivo, "acordei você?"

Isso o trouxe à vida, xingando feito um louco.

"Ora, doutor", respondi, "onde foi que aprendeu esse linguajar? No subconsciente sujo e rançoso de seus pacientes, imagino. Como eu gostaria de ser um psiquiatra importante, cobrando vinte e cinco pratas só para me sentar, ouvir e ampliar meu vocabulário. Nada de telefonemas cansativos à noite! Nada de operações medonhas! Nada de receitas irritan..."

"Miles, o que você quer, diabos? Estou avisando. Vou desligar e deixar a porcaria do telefone fora do..."

"Ok, ok, Mannie; escute." Eu continuava sorrindo, mas o tom da minha voz prometia que não ia ter mais piadas sem graça. "Aconteceu uma coisa, Mannie, e preciso ver você. O quanto antes, e tem que ser aqui, na minha casa. Venha para cá, Mannie, o mais rápido que puder; é importante."

Mannie pensa rápido; entende as coisas no ato, e não é preciso repetir nem explicar. Só por um instante ele ficou em silêncio, do outro lado da linha, depois disse: "Tudo bem", e desligou.

Fiquei imensamente aliviado e cruzei a sala em direção a minha poltrona e minha bebida. Na necessidade de inteligência, e em quase qualquer outra situação, Mannie é o primeiro que quero ao meu lado, e agora ele estava a caminho daqui, e senti que chegaríamos a algum lugar. Peguei a bebida, pronto para me sentar, e estava prestes a abrir a boca para falar com Jack quando aconteceu uma coisa que se lê com frequência, mas raramente se vive. Comecei a suar frio e fiquei ali de pé por alguns segundos, paralisado e, por dentro, encolhido de medo.

O que aconteceu era bem simples; de repente, eu havia pensado numa coisa. Uma ideia me ocorrera, um perigo tão óbvio e terrível que eu sabia que deveria ter pensado nisso antes, mas não o fizera. E agora, com a mente tomada pelo terror, sabia que não havia tempo a perder e não tinha como agir rápido o bastante. Eu estava usando sapatos com elásticos nas laterais, e corri para o corredor e peguei meu sobretudo leve da poltrona, enfiando os braços nas mangas enquanto seguia para a porta da frente. Tinha um único pensamento terrível em mente, e era impossível fazer alguma coisa além de agir, sair, correr. Eu me esquecera de Jack, de Mannie, enquanto abria a porta e corria, descendo os degraus na escuridão da noite, atravessando o gramado e a calçada. No meio-fio, já estava com a mão na porta do carro quando lembrei da chave no andar de cima, e foi simplesmente impossível me virar e voltar. Comecei a correr — o mais rápido que pude — e, de algum modo, sem motivo aparente, a calçada parecia me impedir, me atrasar, e disparei pela faixa de grama na direção do meio-fio; corri de forma frenética pelas ruas escuras e desertas de Santa Mira.

Por dois quarteirões, não vi mais nada em movimento. As casas da rua estavam silenciosas e inexpressivas, e os únicos sons no mundo eram o estampido veloz de meus sapatos no asfalto e o arfar áspero da minha respiração, que pareciam preencher a rua. Logo à frente, na interseção da Washington Boulevard, o asfalto se iluminou e, de repente, brilhou, exibindo cada pedra e rachadura minúscula na superfície aos faróis de um carro que se aproximava. Eu não conseguia pensar, não era capaz de fazer nada além de correr diretamente para aquele clarão ofuscante, e os freios guincharam e a borracha gritou na calçada, e a ponta cromada de um para-choque bateu na barra do meu casaco. "Seu filho da puta", berrou para mim uma voz masculina, enlouquecida de medo e raiva. "Seu maluco desgraçado!" As palavras se fundiram a resmungos frustrados enquanto minhas pernas agitadas me levavam para a escuridão.

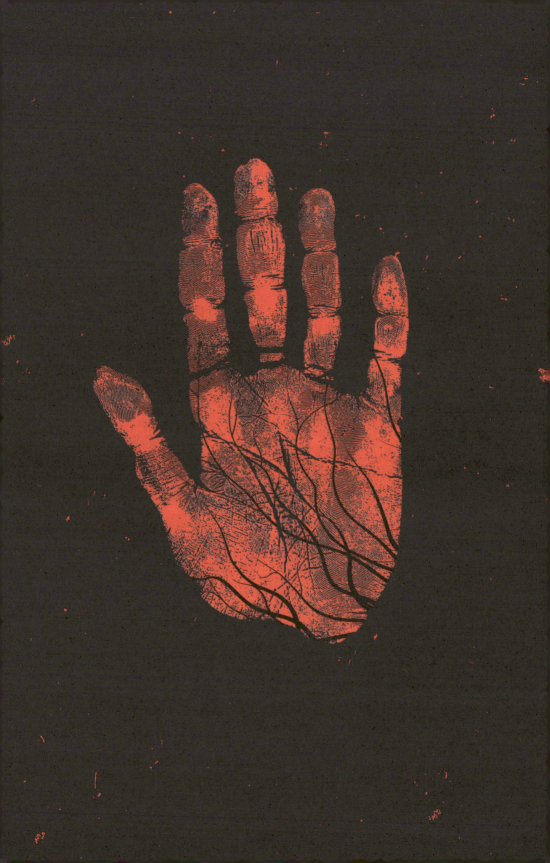

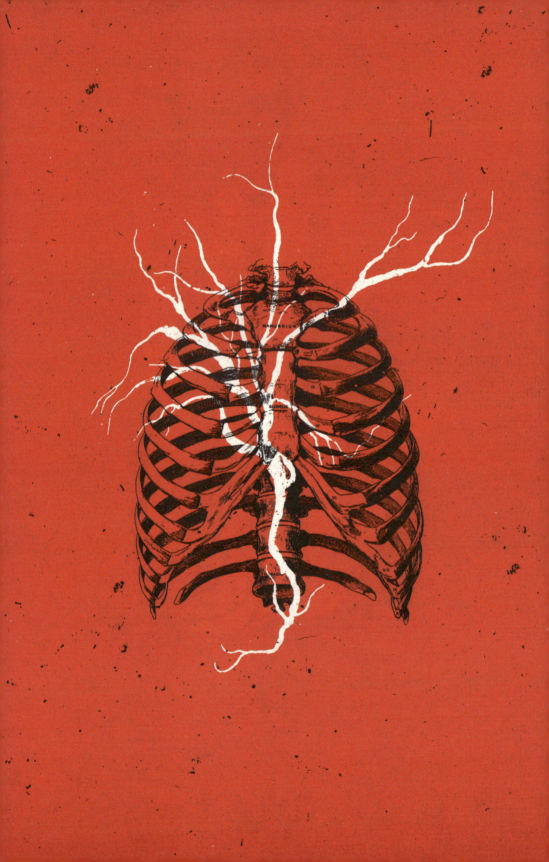

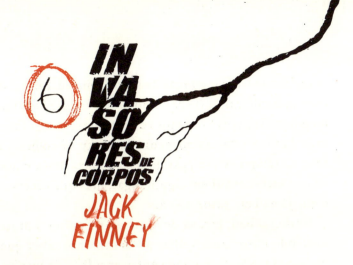

6 INVASORES DE CORPOS
JACK FINNEY

Mal percebi quando cheguei à casa de Becky. Meu coração acelerado parecia acumular sangue atrás dos olhos, nublando a visão, e o ofegar agudo da minha respiração saltava e ecoava entre as paredes de madeira da casa de Becky e da residência ao lado. Comecei a forçar todas as janelas do porão, empurrando cada uma para dentro com as duas mãos, depois correndo pela grama até a próxima. Estavam todas trancadas. Contornei a casa, envolvi o punho com a barra do casaco, o apoiei no vidro da janela e empurrei, aumentando a pressão até que se quebrou de uma vez só. Um pedaço caiu para dentro, no porão, e se estilhaçou com um som cristalino no chão. Do buraco no vidro, as rachaduras se abriram, os outros fragmentos se projetaram para dentro, mas continuaram fixos na moldura. Eu já tinha voltado a raciocinar melhor e, sob a luz fraca das estrelas, peguei com cuidado os pedaços quebrados, um por um, deixando-os na grama, aumentando o buraco. Em seguida, estendi a mão para dentro, destravei a tranca da janela, abri e me arrastei para dentro, os pés primeiro, deslizando pelo peitoril de barriga para baixo até encontrar o chão. Apertada contra o peito enquanto eu escorregava, senti a lanterna clínica que levo no casaco; depois, de pé no porão, eu a acendi.

O facho tênue era largo e difuso, e não mostrava nada além de um passo ou dois à frente. Vaguei pelo porão escuro e desconhecido, passando por pilhas de jornais velhos, uma porta de tela enferrujada encostada na parede de blocos de cimento, um cavalete com manchas de tinta e marcas de serra, um baú antigo, uma pia velha e uma pilha de canos de chumbo descartados, as colunas de madeira do porão, de quinze por quinze centímetros, uma fotografia empoeirada da turma do ensino médio de Becky... e comecei a entrar em pânico. O tempo estava passando e eu não achava o que tinha certeza de que estaria aqui em algum lugar, mas que precisava descobrir, se é que já não era tarde demais.

Tentei o baú; estava destrancado e enfiei o braço até o ombro, mexendo nas roupas velhas ali dentro, até saber que não continha mais nada. Não havia nada entre as pilhas de jornais, nem atrás da porta de tela, nada na antiga estante que encontrei, com as prateleiras ocupadas por vasos vazios com crostas de terra. Vi uma bancada repleta de ferramentas e serragem, com uma miscelânea de pedaços de madeira sem uso empilhados embaixo. Com o mínimo de ruído possível, afastei a maior parte daqueles objetos, mas, ainda assim, fiz bastante barulho; não havia nada debaixo da bancada a não ser madeira. Apontei o pequeno facho para as vigas; estavam abertas e expostas, cobertas de pó e penugem, e não havia mais nada nelas. O tempo continuou a passar, e eu já havia vasculhado todo o porão. Não sabia mais onde procurar e olhava as janelas o tempo todo, temendo ver o primeiro sinal do amanhecer.

Então descobri um conjunto de armários altos, instalados na parede dos fundos, estendendo-se por toda a largura do porão e que iam até o teto. À luz fraca da lanterna, eu havia pensado a princípio que eles eram a própria parede e não os notara. Abri o primeiro par de portas: prateleiras apinhadas de produtos enlatados. Escancarei o par seguinte, e vi todas as prateleiras vazias e empoeiradas, menos a inferior, a não mais que três centímetros do chão.

Ali estava, naquela prateleira de pinho sem pintura, deitado de barriga para cima, os olhos bem abertos, os braços imóveis do lado do corpo; e me ajoelhei próximo a ele. Creio que é possível perder o juízo por um instante, e que talvez eu tenha chegado muito perto disso. Agora entendia por que Theodora Belicec estava deitada na cama na minha casa, sedada e em estado de choque; então, fechei as pálpebras com força, lutando para preservar o autocontrole. Depois, abri os olhos e observei, mantendo a mente, à força, num estado de tranquilidade fria e artificial.

Certa vez, vi um homem revelar uma foto, um retrato que tirou de um amigo em comum. Ele mergulhou a folha em branco de papel sensibilizado na solução, balançando-a devagar para a frente e para trás, à luz vermelha e fraca da sala de revelação. Então, por baixo daquele fluido incolor, a imagem começou a aparecer — turva e vaga —, mas, mesmo assim, sem dúvida reconhecível. Aquela coisa, deitada de barriga para cima na prateleira empoeirada à luz alaranjada e fraca da minha lanterna, também era inacabada, subdesenvolvida, vaga e indefinida, mas indiscutivelmente Becky Driscoll.

O cabelo, como o de Becky, era castanho e ondulado, e nascia na testa, volumoso e forte, e já se via o começo de uma ponta no centro, sugerindo o bico de viúva na fronte de Becky. Debaixo da pele, a estrutura óssea despontava; as maçãs do rosto e o queixo, e a forma ao redor dos olhos, começavam a se exibir, proeminentes, como no rosto de Becky. O nariz era estreito, alargando-se subitamente na ponte, e vi que, caso se alargasse só alguns milímetros a mais, seria uma duplicata, precisa como um molde de cera, do nariz de Becky. Os lábios formavam quase a mesma boca farta, carnuda e — isso era assustador — linda. De cada lado da boca apareciam os dois pequenos vincos de preocupação quase invisíveis que surgiram no rosto de Becky Driscoll nos últimos anos.

É impossível, mesmo numa criança, que osso e carne cresçam perceptivelmente em menos de algumas semanas. Contudo, ainda ajoelhado, com o concreto frio e duro contra meus joelhos, entendi que a carne que eu fitava, e os ossos logo abaixo, estavam se moldando nas horas e minutos que haviam passado naquela noite. Era simplesmente impossível, mas, ainda assim, eu sabia que essas maçãs do rosto tinham empurrado a pele, a boca se alargara, os lábios cresceram e adquiriram personalidade; o queixo se alongara alguns milímetros, o ângulo da mandíbula se alterara, e eu sabia que o cabelo mudara de cor até esse tom preciso, engrossado e se fortalecido, torcendo-se em ondas e começado a cair na testa.

Espero nunca mais em minha vida ter que ver nada tão apavorante quanto aqueles olhos. Só conseguia encará-los por um segundo de cada vez, depois precisava fechar os meus olhos. Eram quase, mas não completamente — ainda não — tão grandes quanto os de Becky. Não tinham o mesmo formato, nem o mesmo tom — mas estavam chegando lá. A expressão deles, no entanto... Observe uma pessoa inconsciente voltar a si e, a princípio, os olhos demonstrarão só o mínimo despertar de uma compreensão incipiente, os primeiros sinais do retorno da inteligência. Era só isso o que havia naqueles olhos. A consciência firme e a atenção calma do olhar de Becky Driscoll estavam horrivelmente parodiadas e diluídas ali. Entretanto, por mais desbotados que fossem, podia-se ver, nesses olhos azuis vazios, iluminados pelo facho trêmulo da minha lanterna, o primeiro indício esmaecido do que — com o tempo — seriam os olhos de Becky Driscoll. Eu gemi e me curvei, cruzando os braços e segurando o estômago com força.

Havia uma cicatriz no antebraço esquerdo da coisa na prateleira, logo acima do pulso. Becky tinha uma pequena marca de queimadura lá, e eu lembrava seu formato porque parecia um pouco com o contorno do continente sul-americano. Eu a via nesse pulso também, quase invisível, mas existente, e tinha precisamente a mesma forma. Havia uma mancha no quadril esquerdo e uma cicatriz branca e fina como um traço a lápis logo abaixo do joelho direito; e, embora eu não soubesse por experiência direta, tive a certeza de que Becky apresentava as mesmas marcas.

Ali, naquela prateleira, estava Becky Driscoll — incompleta. Lá estava um... primeiro esboço do que se tornaria um retrato perfeito e irretocável, tudo começado, tudo delineado, nada acabado. Ou digamos assim: ali, àquela luz alaranjada, havia um rosto desfocado, visível de maneira vaga, como se coberto por camadas de água, e ainda assim... reconhecível nos menores detalhes.

Sacudi a cabeça, desviando os olhos, e ofeguei em busca de ar — de forma inconsciente, vinha prendendo a respiração — e o som foi alto e áspero naquele porão silencioso. Então voltei à vida, meu coração inchando e se contraindo imensamente, o sangue coagulando nas minhas veias e atrás dos meus olhos, num pânico de medo e exaltação, e me levantei, de pernas rígidas, cambaleando.

Então saí — às pressas — pela escada do porão e tentei abrir a porta do primeiro andar; estava destrancada, e cheguei à cozinha. Segui pela sala de jantar silenciosa, com as cadeiras de espaldar reto em volta da mesa, silhuetadas diante das janelas. Na sala de estar, tomei a escada de corrimão branco, me virei no patamar e subi em silêncio, dois degraus de cada vez, até o corredor superior.

Havia uma fileira de portas, todas fechadas, e tive que adivinhar. Experimentei a segunda, num palpite, segurei a maçaneta, apertei o punho com força em torno dela e girei o pulso lentamente, sem produzir nenhum som. Pude sentir, não ouvir, o trinco deslizar para fora do encaixe na moldura da porta, então a empurrei, abrindo-a só alguns centímetros, e enfiei a cabeça para dentro do quarto, sem mover os pés. Um borrão escuro e sem forma, uma cabeça, apoiada no único travesseiro de uma cama de casal; não havia como saber quem era. Apontando a luz para um lado do rosto, apertei o botão e vi o pai de Becky. Ele se mexeu, resmungando uma palavra ininteligível, soltei o botão da lanterna e — rápido, mas ainda em silêncio — fechei a porta, depois larguei a maçaneta com um movimento bem gradual.

O processo era lento demais. Eu não conseguia me conter; estava pronto para escancarar as portas, arremessando-as contra a parede, pronto para gritar a plenos pulmões e despertar a casa toda. Dei dois passos rápidos até a porta ao lado, que abri por completo, e entrei, com a lanterna acesa percorrendo rapidamente a parede do quarto para encontrar o rosto de quem dormia ali. Era Becky, deitada imóvel naquele pequeno círculo de luz, o rosto uma duplicata forte e mais vigorosa da paródia que eu deixara no porão. Contornei a cama em dois passos e peguei no ombro de Becky, a outra mão segurando a lanterna. Eu a balancei e ela gemeu um pouco, mas não acordou, então passei o braço debaixo do seu ombro e a ergui. A parte superior do corpo ficou sentada, a cabeça pendendo para trás em meu braço, e ela suspirou profundamente.

Não esperei nem mais um segundo. Encaixando a lanterna na minha boca, prendendo-o pelo cano com os dentes, tirei o cobertor leve, passei o outro braço debaixo dos joelhos de Becky e a levantei. Então, cambaleando, eu a apoiei em cima do meu ombro e a carreguei como um bombeiro. Dobrei o braço para mantê-la no lugar, peguei a lanterna com a outra mão e saí um tanto trôpego para o corredor. Ainda oscilando, mas na ponta dos pés — simplesmente não sei quanto som produzi — caminhei até a escada, depois desci na escuridão, arrastando os passos, sentindo cada degrau com os dedos dos pés.

Saí pela porta da frente e logo estava andando pela rua escura e vazia, alternadamente carregando Becky por cima do ombro, depois segurando-a, com a cabeça pendurada, nos meus braços. Logo depois da Washington Boulevard, ela gemeu, ergueu a cabeça, os olhos ainda fechados, e seus braços subiram e se penduraram no meu pescoço. Foi quando ela abriu os olhos.

Por um momento, enquanto eu caminhava olhando seu rosto, ela me encarou, com os olhos entorpecidos; depois, piscou várias vezes e seus olhos ganharam foco. Sonolenta, como uma criança, ela disse: "O que foi? O que foi, Miles? O que aconteceu?".

"Conto depois", respondi baixinho e sorri para ela. "Acho que você está bem. Como está se sentindo?"

"Estou bem, mas cansada. Meu Deus, que cansaço." Ela virava a cabeça enquanto falava, olhando para as casas escuras à nossa volta e as árvores acima de nós. "Miles, o que está *acontecendo*?" Ela olhou para mim, sorrindo confusa. "Você está me sequestrando? Está me levando para o seu esconderijo ou coisa assim?" Ela olhou para baixo e viu que por baixo do casaco desabotoado eu estava de pijama. "Miles", murmurou em tom sarcástico, "não dava para esperar? Você não poderia ao menos me convidar, como um cavalheiro? Miles, *o que* está fazendo?"

Eu sorri para ela. "Vou explicar daqui a pouco, quando chegarmos à minha casa." Ela ergueu as sobrancelhas, e meu sorriso se alargou. "Não se preocupe, você não corre perigo nenhum; Mannie Kaufman está lá, e os Belicec também; você estará bem acompanhada."

Becky me encarou por um momento e estremeceu subitamente; o ar da noite estava frio e sua camisola era de náilon fino. Ela apertou o abraço em volta do meu pescoço e se aconchegou, fechando os olhos. "Que pena", murmurou. "A maior aventura da minha vida: sequestrada da minha cama por um homem bonito de pijama. Carregada pelas ruas, como uma mulher das cavernas capturada. E aí ele tem que convidar outras pessoas." Ela abriu os olhos e sorriu para mim.

Meus braços doíam horrivelmente, tinha a sensação de que uma faca enorme e cega espetava minha coluna, e eu mal conseguia endireitar os joelhos depois de cada passo; era uma agonia. E, ainda assim, era maravilhoso também, e não queria que acabasse; era bom ter Becky nos meus braços, tão perto de mim, e era impossível ignorar um padrão de calor delicioso onde quer que seu corpo tocasse o meu.

Mannie estava na minha casa, eu vi seu carro estacionado atrás do meu. Na varanda, deixei Becky de pé, imaginando se eu conseguiria me endireitar sem me partir em pedaços como vidro quebrado. Então lhe dei meu sobretudo, o que deveria ter feito muito antes; mas não tinha pensado nisso. Ela o vestiu e abotoou, sorrindo; entramos, e Mannie e Jack estavam na sala de estar.

Eles nos olharam, boquiabertos, e Becky simplesmente sorriu e os cumprimentou, como se tivesse vindo para o chá. Agi do mesmo modo casual, satisfeito com a expressão no rosto de Jack e Mannie, e sugeri a Becky que estava um tanto frio para ficar de camisola. Disse onde ela poderia encontrar uma calça jeans velha que tinha encolhido e ficado pequena demais para mim, uma camisa branca limpa, meias de lã e um par de mocassins; ela assentiu e subiu para encontrá-los.

Fui para a sala de estar, em direção a uma poltrona vazia, olhando para Mannie e Jack. "É que eu me sinto muito sozinho às vezes", eu disse, encolhendo os ombros. "E, quando isso acontece, tenho que arranjar companhia."

Mannie olhou para mim, cansado. "A mesma coisa?", perguntou num sussurro, apontando para a escada que Becky acabara de subir. "Você encontrou um na casa dela?"

"É." Balancei a cabeça, sério novamente. "No porão."

"Bem", ele se levantou, "quero ver isso. Um deles, pelo menos. Na casa dela ou na de Jack."

Assenti. "Ok. Melhor na de Jack; o pai de Becky está em casa. Vou trocar de roupa."

Lá em cima, comigo no meu quarto e Becky no banheiro, a um ou dois passos no corredor, ambos nos vestimos e, falando baixinho um com o outro, conseguimos conversar. De calça, sapatos e meias, uma camisa e meu velho suéter azul, contei tão rápido quanto pude o que ela já adivinhara, o que tinha acontecido com os Belicec e o que eu encontrara em seu porão também, sem dar muitos detalhes.

Estava com medo de como isso poderia afetá-la, mas descobri que nunca se sabe como uma mulher vai encarar alguma coisa. Ambos vestidos, saímos para o corredor e Becky sorriu para mim, simpática. Estava bonita; havia dobrado a barra da calça de brim até os joelhos, de modo que parecia uma calça-pescador e, com as meias brancas de lã e os mocassins, as mangas da camisa dobradas e o colarinho aberto, lembrava uma garota de anúncio de férias de uma estância balneária. Seus olhos, notei, estavam vivos e ansiosos, sem medo, e percebi que, por não ter visto o que eu vi, ela estava mais feliz e contente com toda aquela comoção do que qualquer outra coisa. "Vamos para a casa de Jack", avisei. "Quer vir?" Estava pronto para argumentar em contrário se ela quisesse ir.

Mas ela sacudiu a cabeça. "Não, alguém tem que ficar com a Theodora. Vocês podem ir." Ela virou e entrou no quarto onde Theodora estava, e eu desci a escada.

Pegamos meu carro, fomos todos no banco da frente, e depois de alguns quarteirões, Jack perguntou: "O que você acha, Mannie?".

Mas Mannie só balançou a cabeça, olhando distraído para o painel. "Ainda não sei", respondeu. "Apenas não sei." A leste, notei que, embora ainda fosse noite escura no carro e na rua ao nosso redor, havia um sinal da aurora ou da madrugada no céu.

Subimos a estrada de terra em segunda marcha, viramos na última curva e vi que todas as lâmpadas da casa de Jack pareciam acesas. Por um instante, isso me assustou — esperava que a casa estivesse completamente escura — e tive a rápida imagem mental de uma figura semiviva, nua e contemplativa, sem pensamentos, vagando pelo imóvel e apertando os interruptores. Então percebi que Jack e Theodora nem pensaram em desligar as luzes quando saíram, e me acalmei um pouco. Estacionei na frente da garagem aberta e, no tempo que levamos para vir da minha casa até aqui, o céu havia clareado; agora, podíamos ver ao nosso redor o contorno escuro das árvores sob luz cada vez mais clara. Descemos do carro e, num pequeno círculo a meus pés, pude ver as irregularidades do solo e os primeiros tons cinzentos no capim e nos arbustos. A luminosidade das lâmpadas da casa enfraquecia e alaranjava diante da luz pálida do amanhecer.

Sem nenhum de nós dizer uma palavra, caminhamos em fila até a garagem, Jack à frente, e o couro de nossos sapatos rangendo no chão de cimento. Logo estávamos no porão, e a porta entreaberta da sala de bilhar, seis ou sete passos à frente. A luz estava acesa, exatamente como Theodora deixara, e agora Jack abria a porta de novo.

Ele parou tão súbito que Mannie esbarrou nele; depois continuou a avançar lentamente, e Mannie e eu o seguimos. Não havia nenhum corpo na mesa. Debaixo da luz forte, sem sombras, de cima, jazia o feltro verde-escuro e, na superfície, a não ser nos cantos e nas laterais, havia uma espécie de penugem densa e cinzenta que poderia ter caído, ou ter sido arrancada, das vigas do teto.

Por um instante, Jack olhou para a mesa de boca aberta. Em seguida se voltou para Mannie, falando como se fosse um protesto, pedindo para que o outro acreditasse: "Estava ali, na mesa! Mannie, estava ali!".

Mannie sorriu, assentindo rapidamente. "Acredito em você, Jack, todos vocês viram." Ele encolheu os ombros. "E agora alguém o pegou. Estamos diante de algum mistério aqui, talvez. Venham, vamos sair; tem uma coisa que quero contar pra vocês."

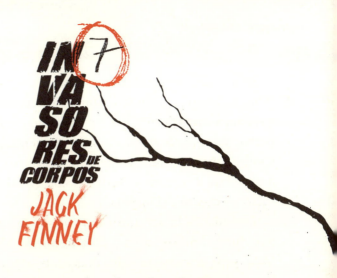

INVASORES DE CORPOS
JACK FINNEY

Na beira da estrada em frente à casa de Jack, todos nós sentamos na grama ao lado do meu carro, os pés sobre o declive de terra, cada um com um cigarro, observando a cidade no vale. Eu apreciara essa vista mais de uma vez, passando pelas colinas depois de atender a chamadas noturnas. Os telhados ainda estavam cinzentos e descorados, mas agora, por toda a cidade, as janelas refletiam o laranja opaco dos raios inclinados do sol nascente. Enquanto olhávamos, as janelas alaranjadas começavam a brilhar, o tom clareando, enquanto a borda do sol se movia, subindo pelo horizonte ao leste. Aqui e ali, de uma chaminé ou outra, podíamos ver o surgimento de um fio de fumaça.

Jack murmurou para si mesmo, balançando a cabeça, enquanto olhava as casas de brinquedo lá embaixo. "É simplesmente impossível pensar nisso", comentou. "Quantas dessas coisas devem estar lá na cidade agora? Guardadas em seus esconderijos."

Mannie sorriu. "Nenhuma", respondeu, "nem uma única", e seu sorriso se alargou ainda mais quando viramos a cabeça para fitá-lo. "Veja", disse em voz baixa, "vocês têm um mistério diante de vocês, com certeza, um mistério de verdade. De quem era aquele corpo? E onde está agora?" Estávamos sentados à esquerda de Mannie, e ele virou a cabeça para olhar nosso rosto por um momento, depois acrescentou: "Mas é um mistério completamente normal. Um assassinato, me parece; eu não saberia dizer. Mas, seja o que for, está dentro dos limites da experiência humana; não pensem que é um caso excepcional".

Minha boca se abriu para protestar, mas Mannie sacudiu a cabeça. "Ora, escutem", continuou. Com os antebraços nos joelhos, o cigarro na mão, a fumaça subindo em curva acima do rosto escuro e bronzeado, Mannie observou a cidade. "A mente humana é uma coisa estranha e maravilhosa", comentou, pensativo, "mas não sei se um dia desvendará a si mesma. Todas as coisas, talvez — do átomo ao universo —, exceto a si mesma."

Estendeu o braço, indicando a cidade em miniatura abaixo de nós iluminando-se ao sol do amanhecer. "Lá embaixo, em Santa Mira, uma semana, uns dez dias atrás, alguém desenvolveu um delírio; um membro de sua família não era o que parecia ser, mas um impostor. Não é exatamente um delírio comum, mas acontece às vezes, e todo psiquiatra o enfrenta mais cedo ou mais tarde. Em geral, sabe como tratar."

Mannie apoiou as costas na roda do carro e sorriu para nós. "Mas na semana passada fiquei perplexo. Não é um delírio comum, mas só nesta cidade houve mais de dez casos como esse, todos na semana passada. Nunca vi nada assim em todos os meus anos de experiência, e fiquei paralisado." Mannie tragou o cigarro de novo, depois o apagou na terra ao seu lado. "Mas venho lendo ultimamente, reabastecendo a mente com certas coisas de que deveria ter me lembrado antes. Já ouviram falar do Maníaco de Mattoon?"

Sacudimos a cabeça em negativa e esperamos.

"Bem", Mannie cruzou as mãos sobre um dos joelhos, "Mattoon é uma cidadezinha em Illinois, com cerca de vinte mil habitantes, e lá aconteceu uma coisa que vocês podem encontrar registrada em livros didáticos de psicologia. Em 2 de setembro de 1944, no meio da noite, uma mulher telefonou para a polícia; alguém tentou matar sua vizinha com gás venenoso. A mulher havia despertado por volta da meia-noite; o marido dela trabalhava no turno da noite numa fábrica. O quarto da mulher se encheu de um odor peculiar, adocicado e nauseante. Ela tentou levantar, mas as pernas estavam paralisadas. Conseguiu se arrastar até o telefone e ligar para a vizinha, que avisou a polícia.

"A polícia chegou e fez o que pôde; encontraram uma porta destrancada, que alguém poderia ter usado para entrar, mas é claro que não havia mais ninguém na casa. Na noite seguinte ou não muito depois disso, a polícia recebeu outra ligação e encontrou mais uma mulher parcialmente paralisada e bastante doente; alguém havia tentado matá-la com gás venenoso. Ainda naquela noite, aconteceu a mesma coisa em outra parte da cidade. E, quando mais de dez mulheres foram atacadas dessa forma nas noites seguintes, todas doentes e parcialmente paralisadas por um gás de cheiro enjoativo introduzido em seus quartos enquanto dormiam, a polícia entendeu que tinha um psicopata para encontrar; um maníaco, como os jornais o chamaram."

Mannie arrancou um ramo do chão e começou a tirar as folhas do caule. "Certa noite, uma mulher viu o homem. Ela acordou e viu um vulto diante da luz da janela aberta, e ele estava com o que parecia um spray inseticida no quarto. Ela sentiu o cheiro do gás, gritou e o homem fugiu. Mas, quando ele se afastou da janela, a mulher conseguiu ver direito o sujeito; era alto, muito magro e usava o que parecia ser um gorro preto.

"Então chamaram a polícia estadual, porque numa única noite mais sete mulheres sofreram ataques com gás e paralisia parcial. Vieram à cidade repórteres das agências de notícias e da maior parte dos jornais de Chicago; vocês podem encontrar tudo isso nos arquivos deles. Nas noites de 1944, em Mattoon, Illinois, viaturas com homens armados de escopetas fizeram ronda pelas ruas; vizinhos organizaram grupos de vigilantes, se revezando em turnos para patrulhar seus quarteirões; e os ataques continuaram, e o maníaco não foi encontrado.

"Finalmente, uma noite, tinha oito carros da polícia estadual na cidade e uma unidade móvel de rádio e um médico estava de plantão no hospital metodista local. Naquela noite, a polícia recebeu uma ligação, como de costume; uma mulher, que mal conseguia falar, tinha sido atacada pelo louco. Em menos de um minuto, uma das viaturas chegou à casa dela; a mulher foi levada para o hospital e examinada pelo médico." Mannie sorriu. "Ele não encontrou nenhum problema; nada. Ela foi mandada para casa, outra chamada foi feita e a segunda mulher foi levada para o hospital, examinada, e também não tinha nenhum problema. Isso aconteceu a noite inteira. As ocorrências eram notificadas, as mulheres eram examinadas no hospital em poucos minutos, e cada uma delas era mandada de volta para casa."

Por um longo tempo, Mannie observou nossos rostos, depois disse: "Os casos daquela noite foram os últimos em Mattoon; a epidemia havia acabado. Não havia nenhum maníaco; nunca houve". Ele sacudiu a cabeça, perplexo. "Histeria em massa, autossugestão, chamem como quiserem — foi o que aconteceu com Mattoon. Por quê? Como?" Mannie encolheu os ombros. "Não sei. Damos nome às coisas, mas não as entendemos de verdade. Só o que sabemos, com certeza, é que acontecem."

Acho que Mannie viu, na minha expressão e na de Jack, uma espécie de determinação obstinada a não aceitar o que ele insinuava, pois voltou-se para mim e, com voz paciente, disse: "Miles, você deve ter lido, na faculdade de medicina, sobre a Epidemia da Dança que se espalhou pela Europa há alguns séculos". Ele olhou para Jack. "Uma coisa espantosa", continuou. "Impossível de acreditar, mas aconteceu. Cidades inteiras começaram a dançar: primeiro uma pessoa, depois outra, depois cada homem, mulher e criança, até caírem mortos ou exaustos. A coisa se espalhou por toda a Europa; a Epidemia da Dança, é possível ler na enciclopédia sobre ela. Durou um verão inteiro, pelo que lembro, e depois... parou; desapareceu. Deve ter deixado as pessoas imaginando o que, afinal, tinha acontecido." Mannie se interrompeu para nos observar, depois encolheu os ombros. "Então, pronto. É difícil acreditar nessas coisas até que você veja, e mesmo quando vê.

"E foi isso que aconteceu em Santa Mira", ele indicou a cidade a nossos pés. "A notícia se espalha, no começo quase em segredo. É sussurrada por aí, como em Mattoon; alguém acredita que o marido, a irmã, a tia ou o tio é, na verdade, um impostor indetectável, uma notícia estranha e intrigante. E aí... continua acontecendo. E se espalha, e aparece um novo caso, ou vários, quase todos os dias. Que diabo, a caça às bruxas de Salem, os discos voadores — tudo isso faz parte desse mesmo aspecto assombroso da mente humana. Muita gente leva uma vida solitária; esses delírios geram atenção e preocupação."

Mas Jack estava sacudindo a cabeça lentamente, e Mannie murmurou: "O corpo era de verdade; é isso que está incomodando você, não é, Jack?". Jack assentiu, e Mannie disse: "Era de verdade, sim; todos vocês viram. Mas só isso é real. Jack, se você tivesse encontrado o corpo há um mês, teria identificado o que era de fato, um mistério intrigante, talvez muito estranho, mas também perfeitamente natural. E Theodora, Becky e Miles também. Você entende o que quero dizer". Inclinando-se, ele olhava fixamente para Jack. "Vamos supor que, em agosto de 1944, em Mattoon, Illinois, um homem andou pelas ruas à noite com uma pistola pulverizadora. Qualquer um que o visse teria imaginado, e com razão, que o homem ia borrifar pesticida nas roseiras no dia seguinte, ou coisa assim. Mas um mês depois, em setembro, alguém poderia ter atirado na cabeça do sujeito antes que ele tivesse a chance de falar."

Mannie acrescentou com um tom de voz gentil: "E você, Jack, encontrou um corpo mais ou menos da sua altura e porte, o que não é assim tão estranho; você tem a estatura média. O rosto, na morte, e isso acontece com frequência, estava liso e sem rugas, com uma expressão vazia e", Mannie encolheu os ombros, "bem, você é escritor, tem muita imaginação, e está influenciado pelo delírio que anda à solta em Santa Mira, assim como Miles, Theodora e Becky. Eu também estaria, com certeza, se morasse aqui. E sua mente tentou conectar tudo, chegando a uma conclusão que explica os dois mistérios. A mente humana sempre procura causa e efeito, e todos preferimos a resposta estranha e emocionante à tediosa e banal".

"Ouça, Mannie, Theodora realmente *viu*..."

"Exatamente o que *esperava* ver! O que morria de medo de ver! O que tinha *certeza* de que ia ver, nessas circunstâncias. Eu realmente ficaria surpreso se ela não visse! Ora, vocês dois condicionaram e prepararam ela pra isso, e ela se condicionou."

Comecei a falar, e Mannie sorriu para mim, zombeteiro. "Você não viu nada, Miles." Ele encolheu os ombros. "A não ser, talvez, um tapete enrolado numa prateleira no porão da Becky. Ou uma pilha de lençóis ou roupa suja; praticamente qualquer coisa, ou mesmo nada, serviria. Você estava tão exaltado naquele momento, Miles, tão hiperestimulado, correndo pelas ruas, que, como contou, tinha certeza de que encontraria... o que encontrou, é claro. Era óbvio que ia encontrar." Ele ergueu a mão quando comecei a falar. "Ah, você viu, sim. Nos menores detalhes. Exatamente como descreveu. Viu uma coisa tão nítida e *real* quanto qualquer outra que pode ter visto. Mas só na sua cabeça." Mannie franziu a testa para mim. "Que diabo, você é médico, Miles; sabe como essas coisas são."

Ele tinha razão; eu sabia. Na faculdade, uma vez eu estava ouvindo um professor de psicologia dar sua aula tranquilamente, e agora, sentado ali na beira da estrada, o sol aquecendo o rosto, me lembrava de como a porta da sala se escancarou de repente quando dois homens entraram lutando. Um deles se soltou, sacou uma banana do bolso, a apontou para o outro e gritou: "Bang!". O outro apertou a lateral do corpo, tirou uma pequena bandeira norte-americana do bolso, a abanou violentamente na frente do rosto do outro homem, depois os dois correram para fora da sala.

O professor disse: "Isto é um experimento controlado. Agora, cada um de vocês vai pegar papel e lápis, e escrever um relato do que acabou de ver e depois vai deixar na minha mesa no final da aula".

No dia seguinte, na sala, ele leu nossos textos em voz alta. Eram vinte e poucos alunos, e não havia nenhum texto igual ao outro, nem mesmo parecido. Alguns alunos viram três homens, outros viram quatro, uma aluna viu cinco. Alguns viram homens brancos, outros negros; alguns, orientais, outros, mulheres. Um estudante viu um homem esfaqueado, o jato de sangue, o sujeito com um lenço na mão, que rapidamente ensopou de sangue, e mal pôde acreditar quando não encontrou manchas no chão ao deixar a folha na mesa do professor, e assim por diante. Nem um único relato citou a bandeira dos Estados Unidos, nem a banana; esses objetos não se encaixavam na cena súbita e violenta que assolou nossos sentidos, por isso nossa mente os excluiu, simplesmente os descartou e substituiu por algo mais apropriado ao contexto, como armas de fogo, facas e farrapos ensopados de sangue, que cada um de nós tinha convicção de ter visto. Nós *vimos*, na verdade; mas só em nossa mente, procurando uma explicação.

Então comecei a me perguntar se Mannie não estaria certo, o que era estranho; a ideia me causou decepção, verdadeiro desânimo, e percebi que tentava me recusar a acreditar. Preferimos o estranho e intrigante, como Mannie dissera, ao tedioso e banal. Mesmo que eu ainda pudesse visualizar, de forma nítida, terrível e real, o que pensava ter visto no porão de Becky, intelectualmente sentia que Mannie devia ter razão. Mas, em termos emocionais, ainda era quase impossível aceitar, e creio que isso transpareceu em meu olhar e no de Jack.

Deve ter sido por isso que Mannie se levantou e ficou parado por alguns segundos, olhando para nós. Depois, murmurou: "Querem uma prova? Eu dou: Miles, volte para a casa da Becky e, num estado de espírito mais calmo, não vai ver corpo nenhum naquela prateleira no porão; eu garanto. Só havia um corpo, e estava no porão do Jack; foi o que começou tudo isso. Querem outra prova? Eu dou. Esse delírio vai desaparecer de Santa Mira, exatamente como aconteceu em Mattoon, na Europa e em todos os outros lugares. E as pessoas que vieram falar com você, Miles — Wilma Lentz e as outras — voltarão; pelo menos algumas vão. Outras vão evitar você por pura vergonha, mas, se procurar por elas, vão admitir a mesma coisa que as outras: que o delírio acabou, que simplesmente não entendem como nem por que isso passou pela cabeça delas. E esse será o fim; não vai ter mais um caso. Isso eu também garanto".

Mannie sorriu, olhou para o céu, agora azul e claro, e disse: "Eu acho que um café da manhã cairia bem". Jack sorriu para ele, levantando, assim como eu. "Eu também", respondi. "Vamos voltar para a minha casa e ver o que as garotas podem preparar para nós." Jack então percorreu sua casa, apagou as luzes e trancou as portas. Quando saiu, trazia uma pasta de papelão marrom debaixo do braço, do tipo sanfonada, dividida em seções, cada uma delas abarrotada de documentos.

"Meu escritório", explicou apontando para a pasta. "Trabalhos que estou fazendo, anotações, referências, bobagens. Só coisa valiosa", sorriu, "e gosto de ter elas comigo." Todos descemos a colina até a cidade.

Na casa de Becky, parei no meio-fio e saí, deixando o motor ligado. Ainda era muito cedo, a rua branqueada pela luz do novo dia, e não vi nem uma alma ou movimento em todo o quarteirão. Fui corajosamente até a lateral da casa, pisando na grama, com passos silenciosos. Parei junto à janela quebrada do porão e olhei para as residências vizinhas; não vi ninguém, não ouvi nada. Abaixei rapidamente, me esgueirei para dentro e cruzei o piso de cimento na ponta dos pés. Agora, o porão estava iluminado e muito silencioso, e eu, calmo mas apreensivo; não queria ser pego e ter que explicar o que estava fazendo.

A porta do armário estava entreaberta como eu a havia deixado, então abri e olhei a prateleira inferior. A luz de uma janela próxima a atingiu em cheio, e a prateleira estava vazia. Abri todas as portas naquela parede, e não havia nada que não devesse estar ali: só enlatados, ferramentas, potes vazios, jornais velhos. Na prateleira inferior havia só uma massa grossa de poeira cinzenta e, agachado ali ao lado, encolhi os ombros; só pude imaginar que era o tipo de sujeira que se acumula nos porões, e que meus sentidos haviam distorcido, numa espécie de ataque histérico, a ponto de ver um corpo.

Não quis ficar lá mais tempo do que o necessário; deixei o armário fechado, como estava antes, fui até a janela e me arrastei de volta ao gramado. O que o pai de Becky acharia da janela quebrada quando a encontrasse, eu não tinha como saber; mas sabia que eu não ia precisar explicar tudo.

No carro, saindo do meio-fio, abanei a cabeça para Mannie, sorrindo um pouco envergonhado. "Você tinha razão", eu disse, olhei para Jack e encolhi os ombros.

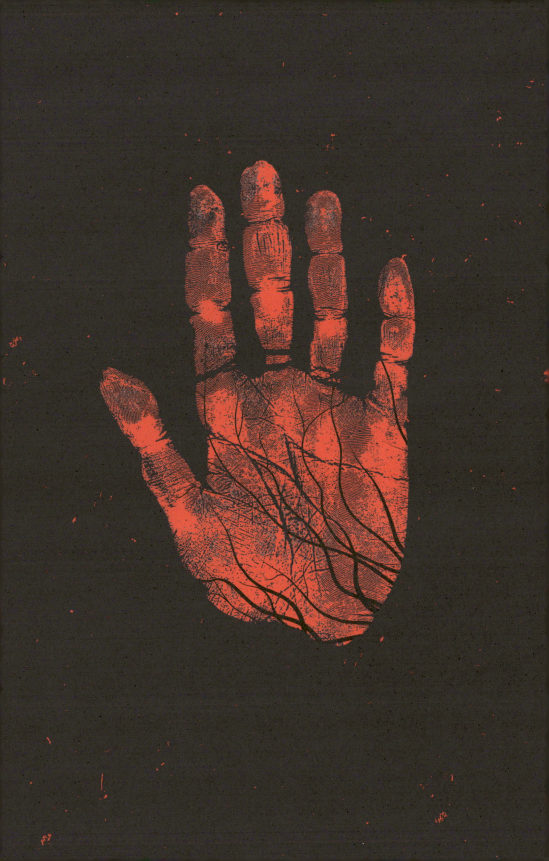

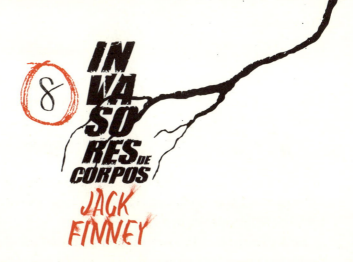

8
INVASORES DE CORPOS
JACK FINNEY

O animal humano não adota uma dieta restrita a uma única emoção: medo, felicidade, horror, pesar ou mesmo satisfação. Foi estranho; depois da noite que todos tivemos, o café da manhã foi um momento de alegria. O sol ajudou; entrou pelas janelas abertas e pela porta da cozinha, amarelo, quente e pleno de promessas matinais. Theodora estava acordada quando chegamos, sentada à mesa da cozinha, tomando café com Becky. Ela se levantou quando entramos, Jack correu em sua direção, e os dois se abraçaram por um longo tempo, e Jack a beijou com força. Ele recuou para olhá-la, e Mannie e eu também fizemos o mesmo. Ela ainda estava cansada, com olheiras, mas agora o olhar estava tranquilo e são, e ela sorriu para nós por cima do ombro de Jack.

Então, quase como se tivéssemos recebido um sinal, todos começamos a tagarelar, rimos muito, fizemos piadas; e as duas mulheres ligaram os bicos de gás, pegaram frigideiras e caçarolas, abriram os armários e a geladeira, enquanto os três homens sentavam-se à mesa. Becky nos serviu café. Por uma espécie de consenso tácito, não falamos da noite anterior — pelo menos, não a sério —, nem do que Jack, Mannie e eu tínhamos acabado de fazer, e elas não perguntaram nada também; devem ter percebido, pelo nosso comportamento, que tudo estava tranquilo.

As linguiças começaram a chiar no fogo, Theodora virava-as com um garfo, enquanto Becky misturava os ovos numa tigela, a colher de metal batendo ritmicamente na porcelana, um som agradável. Theodora disse, com olhos risonhos: "Estive pensando: bem que eu gostaria de ter uma duplicata do Jack. Um deles poderia ficar vagando pela casa, como sempre, sem ouvir uma palavra do que digo, trabalhando mentalmente no que quer que esteja escrevendo. E talvez o outro tivesse tempo para conversar comigo e até lavar a louça de vez em quando".

Jack sorriu para ela sobre a borda da xícara, os olhos felizes e aliviados por vê-la assim. "Pode ser que valha a pena", respondeu ele. "Às vezes acho que qualquer mudança em mim seria um avanço. Talvez o novo Jack saiba escrever de verdade, em vez de dar de cara com a parede toda vez que tenta."

Becky assentiu. "Há vantagens, sim", disse ela. "Eu gosto da ideia de que uma versão de mim seja carregada de camisola pelas ruas, em segredo, enquanto a outra continua em casa, devidamente sozinha na cama, seguindo as normas do decoro."

Exploramos variações dessa ideia. Mannie queria que um dr. Kaufman escutasse seus pacientes enquanto o outro jogava golfe, e eu disse que poderia usar um segundo Miles Bennell para pôr o sono em dia.

A comida estava excelente, comemos e conversamos durante todo o café da manhã, fazendo todas as piadas possíveis. Na verdade, acho que estávamos um pouco alegres demais, quase inebriados, diante do que havia acontecido. Logo Mannie limpou a boca com o guardanapo, olhou para o relógio na parede e se levantou. Quando chegasse em casa, ele disse, fizesse a barba, trocasse de roupa e fosse para o consultório, chegaria bem a tempo de atender ao primeiro paciente. Ele se despediu, disse que planejava me mandar uma conta enorme, cobrando cada hora pelos valores de sempre, se não o dobro, sorriu, e eu o acompanhei até a porta. Depois, os demais tomaram as segundas ou terceiras xícaras de café.

Enquanto bebia o meu, acendi um cigarro, me recostei na cadeira e contei a Theodora e Becky, de modo breve e prático, o que havia acontecido, o que encontramos — ou melhor, não encontramos — nos porões de Jack e Becky, e o que Mannie explicou na estrada em frente à casa de Jack.

Ao terminar, vi as reações que esperava; Theodora simplesmente sacudiu a cabeça, apertando os lábios numa teimosia muda. Para ela, era impossível acreditar que não vira o que tinha certeza de ter visto

— e ainda podia visualizar na lembrança. Becky não comentou, mas pude perceber, pelo alívio em seu olhar, que aceitava a explicação de Mannie, e eu sabia que ela estava pensando no pai. Estava uma graça, sentada à mesa ao meu lado, bem-disposta, viva e bonita, e era estimulante observá-la com a minha camisa, de colarinho aberto.

Jack se levantou, foi até a sala de estar e voltou com a pasta de papelão que trouxera de casa. Sorrindo, sentou-se e disse: "Sou tipo um esquilo", e começou a espiar cada seção da pasta sanfonada. "Coleciono várias coisas, sem saber exatamente por quê. E uma das coisas que guardei", ele tirou um grande punhado de recortes de jornal de uma seção, "foi um recorte de jornal. Eu trouxe elas comigo, depois que conversamos com Mannie." Empurrando os pratos à sua frente, deixou os recortes na mesa, dezenas, alguns amarelados pelo tempo, outros novos, quase todos curtos, alguns mais longos. Pegou um aleatoriamente, olhou para o título, depois o passou para mim.

Eu o ergui para que Becky pudesse ler também. CHUVA DE RÃS NO ALABAMA, dizia o título. Era um textinho que ocupava uma coluna só, de alguns centímetros de comprimento, com data e local, Edgeville, Alabama: "Todos os pescadores nessa cidade de quatro mil habitantes", começava, "encontraram isca de sobra hoje de manhã — se ao menos tivessem onde usá-las por aqui. Ontem à noite, uma chuva de pequenas rãs, de origem indeterminada...". A nota — li o resto de relance — dizia que uma profusão de rãs caíra sobre a cidade, atingindo telhados e janelas como chuva, por vários minutos na noite anterior. O tom da nota era ligeiramente cômico, e não dava nenhuma explicação para o acontecimento.

Olhei para Jack, e ele sorriu. "Que bobagem, não é?", comentou. "Principalmente considerando que, como a própria notícia sugere, não havia lugar de onde as rãs pudessem ter vindo." Ele pegou outro recorte e o entregou para mim.

HOMEM QUEIMA ATÉ A MORTE; ROUPAS INTACTAS, era o título, e contava que um sujeito fora encontrado carbonizado numa fazenda em Idaho. As roupas que usava, no entanto, não foram queimadas, nem mesmo chamuscadas, e não havia sinal de dano por fogo, nem sequer manchas de fuligem na casa. O legista local deu uma declaração afirmando que seria necessário um calor de, pelo menos, mil graus para queimar um homem daquela forma. A notícia se resumia a isso.

Eu meio que sorri, meio que franzi o rosto, imaginando o que ele pretendia demonstrar. Theodora olhava para ele por sobre a borda da xícara de café com o ar irônico e divertido de carinho zombeteiro que as esposas têm pelas excentricidades dos maridos, e Jack sorriu para nós. "Tenho muitas desse tipo, de todos os lugares — pessoas queimadas até a morte dentro das próprias roupas. Já leu absurdo maior? Aqui tem um outro."

Escrito à lápis na margem do recorte estava NEW YK. POST, e o título dizia: E LÁ ESTAVA A AMBULÂNCIA. O cabeçalho informava: RICHMOND, CAL., 7 DE MAIO (AP). O recorte dizia: "'Venha para a San Pablo com a av. MacDonald', disse a voz ao telefone. 'O trem de Santa Fé acabou de bater num caminhão e um homem ficou gravemente ferido.' A polícia mandou uma viatura e uma ambulância para o endereço. Não havia nenhum acidente, o trem ainda não chegara ao local. No entanto, chegou exatamente quando os investigadores estavam saindo e um caminhão de entrega dirigido por Randolph Bruce, 44 anos, passava pelo cruzamento. Bruce ficou gravemente ferido. Sofreu lesão cerebral e teve o peito esmagado".

Deixei o recorte de lado. "O que está tentando dizer, Jack?"

"Bem", ele levantou devagar, "em poucos anos colecionei centenas de pequenos acontecimentos esquisitos; e você pode encontrar milhares de outros casos." Jack começou a andar lentamente de um lado para o outro da cozinha. "Acho que eles provam pelo menos que coisas estranhas acontecem mesmo, de vez em quando, aqui e ali, no mundo todo. Coisas que simplesmente não se encaixam no grande corpo de conhecimentos que a raça humana adquiriu em milhares de anos. Coisas que estão em contradição direta com o que sabemos ser verdade. Um objeto que cai para cima, em vez de para baixo."

Estendendo a mão para a torradeira na bancada da pia, Jack encostou a ponta do dedo numa migalha e a levou à língua. "Então, a questão é esta, Miles. Esses acontecimentos precisam ser sempre explicados? Ou desmentidos? Ou simplesmente ignorados? Porque é isso que sempre acontece." Ele retomou o caminhar lento pela cozinha grande e antiga. "Acho que é natural. Imagino que nada possa conquistar um lugar em nosso corpo de conhecimentos aceitos, a não ser o que é experimentado universalmente. Só que a ciência afirma ser objetiva." Ele parou, de frente para a mesa. "E considera todos os fenômenos com imparcialidade e sem preconceito. Mas é claro que isso não acontece. Este tipo de acontecimento", ele indicou a pequena montanha de papel na mesa, "a ciência rejeita com o desprezo automático de praxe. E isso nos influencia. O que são essas coisas, segundo essa abordagem científica? Ora, são apenas ilusões de ótica, autossugestão, histeria, hipnose em massa, ou, quando tudo falha... coincidência. Vale tudo, menos considerar que essas coisas realmente aconteceram. Ah, não", Jack balançou a cabeça, sorrindo, "você nunca pode admitir, nem por um instante, que aquilo que a gente não entende possa ter acontecido."

Como a maioria das esposas, até as mais sensatas, fazem com todas as convicções sinceras afirmadas pelos maridos, Theodora adotou essa como sua. "Bem, é burrice", comentou, "e como é que a raça humana pode aprender alguma coisa nova assim, eu não sei."

"Leva muito tempo", concordou Jack. "Centenas de anos para aceitar o fato de que a Terra é redonda. Um século resistindo à compreensão de que gira em torno do Sol. Detestamos encarar novos fatos ou evidências, porque pode ser preciso repensar nossa concepção do que é possível, e isso é sempre um incômodo."

Jack sorriu e sentou-se à mesa outra vez. "Mas eu me incluo nisso. Pegue qualquer uma destas notícias." Ele apanhou um recorte. "Esta do *New York Post*, por exemplo. Não é ficção. O *New York Post* é um jornal de verdade, e a notícia foi publicada poucos anos atrás e, com certeza, em muitos outros jornais por todo o país. Milhares de pessoas leram, inclusive eu. Mas alguém se pronunciou para exigir que nosso corpo de conhecimentos fosse revisado para incluir essa estranha ocorrência? *Eu* me pronunciei? Não; pensamos nela, ficamos intrigados e interessados por um tempo, depois tiramos da cabeça. E agora, igual a todos os outros acontecimentos estranhos que não se encaixam no que a gente acha que sabe, este será esquecido e ignorado pelo mundo, a não ser por alguns colecionadores de curiosidades, como eu."

"Talvez devesse ser", respondi em voz baixa. "Dê uma olhada nisto aqui." Eu consultava distraidamente os recortes enquanto Jack falava, e empurrei um na direção dele. Era só uma nota do jornal local, e não revelava muito: um tal de L. Bernard Budlong, professor de botânica e biologia na universidade local, negava um comentário que o jornal lhe atribuíra no dia anterior, sobre alguns "objetos misteriosos" encontrados numa fazenda a oeste da cidade. Foram descritos como grandes vagens desta ou daquela espécie, e Budlong negava ter dito que "vinham do espaço sideral". O *Tribune* pedia perdão: "Desculpe-nos, Prof.", concluía a nota. A data era 9 de maio.

"O que acha disso, Jack?", perguntei delicadamente. "O colapso de um de seus pequenos fenômenos: uma retratação de meia dúzia de linhas no jornal do dia seguinte. Faz a gente duvidar", apontei a pilha de recortes com o queixo, "de tudo, não é?"

"Claro", respondeu Jack. "Essa retratação também pertence à coleção. E é por isso que está aí; eu não a excluí." Ele ergueu um punhado de recortes e os soltou, deixando-os cair na mesa. "Miles, até onde sei, a maior parte disto aqui é mentira. Algumas com certeza são farsas, e talvez a maior parte do resto sejam distorções, exageros ou simples erros de discernimento ou visão; tenho juízo suficiente para saber disso. Mas, caramba, Miles, nem todas elas são, sejam passadas, presentes e futuras! Você não pode explicar e desconsiderar *todas*, para todo o sempre!"

Por um momento ele me encarou de forma intensa, depois sorriu. "Então Mannie tem razão? O que aconteceu ontem à noite também deve ser explicado e desconsiderado?" Jack encolheu ombros. "Talvez. O que Mannie diz tem lógica; sempre tem. E ele explicou o que aconteceu de modo *quase satisfatório*; talvez noventa e nove por cento satisfatório." Por um momento, Jack nos encarou, depois baixou a voz e disse: "Mas resta um minúsculo um por cento de dúvida na minha mente".

Eu olhava para Jack e sentia um arrepio real, desagradável e lento rastejar pela espinha por causa da mera ideia que acabara de me ocorrer. "As impressões digitais", murmurei, e Jack franziu a testa por um momento.

"As impressões digitais em branco!", elevei minha voz. "Mannie acha que é só um corpo comum. Desde quando os homens comuns não têm impressões digitais?"

Theodora levantou da cadeira, os braços apoiados no tampo da mesa, e sua voz saiu alta e estridente. "Eu não posso voltar *lá*, Jack! *Não posso pôr os pés naquela casa!*" Sua voz, enquanto Jack ficava de pé, se tornou ainda mais aguda. "Eu *sei* o que vi; aquela coisa estava se transformando em *você*. Estava, *sim*, Jack!" E, quando ele a tomou nos braços, as lágrimas já caíam pelo rosto, e o medo se revelou mais uma vez em seus olhos.

Depois de um momento, consegui falar em voz baixa. "Então não vá", eu disse à Theodora. "Fique aqui mesmo." Os dois se voltaram para mim e continuei: "É melhor os dois ficarem". Sorri brevemente. "É uma casa grande; escolham um quarto e fiquem nele; traga sua máquina de escrever, Jack, e trabalhe. Eu adoraria que ficassem. Estou sempre sozinho nesta casa, e vai ser bom ter companhia."

Jack estudou meu rosto por um momento. "Tem certeza?"

"É claro."

Ele olhou para Theodora, que assentiu em silêncio, suplicando. "Tudo bem", Jack respondeu. "Talvez seja melhor ficar; só um ou dois dias. Obrigado, Miles, muito obrigado."

"Você também, Becky", eu disse. "Tem que ficar também... uns dias, pelo menos. Com Theodora e Jack", alguma coisa me fez acrescentar.

Ela estava pálida, mas sorriu um pouco ao escutar isso. "Com Theodora e Jack", repetiu. "E você, onde vai ficar?"

Meu rosto ficou vermelho, mas sorri. "Bem aqui", concordei, "mas vocês podem me ignorar."

Theodora ergueu os olhos do ombro de Jack, e agora também conseguia sorrir. "Pode até ser divertido, Becky", disse ela. "E eu faço companhia para você."

Os olhos de Becky se iluminaram. "Pode até virar uma festa, dessas que duram dias." Ao mencionar isso, o medo voltou ao seu rosto. "Eu estava pensando no meu pai, só isso", disse para mim.

"Telefone para ele", sugeri, "e conte a verdade. Esse caso perturbou tanto Theodora que ela vai ficar aqui e precisa de você. Só precisa contar isso." Eu sorri. "Mas pode acrescentar que tenho em mente uns planos perversos e pecaminosos e que você simplesmente não vai conseguir resistir." Olhei para o relógio na parede. "Tenho que trabalhar, amigos; a casa é de vocês." Subi para me arrumar e ir para o consultório.

Eu estava mais irritado que amedrontado, olhando o espelho do banheiro, fazendo a barba. Uma parte da minha mente estava apavorada com o que havíamos acabado de encarar: o corpo no porão de Jack, incrível, impossível e inegavelmente, não tinha impressões digitais. Não tínhamos inventado nada daquilo, eu sabia, e era um fato que a explicação de Mannie não incluía. Mais do que tudo, porém, me inclinando para o espelho enquanto raspava o rosto, eu estava aborrecido; não queria que Becky Driscoll morasse na minha casa, onde eu a veria mais todos os dias do que costumava ver numa semana. Ela era atraente, amável e bonita demais, e isso era obviamente perigoso.

Eu falo sozinho quando faço a barba. "Seu galã medíocre", disse a mim mesmo. "Você sabe se casar com elas, mas não sabe continuar casado, esse é o seu problema. Você é fraco, emocionalmente instável, inseguro. Um criança dissimulado. Um poço de imaturidade, inepto para as responsabilidades adultas." Eu sorri e tentei pensar em mais palavras. "Você é, sem dúvida, um charlatão com síndrome de Don Juan. Um pseudo..." Eu me interrompi e terminei de fazer a barba com a sensação incômoda de que, pelo que sabia, não era engraçado e sim verdadeiro que, depois de falhar com uma mulher, eu estava me envolvendo demais com outra, e, para nosso bem, ela deveria estar em qualquer lugar, menos aqui, debaixo do meu teto.

Jack foi comigo até o centro da cidade para falar com Nick Grivett, o chefe de polícia; nós dois o conhecíamos bem. Jack, afinal, tinha encontrado um cadáver, que desaparecera e precisava notificar as autoridades. Mas decidimos, no caminho, dentro do carro, que ele informaria somente os fatos, nada mais. Não tínhamos como explicar a demora em fazer a denúncia, então decidimos que ele alteraria um pouco a sequência cronológica e diria ter encontrado o corpo apenas à noite, e não na manhã anterior; poderia muito bem ter sido assim.

Em todo caso, seria necessário explicar um pequeno atraso; por que não havia ligado para a polícia à noite? Decidimos que Jack diria que Theodora estava transtornada e histérica; ele não conseguiu pensar em mais nada até cuidar dela, e a levou às pressas a um médico, eu. Ela havia sofrido um choque, por isso a hospedei na minha residência, e Jack foi para sua casa pegar algumas roupas antes de telefonar para a polícia; então descobriu que o corpo havia sumido. Achamos que Grivett o repreenderia, mas não havia muito mais que pudesse fazer. Sorrindo, eu disse ao Jack para bancar o tonto distraído o quanto pudesse, e Grivett atribuiria tudo ao fato de ele ser um literato avoado.

Jack concordou e abriu um sorriso, depois ficou sério outra vez. "Acha melhor esquecer as impressões digitais também? Quando falar com Grivett?"

Dei de ombros e fiz uma careta. "Vai ter que ser assim. Grivett mandaria internar você se contasse isso."

Paramos na delegacia, Jack saiu, eu sorri, acenei e segui em frente.

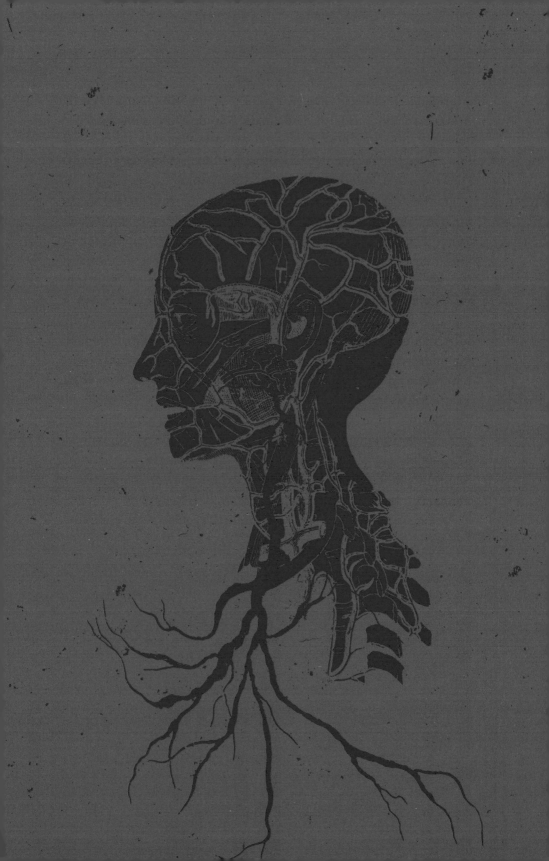

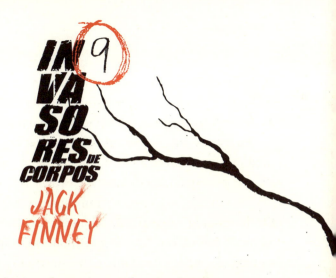

INVASORES DE CORPOS
JACK FINNEY

A verdade é que estava de mau humor quando estacionei o carro — numa via secundária perto do meu consultório, fora da zona do parquímetro. A preocupação, a dúvida e o medo se retorciam na minha mente enquanto eu caminhava um quarteirão e meio até o consultório e o aspecto da Main Street me deprimia. Parecia suja e gasta ao sol da manhã, havia um cesto de lixo lotado do dia anterior, uma lâmpada de poste quebrada e, a algumas portas do prédio onde eu trabalhava, uma loja vazia. As janelas estavam caiadas, e havia uma placa de ALUGA-SE mal pintada e apoiada no vidro. Mas não informava com quem falar, e tive a impressão de que ninguém se importava se o imóvel seria alugado de novo. Havia uma garrafa de uísque quebrada na entrada do meu prédio, e a placa de identificação de metal presa às pedras cinzentas do edifício estava manchada e sem brilho. Dos dois lados da rua, quando parei para olhar, não vi nenhuma alma lavando vitrines, como os lojistas fazem de manhã, e a rua parecia estranhamente deserta. Disse a mim mesmo que era apenas mau humor; eu olhava para o mundo com medo e apreensão, e me repreendi; não devemos nos deixar sentir assim quando estamos diagnosticando e tratando pacientes.

Uma paciente me esperava quando subi a escada; não tinha hora marcada, mas eu estava um pouco adiantado, por isso pedi que entrasse. Era a sra. Seeley, a mulher miúda e quieta de quarenta anos que sentara nessa mesma cadeira uma semana antes dizendo que seu marido não era seu marido. Agora sorria, chegando mesmo a se contorcer de alívio e prazer, enquanto contava que seu delírio passou.

Disse ter conversado com o dr. Kaufman na semana anterior, conforme sugeri; não parecia que tinha ajudado muito, mas na noite passada, inexplicavelmente, ela havia "caído em si".

"Eu estava sentada na sala de estar, lendo", contou, ansiosa, apertando nervosamente a bolsa com as mãos, "quando de repente olhei para Al do outro lado da sala; ele estava assistindo às lutas na televisão." Ela balançou a cabeça num espanto feliz. "E percebi que era ele. Ele de verdade, quer dizer... Al, meu marido." Ela me olhou por cima da mesa, pensativa. "Dr. Bennell, não sei o que aconteceu na semana passada; não sei mesmo, e me sinto tão boba. É claro", ela se recostou na cadeira, "que eu tinha ouvido falar de outro caso como o meu. Foi uma mulher do meu clube que me contou; disse que houve vários casos assim na cidade. E o dr. Kaufman me explicou que ouvir falar desses casos..."

Depois que ela me contou, finalmente, o que o dr. Kaufman dissera e o que respondera, escutei, assenti e sorri, conseguindo com que saísse do consultório — ainda falando — razoavelmente rápido. Ela teria ficado a tarde toda aqui, tagarelando, se eu deixasse.

Minha enfermeira havia chegado enquanto a sra. Seeley falava e trouxe minha lista de consultas. Olhei para a relação e — conforme esperava — vi o nome de uma das três mães das meninas do ensino médio que vieram me consultar em estado tão frenético na semana anterior. Ela viria às 15h30 e, naquela tarde, quando minha enfermeira a fez entrar, sorria e, antes mesmo de sentar, começou a contar o que já sabia que ela ia falar: as meninas estavam bem e mais afeiçoadas do que nunca à professora de inglês. A professora havia aceitado suas desculpas generosamente, demonstrando compreensão do que acontecera; e sugeriu, sensata, que as meninas explicassem aos colegas de escola que tudo não passara de uma piada, uma brincadeira de colegiais. Foi o que fizeram, e com sucesso. Os amigos, a mãe me garantiu, chegaram a admirar a habilidade das meninas nessas brincadeiras, e agora ela, a mãe, não estava nem um pouco preocupada. O dr. Kaufman explicara a facilidade com que esse tipo de delírio pode afetar uma pessoa, em especial as adolescentes.

No momento em que a mãe feliz foi embora, peguei o telefone, liguei para Wilma Lentz em sua loja e, quando atendeu, perguntei em tom casual como estava se sentindo. Ela fez uma pausa antes de responder, e depois disse: "Eu estava mesmo querendo ir até aí falar... do que aconteceu". Ela tentou rir, sem muito sucesso, e continuou: "Mannie me ajudou muito, Miles, exatamente como você disse. O delírio, ou o que quer que fosse, desapareceu e... Miles, fiquei tão envergonhada. Não sei bem o que aconteceu, nem como explicar isso, mas...".

Eu a interrompi para dizer que entendia o que tinha acontecido, que ela não deveria se preocupar ou se sentir mal, apenas esquecer, e que nos veríamos um dia desses.

Fiquei sentado ali por um minuto depois de desligar, a mão ainda no telefone, tentando pensar com frieza e bom senso. Tudo o que Mannie havia previsto se tornara realidade. E — a tentação de acreditar era muito forte — se ele tivesse razão quanto a tudo o que tinha acontecido, eu poderia simplesmente deixar o medo na minha cabeça se esvair. E Becky poderia ir para casa naquela noite.

Quase com raiva, perguntei a mim mesmo: eu ia deixar que a mera ausência de impressões digitais naquele corpo no porão de Jack mantivesse todos os meus problemas e medos vivos e sem solução? Uma imagem surgiu em minha mente e ali ficou por um momento, nítida e clara; mais uma vez, pude ver aquelas impressões digitais borradas e — o que era terrível, impossível, mas inegável — lisas como bochechas de bebê. Então a nitidez daquela imagem mental se desfez e desapareceu, e disse a mim mesmo, irritado, que havia dez explicações perfeitamente possíveis e naturais, se eu quisesse me dar ao trabalho de pensar nelas.

Eu disse isso em voz alta. "Mannie tem razão, Mannie explicou..." Mannie, Mannie, Mannie, pensei de repente. Ultimamente, eu parecia só ouvir e pensar nisso. Ele havia explicado nosso delírio na noite passada, e agora, pela manhã, todos os pacientes com quem eu falava pareciam citar seu nome, extasiados e agradecidos; ele resolvera tudo num instante, e sozinho. Por um momento pensei no Mannie Kaufman que eu conhecia, e me pareceu que ele sempre fora mais cuidadoso, sem pressa na hora de formar uma opinião. Então a ideia rugiu na minha mente, completa e escancarada: esse não era o Mannie que eu conhecia; não era Mannie, só se parecia com ele, falava e agia como...

Cheguei a balançar a cabeça para afastar o pensamento; depois sorri, um tanto pesaroso. Isso por si só era mais uma prova de como ele estava certo, com ou sem impressões digitais; prova do que ele havia explicado — a força incrível do estranho delírio que tomou conta de Santa Mira. Tirei a mão do telefone na mesa. A luz do sol do fim da tarde de verão entrava pelas janelas do consultório e mais abaixo, na rua, ouvi todos os pequenos sons de um mundo normal passando por sua rotina diária. E o que acontecera na noite anterior perdia a força, em meio à rotina, à atividade e à luz intensa do sol ao meu redor. Tirando o chapéu mentalmente para Mannie Kaufman, eminente psiquiatra, disse a mim mesmo — continuei insistindo — que ele era exatamente o que sempre fora, um sujeito muitíssimo inteligente e perspicaz. Ele estava certo, agimos como bobos e histéricos, e não havia motivo razoável para que Becky Driscoll não voltasse para onde deveria estar naquela noite, em sua própria casa e cama.

Estacionei na entrada de casa por volta das 20h, depois da minha rodada de telefonemas, e vi que tinham esperado para jantar comigo. O céu continuava claro, e Theodora e Becky estavam na varanda, com aventais que encontraram em algum lugar da casa, arrumando os pratos no parapeito largo de madeira. Acenaram para mim, sorrindo, e de uma janela aberta no andar de cima, enquanto eu fechava a porta do carro, ouvi a máquina de escrever de Jack, e a casa pareceu viva, mais uma vez, cheia de pessoas de quem gostava, e a sensação foi maravilhosa.

Jack desceu, e jantamos na varanda. Tinha sido um dia limpo de verão com céu azul e muito calor, mas agora — com o cair da noite — o clima estava perfeito. Havia uma brisa agradável, e dava para ouvir as folhas das árvores grandes e antigas que contornavam a rua se agitando ao vento e suspirando de prazer. Os gafanhotos zumbiam e, do outro lado do quarteirão, era possível ouvir o ronco ruidoso e distante de um cortador de grama, um dos sons mais característicos de verão que existem. Ficamos sentados na velha varanda, nos móveis de vime gastos e confortáveis ou no balanço, comendo sanduíches de bacon e tomate com torrada, tomando chá gelado, falando sobre assuntos sem importância, com silêncios frequentes e cômodos, e percebi que era um daqueles momentos ocasionais maravilhosos de que nos lembramos para sempre.

Becky tinha ido para casa e trazido algumas roupas, aparentemente; usava um daqueles vestidos de verão elegantes e frescos que transformavam garotas bonitas em lindas, e eu sorri para ela; estava sentada ao meu lado no balanço. "O que você acharia de subir", perguntei educadamente, "e ser seduzida?"

"Adoraria", murmurou ela, e tomou um gole de chá, "mas neste momento estou com muita fome."

"Que graça", comentou Theodora. "Jack, por que você não disse coisas bonitas assim quando estava me cortejando?"

"Não me atrevi", respondeu ele, e deu uma mordida no sanduíche, "caso contrário, teria que me casar com você."

Ao ouvir isso, senti meu rosto corar, mas estava escuro o bastante para eu ter certeza de que ninguém percebeu. Poderia ter contado a eles o que acontecera naquele dia no consultório; mas Becky poderia querer ir para casa imediatamente, e eu disse a mim mesmo que merecia sua companhia pelo menos por uma noite. Não havia perigo nisso, já que eu a levaria para casa em breve.

Logo Theodora terminou seu chá gelado e levantou. "Estou morta", anunciou. "Exausta. Vou deitar." Ela olhou para Jack. "E você? Acho que deveria vir também", acrescentou com firmeza.

Ele olhou para ela e assentiu. "É", respondeu, "acho que sim." Tomou o último gole, jogou o gelo no gramado e levantou do parapeito. "Vejo vocês de manhã", disse para Becky e para mim. "Boa noite."

Não fiz nada para impedi-los. Becky e eu dissemos boa-noite e vimos os Belicec entrarem na casa, depois os ouvimos subir a escada, conversando em voz baixa. Eu não sabia se Theodora estava cansada mesmo ou só bancando a casamenteira — pareceu ter insistido para que Jack saísse também de modo um tanto enfático. Mas, o que quer que fosse, eu não me importava, e o que tinha para dizer a eles poderia esperar até a manhã seguinte. Porque no momento eu estava um pouco cansado de ser um cidadão modelo; não me sentia nem um pouco celibatário, e agora pensava que ganhara um momento a sós com Becky, que logo contaria a ela o que acontecera no consultório.

Ouvimos os passos chegarem ao andar de cima, depois me voltei para Becky. "Você se importaria em mudar de lugar? E sentar à minha esquerda, em vez da minha direita?"

"Não." Ela levantou, sorrindo intrigada. "Mas por quê?" Sentou no balanço outra vez, à minha esquerda.

Inclinei-me sobre ela por um momento para deixar o copo no parapeito da varanda. "Porque", eu sorri para ela, "meu beijo é canhoto, se é que você me entende."

"Não, não entendi." Ela sorriu também.

"Bem, ter uma garota à minha direita", demonstrei, curvando o braço em volta do espaço vazio do meu lado direito, "é desconfortável para mim. Simplesmente tá errado; é como tentar escrever com a mão inábil. Eu não beijo bem se não for à esquerda."

Passei o braço por cima do balanço e toquei os ombros de Becky, que sorriu de leve e se virou para mim. Então a abracei, me inclinando sobre ela, e mudei de posição, colocando meus braços em volta de seu corpo, até nos acomodarmos. Eu queria muito esse beijo. De repente, meu coração batia acelerado, e pude sentir o sangue pulsar forte em minhas têmporas. Beijei Becky, devagar e muito levemente, sem a menor pressa; depois, com mais força, apertando-a em meus braços, inclinando-a para trás, e de repente foi mais do que agradável, foi uma explosão silenciosa em minha mente, percorrendo todos os nervos e veias do meu corpo. Senti seus lábios macios e fortes, minhas mãos apertando suas costas e a tremenda sensação de seu corpo junto ao meu. Afastei a cabeça — não conseguia respirar. Logo eu a beijava outra vez e, de repente, por um momento, não me importei com o que aconteceria. Nunca na vida havia experimentado nada assim, e baixei a mão, apertei sua coxa, compreendendo que levaria essa garota para cima comigo se pudesse, que me casaria com ela amanhã, agora mesmo, mais mil vezes, eu simplesmente não me importava.

"*Miles!...*" Ouvi o som, um sussurro áspero e masculino vindo não sabia de onde; não conseguia pensar. "*Miles!*" O chamado veio mais alto, e eu olhava como um idiota ao meu redor. "Aqui, Miles, *rápido!*" Era Jack, parado do outro lado porta da tela fechada, e agora eu o via acenar.

Era Theodora — eu sabia — alguma coisa havia acontecido com ela, e me peguei correndo pela varanda, depois seguindo Jack pela sala até a escada. Mas Jack passou direto pela escada e foi para o corredor, e logo abria a porta do porão e, quando ele acendeu a lanterna que carregava, desci atrás dele.

Cruzamos o porão, com o couro dos sapatos rangendo na poeira incrustada no chão; então Jack tirou a trava de madeira da porta do compartimento de carvão. Ficava num canto do porão, separado do resto do cômodo por tábuas que iam até o teto, e estava vazio, lavado e sem uso, desde que eu instalara o aquecimento a gás. Jack abriu a porta e o facho de luz de sua lanterna passeou pelo chão, depois se estabilizou, um oval de luz no chão do compartimento.

Eu não conseguia entender com clareza o que estava vendo, parado ali no concreto. Olhando com atenção, tive que descrever para mim mesmo, um pouco por vez, o que estava vendo, tentando decifrar o que era. Por fim, concluí que pareciam ser quatro vagens gigantes, de formato arredondado, com cerca de um metro de diâmetro, estavam abertas em alguns pontos e, do interior das grandes vagens, uma substância acinzentada, parecendo uma penugem densa, se derramara parcialmente no chão.

Isso é apenas parte do que vi, com a mente ainda empenhada em interpretar as impressões. De certa forma — olhando de relance — as vagens gigantes me lembraram aquelas bolas de matéria vegetal seca e emaranhada, leves como o ar, projetadas pela natureza para rolar ao vento no deserto, só que essas daqui eram fechadas. Vi que a superfície era formada por uma rede de fibras amareladas de aspecto resistente, e espalhados entre essas fibras, para envolver completamente os casulos semelhantes à vagens, havia grandes trechos de uma membrana castanha e ressecada, que em termos de cor e textura lembravam uma folha seca de carvalho.

"Vagens," Jack sussurrou numa voz atônita. "Miles... as vagens do recorte de jornal."

Eu o encarei.

"O recorte que você me mostrou hoje de manhã", Jack explicou, impaciente, "citando um professor universitário. Falava de vagens, Miles, vagens gigantescas, encontradas numa fazenda a oeste da cidade na primavera passada." Ele me encarou por mais um tempo, até que eu assenti. Então escancarou a porta do compartimento de carvão e, no facho móvel da lanterna, vimos algo mais, e entramos no compartimento para nos ajoelhar ao lado daquelas coisas no chão e vê-las de perto. Cada vagem se abrira em quatro ou cinco pontos, com uma parte da substância cinzenta que os preenchia derramando-se no chão. E agora, no facho mais próximo da lanterna de Jack, vimos uma coisa curiosa. Nas bordas externas, mais afastadas das vagens, a penugem cinzenta se tornava branca, quase como se o contato com o ar roubasse sua cor. E — não havia como negar isso; conseguíamos ver — a substância pilosa e emaranhada estava se comprimindo e tomando forma.

Uma vez, vi uma boneca feita por um povo sul-americano antigo. Era feita de juncos flexíveis, trançados grosseiramente e amarrados, para formar a cabeça e o corpo, de onde brotavam pernas e braços rígidos. As massas emaranhadas do que parecia uma crina de cavalo acinzentada a nossos pés saíam lentamente das vagens membranosas, clareando nas bordas, e — grosseira, mas decididamente — tinham começado a tomar forma, as fibras se enrijecendo e se alinhando, no formato aproximado, cada uma delas, de uma cabeça, um corpo, braços e pernas em miniatura. Eram tão rústicas quanto a boneca que eu tinha visto — e tão inconfundíveis quanto.

Não sei quanto tempo ficamos agachados lá, num fascínio atordoado com o que víamos. Mas foi o suficiente para ver a substância cinzenta continuar a escapar, lentamente, como lava em movimento, das grandes vagens para o chão de concreto. Foi o bastante para ver a substância clarear e embranquecer em contato com o ar. E o bastante para ver as massas grosseiras em forma de cabeça e membros crescerem à medida que a matéria cinzenta se derramava — e se tornarem mais complexas.

Enquanto observávamos, imóveis e boquiabertos, de quando em quando as superfícies membranosas das vagens rachavam — com o som de uma folha seca se partindo em duas — e as vagens se enrugavam, murchando devagar, pouco a pouco, enquanto a evasão da substância que as preenchia continuava, como uma neblina pesada e infinitamente lenta. E assim tal qual uma nuvem inerte em céu sem vento muda de forma sem que se perceba, os bonecos no chão se tornaram... mais que bonecos.

Estavam, no momento, tão grandes quanto bebês; e as vagens de onde veio a substância que os formava se desfaziam em fragmentos quebradiços. As fibras continuavam a se trançar, alinhar e clarear; e agora as cabeças se moldavam na vaga impressão de órbitas oculares, uma saliência de nariz em cada uma delas, um vinco para a boca e, na extremidade dos braços, agora dobrados nos cotovelos, massas vagas em formato de estrela se expandiam, dando origem a dedos minúsculos e rígidos.

Jack e eu nos voltamos um para o outro e nos entreolhamos, sabendo o que veríamos no instante seguinte. "Os *vazios*", ele sussurrou, com a voz embargada, "é assim que aparecem... eles brotam!"

Não conseguíamos mais olhar. Ficamos de pé rápido, com as pernas doloridas por passar tanto tempo agachados, e voltamos ao porão, olhando para todos os lados, procurando freneticamente a normalidade. Paramos diante de uma pilha de jornais velhos, olhando entorpecidos, à luz da lanterna de Jack, para a primeira página de uma edição antiga do *San Francisco Chronicle*, e as manchetes e legendas, o assassinato, a violência e a corrupção de uma cidade eram compreensíveis, e normais, quase agradáveis de ver. Acendemos cigarros e vagamos pelo porão, fumando sem dizer nada, andando de um lado para o outro, com os únicos pensamentos que conseguíamos ter, confusos e aturdidos. Depois, voltamos à porta aberta do depósito de carvão.

O processo impossível em seu interior estava quase terminado. As vagens estilhaçadas jaziam no chão, agora em minúsculos fragmentos, uma poeira quase imperceptível. E, onde elas estiveram, jaziam agora quatro figuras, grandes como adultos, e a pele grossa de fibras viscosas unida em todas as bordas, a superfície homogênea, peluda como veludo, mas cada vez mais lisa e completamente branca. Quatro pessoas vazias, de rosto liso, sem marcas, quase prontas para receber a cunhagem final. E lá estavam, uma para cada um de nós: uma para mim, uma para Jack, uma para Theodora e outra para Becky. "O peso", murmurou Jack, lutando para preservar a sanidade com as palavras. "Eles absorvem a umidade do ar. Oitenta por cento do corpo humano é formado de água. Eles a absorvem; é assim que funciona."

Agachei-me ao lado do corpo mais próximo, ergui sua mão para ver, estarrecido, a ausência lisa e arredondada de impressões digitais, e duas conclusões se formaram na minha cabeça: *eles vão nos pegar*, pensei, levantando a cabeça para olhar Jack e, ao mesmo tempo, *agora Becky precisa mesmo ficar aqui.*

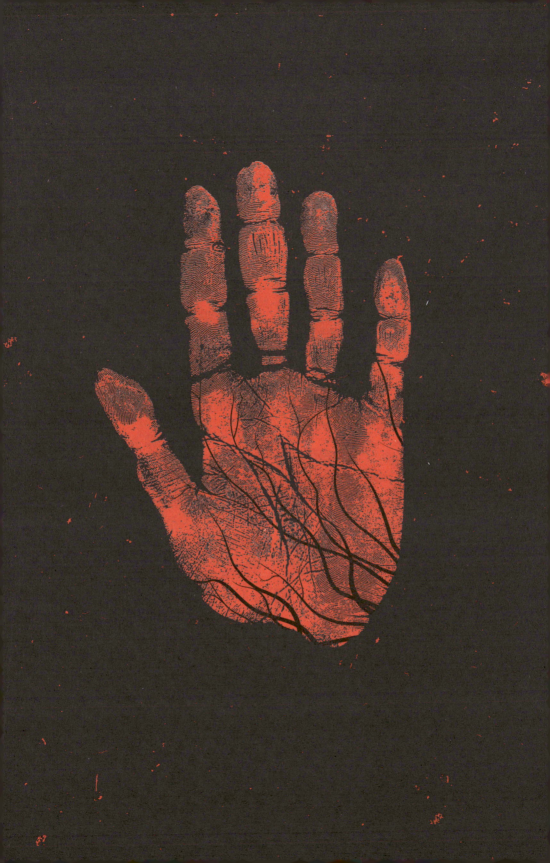

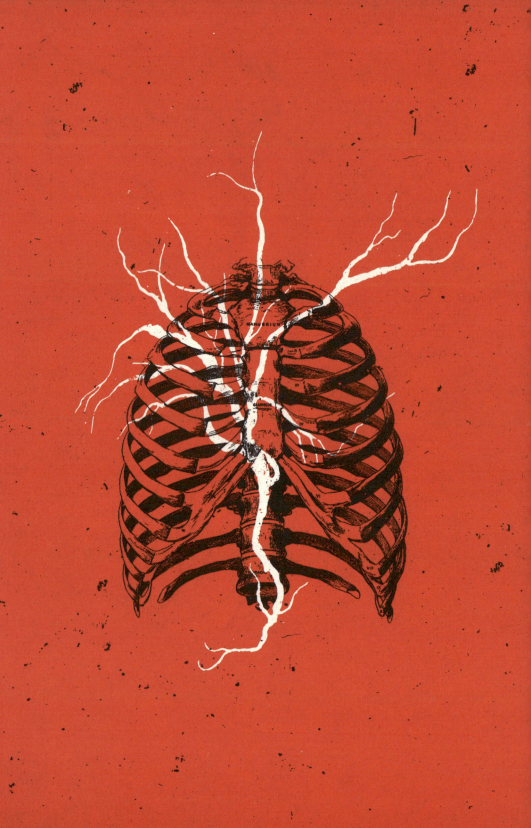

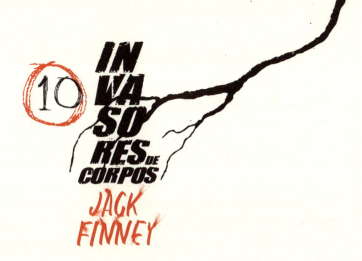

10 INVASORES DE CORPOS
JACK FINNEY

Eram 2h21 da manhã; eu recém olhara o relógio e faltavam nove minutos para acordar Jack e ele começar seu turno. Eu patrulhava a casa, andando em silêncio pelo corredor do andar de cima na ponta dos pés; parei à porta do quarto de Becky. Sem fazer barulho, abri, entrei e, pela terceira vez desde a meia-noite, explorei cada centímetro daquele quarto com a lanterna, assim como havia feito em todos os outros cômodos da casa. Me abaixei e passei a luz por debaixo da cama; depois abri o armário e o examinei.

Então, o facho de luz branco-azulada focalizou a parede logo acima da cabeça de Becky, e olhei para o rosto dela. Seus lábios estavam entreabertos, a respiração regular e os cílios curvados para baixo até pousar nas faces, uma bela visão. Ela estava muito bonita deitada ali, e percebi que eu pensava em como seria reconfortante poder me deitar ao seu lado por um minuto, senti-la se mexer enquanto dormia e sentir o calor de seu corpo ao meu lado. *Saia dessa armadilha, meu filho*, disse a mim mesmo, virando para o corredor e para a escada do sótão.

No sótão, não havia nada fora do lugar. No facho da lanterna, vi a fileira de vestidos e casacos de minha mãe, pendurados em cabides num pedaço de cano e cobertos com lençol para evitar a poeira; no chão ao lado deles estava seu antigo baú de cedro. Vi o armário de madeira de meu pai, com seus diplomas emoldurados em cima, exatamente como foram trazidos de seu consultório. Naquele armário estavam os registros de resfriados, dedos cortados, cânceres, ossos quebrados, caxumbas, difterias, nascimentos e mortes da maior parte de Santa Mira por mais de duas gerações. Metade dos pacientes citados naqueles arquivos já tinham morrido, e as feridas e tecidos que meu pai tratara, reduzidos a pó.

Fui até a janela da trapeira onde sentava para ler quando era criança e olhei para Santa Mira sumindo nas sombras abaixo de mim. Lá estavam elas, as pessoas da cidade, dormindo na escuridão; meu pai trouxera muitas delas ao mundo. Uma brisa noturna começava a soprar e, à minha esquerda, na calçada, debaixo de uma lâmpada, as sombras difusas dos fios telefônicos balançavam silenciosamente de um lado para o outro na rua deserta, uma visão solitária. Pude ver a varanda da frente dos McNeeley, nítido destaque diante do clarão elétrico e noturno de um poste de luz, e o volume negro e sombreado da casa mais atrás. Também via a varanda dos Greeson; tinha brincado de casinha lá com Dot Greeson aos sete anos de idade. O longo parapeito da varanda com tinta descascada se voltava para dentro em curva suave, e me perguntei por que haviam deixado de cuidar da casa; sempre a preservaram muito bem. Passando os olhos pela residência dos Greeson, distingui a cerca branca ao redor da casa de Blaine Smith; essa cidade espalhada na escuridão estava cheia de vizinhos e amigos. Eu conhecia todos, pelo menos de vista, cumprimentava ou falava com eles na rua. Cresci aqui; desde a infância, conhecia todas as ruas, casas e caminhos, a maior parte dos quintais e todas as colinas, os campos e as estradas por muitos quilômetros.

E agora não conhecia mais nada. Inalterado à vista, o que eu via lá fora neste instante — com os olhos, mas também na minha mente — era um cenário alienígena. O círculo de asfalto iluminado abaixo de mim, as varandas conhecidas e a massa escura de casas e cidade além delas eram assustadores. Passaram a ser ameaçadoras, todas essas coisas e rostos familiares; a cidade havia se transformado ou estava se transformando em algo terrível, e estava atrás de mim. Ela me queria também, e eu sabia disso.

Um degrau da escada rangeu, ouvi o som de um passo leve e me lancei na escuridão, bem agachado, a lanterna erguida como uma arma. Jack sussurrou: "Sou eu", e acendi a luz e vi o rosto dele, cansado e ainda sonolento. Quando parou ao meu lado, apaguei a luz e, por algum tempo, ficamos olhando para Santa Mira. A casa adormecida abaixo de nós, a rua lá fora, a cidade inteira estava inerte e mortalmente silenciosa; um momento ruim para o corpo e o espírito humano.

Depois de alguns minutos, Jack murmurou: "Você foi lá embaixo há pouco?".

"Fui", disse e depois respondi à pergunta que ele não fez. "Não se preocupe; cada um deles recebeu 100 ml de ar por via intravenosa."

"Mortos?"

Dei de ombros. "Se você puder dizer isso de uma coisa que nunca esteve viva de fato. Em todo caso, estão retrocedendo."

"Voltando à matéria cinza?"

Assenti e, à luz das estrelas da janela, vi Jack estremecer. "Bem", disse ele, tentando manter a voz tranquila, "não foi um delírio. As pessoas vazias são reais e elas duplicam pessoas vivas. Mannie estava enganado."

"Pois é."

"Miles, o que acontece com o original quando os vazios duplicam alguém? Ficam dois deles andando por aí?"

"Obviamente não", respondi, "caso contrário, nós teríamos visto. Não sei o que acontece, Jack."

"E por que todos os seus pacientes foram falar ao seu consultório, tentando convencer você de que não havia nada errado? Estavam mentindo, Miles."

Encolhi os ombros; estava cansado e irritável e teria sido rude com Jack se tentasse responder.

"Bem", continuou ele, suspirando exausto enquanto falava, "o que quer que esteja acontecendo, vamos supor que ainda está limitado a Santa Mira e à região próxima, porque se não estiver..." Ele deu de ombros e não concluiu a frase. Depois, continuou: "Por isso, cada casa e prédio, cada espaço fechado em toda a cidade tem que ser vasculhado. Agora mesmo, Miles", sussurrou. "E cada homem, mulher e criança tem que ser examinado; como e para o quê, não sei. Mas isso tem que ser resolvido e encerrado, e rápido. Cigarro?"

Tirei um do maço que Jack oferecia, e ele o acendeu para mim. "A polícia local ou estadual não vai dar conta", disse ele. "Eles não têm autoridade, e tente imaginar como explicar isso, aliás. Miles, é uma emergência nacional." Ele se voltou para mim. "Na verdade, é tão real quanto qualquer outra coisa que já enfrentamos. Pode ser mais que isso; uma nova ameaça na história da raça humana." A ponta do seu cigarro brilhou momentaneamente, depois Jack continuou, com um tom de voz baixo, direto e ansioso. "Então alguém, Miles — o Exército, a Marinha, o FBI, não sei quem, nem o quê —, mas alguém precisa vir para esta cidade o quanto antes. E vão ter que declarar lei marcial, estado de sítio ou coisa assim — qualquer coisa! E fazer o que tiver que ser feito." Sua voz baixou ainda mais. "Erradicar essa coisa, esmagar, acabar com ela, matar."

Ficamos ali por mais um tempo, enquanto eu pensava no que poderia haver ao nosso redor, debaixo dos telhados lá fora, abrigado em esconderijos; e não suportei pensar muito. "Tem café lá embaixo", comentei, e nos voltamos para a escada.

Na cozinha, servi um café para cada, depois Jack sentou-se à mesa, enquanto eu me apoiava no fogão. "Muito bem, Jack", respondi por fim. "Mas como? O que vamos fazer? Telefonar para Eisenhower ou coisa do tipo? É só ligar para a Casa Branca, e quando ele atender diremos que aqui na cidade de Santa Mira, que votou nos republicanos, encontramos uns corpos, só que não são corpos de verdade, mas outra coisa, não sabemos o que é muito bem, e por favor mande os fuzileiros navais para cá imediatamente?"

Jack deu de ombros, impaciente. "Sei lá! Mas temos que fazer *alguma coisa*; precisamos dar um jeito de falar com quem possa tomar uma atitude! Deixe de palhaçada; pense no que a gente pode fazer."

Concordei. "Tudo bem; cadeia de comando."

"Quê?"

Estreitando os olhos, dei uma encarada em Jack, subitamente animado, porque essa era a resposta. "Escute; quem você conhece em Washington? Alguém que conheça você, que saiba que não é louco e que, quando contar essa história, vai entender que é verdade.

Alguém que possa começar um processo e fazer avançar até chegar em alguém que possa fazer alguma coisa!"

Depois de um momento, Jack sacudiu a cabeça. "Ninguém; não conheço nenhuma alma em Washington. E você?"

"Não", voltei a me apoiar no fogão, desanimado. "Nem mesmo um democrata. Mande uma carta para o seu deputado." Então me lembrei e encolhi os ombros. "Na verdade, eu sei de um cara; a única pessoa em Washington que conheço em algum cargo oficial. Ben Eichler... ele estava no terceiro ano quando eu comecei a faculdade. Hoje é do Exército, trabalha no Pentágono. Mas é só tenente-coronel; não conheço mais ninguém."

"Ele serve", Jack se apressou em dizer. "O Exército pode cuidar disso, e ele é militar. Está no Pentágono e tem boa patente; pelo menos poderia falar com um general sem ser levado à corte marcial."

"Tudo bem", balancei a cabeça. "Não custa nada tentar; vou telefonar para ele." Levei a xícara à boca e tomei um gole de café.

Jack observou, carrancudo, com a impaciência se elevando até transbordar. "Já! Que droga, Miles, é já! O que está esperando?" Em seguida disse: "Desculpe, mas... Miles, precisamos nos mexer!".

"Ok." Deixei minha xícara no fogão e fui para a sala de estar, com Jack logo atrás; peguei o telefone e chamei a telefonista. "Telefonista", disse quando ela atendeu e, em seguida, emendei devagar e com cuidado: "Quero falar com Washington, DC, diretamente com o tenente-coronel Benjamin Eichler. Não sei o número dele, mas está no catálogo telefônico." Eu me voltei para Jack. "Tem uma extensão no meu quarto", avisei. "Vai lá."

No telefone ao meu ouvido, ouvi um bipe-bipe, depois a telefonista disse a alguém: "Ligação para Washington, DC". Houve uma pausa, depois a voz de outra garota declamou uma série de números e letras de código. Por um tempo, fiquei na sala ouvindo os cliques baixos no telefone ao meu ouvido, os murmúrios suaves e silêncios elétricos, as vozes ocasionais e distantes de telefonistas em outras cidades, ou os fantasmas fragmentários, infinitamente longínquos, de outras conversas. Depois a telefonista solicitou informações de

Washington e encontrou o número do telefone do coronel Eichler. Nossa telefonista local me pediu educadamente que o anotasse para referência futura, o que fiz. Pouco depois, o toque começou no pequeno círculo preto colado à minha orelha.

O terceiro toque foi interrompido, e a voz de Ben soou clara e baixa ao meu ouvido. "Alô?"

"Ben?" Percebi que tinha levantado a voz, como as pessoas fazem nos telefonemas interurbanos. "Aqui é Miles Bennell, da Califórnia."

"Oi, Miles!" A voz ficou animada e alegre de repente. "Como vai?"

"Estou ótimo, Ben. Acordei você?"

"Ora, que diabo, não, Miles; aqui são cinco e meia da manhã. Por que eu estaria dormindo?"

Eu sorri um pouco. "Me desculpe, Ben, mas é hora de levantar. Nós, os contribuintes, não estamos pagando seu salário gordo para que você passe o dia na cama. Escute, Ben", falei seriamente, "você está com tempo? Uma meia hora, mais ou menos, para sentar e ouvir o que tenho para contar? É extremamente importante, Ben, e quero explicar tudo; quero falar como se fosse uma ligação local. Você pode dispor desse tempo e ouvir com atenção?"

"Claro; só um segundo." Houve uma pausa longa, depois a voz clara e distante explicou: "Só fui pegar o cigarro. Vá em frente, Miles, sou todo ouvidos".

Eu disse: "Ben, você me conhece; me conhece muito bem. Vou começar dizendo que não estou bêbado, você sabe que não sou louco e que não passo trotes idiotas nos meus amigos no meio da noite, nem em qualquer outra hora. Tenho que contar uma coisa muito difícil de acreditar, mas é a verdade, e quero que saiba disso enquanto ouve. Ok?".

"Certo, Miles." A voz estava sóbria, esperando.

"Cerca de uma semana atrás", comecei devagar, "numa quinta-feira...", e, depois, em tom calmo e despreocupado, tentei contar toda a história, começando pela primeira visita de Becky ao meu consultório e terminando vinte minutos depois com os acontecimentos desta noite até então.

Contudo, não é fácil explicar uma história longa e complicada pelo telefone, porque não se pode ver o rosto do interlocutor. E tivemos azar com a conexão. No começo, eu ouvia Ben e ele me ouvia tão claramente como se fôssemos vizinhos. Mas, quando comecei a contar o que estava acontecendo aqui, a conexão falhou, Ben teve que me pedir para repetir várias vezes e eu quase precisei gritar para me fazer entender. Não dá para conversar direito, nem mesmo pensar, quando é preciso repetir cada frase, e chamei a telefonista, pedindo uma conexão melhor. Depois de uma pequena demora, a ligação melhorou, mas eu mal havia retomado a história quando uma espécie de zumbido começou no receptor ao meu ouvido, então tive que tentar falar mais alto que ele. Por duas vezes a conexão foi interrompida, com o tom da discagem zumbindo no meu ouvido, e, por fim, acabei furioso, gritando com a telefonista. A conversa não foi nem um pouco agradável e, ao fim, imaginei o que Ben devia ter achado de tudo aquilo, do outro lado do continente.

Quando terminei, ele respondeu. "Entendi", disse devagar, depois parou, pensando. "Miles, o que você quer que eu faça?"

"Sei lá, Ben", a conexão estava ótima no momento, "mas você sabe que alguma coisa precisa ser feita; você sabe. Ben, leve essa história adiante. Imediatamente. Faça a coisa avançar em Washington até chegar a alguém que possa fazer alguma coisa."

Ele riu, uma risada forçada e profunda. "Miles, você lembra mesmo de mim? Sou tenente-coronel no prédio do Pentágono; bato continência para os faxineiros. Por que eu, Miles? Você não conhece ninguém aqui que possa realmente..."

"*Não*, droga! Se conhecesse outra pessoa, ia falar com ela! Ben, precisa ser alguém que me *conheça* e saiba que não estou louco. E não conheço mais ninguém; tem que ser você. Ben, você *precisa*..."

"Tudo bem, tudo bem" — seu tom de voz era apaziguador. "Vou fazer o que puder, tudo que puder. Se é o que você quer mesmo, vou contar toda essa história ao meu coronel daqui a uma hora; vou acordá-lo e falar com ele; ele mora aqui em Georgetown. Vou contar exatamente o que você me disse, pelo menos o que entendi. E vou acrescentar que conheço você muito bem, sei que é um cidadão sensato, sóbrio e inteligente, e que, com certeza, está falando a verdade, ou acredita estar. Mas isso é tudo que posso fazer, Miles, tudo mesmo, ainda que a questão envolva o fim do mundo antes do meio-dia."

Ben parou por um momento, e ouvi o silêncio elétrico dos fios entre nós. Depois, acrescentou em voz baixa: "E, Miles, não vai adiantar nada. O que você acha que ele vai fazer com essa história? Ele não é muito esperto, para pegar leve com ele. E, mesmo que fosse, o coronel não é de se arriscar; sabe o que eu quero dizer? Ele quer uma estrela antes de sair da ativa; talvez duas. E toma muito cuidado, dormindo ou acordado, com o que entra na sua ficha. Desde a academia ele criou uma reputação de sujeito sensato, objetivo e prático. Não é brilhante, mas é confiável, essa é a especialidade dele; você conhece o tipo". Ben suspirou. "Miles, não consigo imaginar que ele vá contar uma história dessas pro general. Depois dessa não ia confiar em mim nem para encher seu tinteiro!"

Agora foi a minha vez de dizer: "Entendi".

"Miles, eu posso fazer isso mesmo assim! Se você quiser. Mas, ainda que o impossível acontecesse, que o coronel levasse o caso ao comandante de brigada, que o levaria ao major-general, que o levaria até o nível de três ou quatro estrelas, que diabo eles fariam? A essa altura, seria uma história estranha contada pela quarta ou quinta vez, trazida por algum tenente-coronel idiota de quem nunca ouviram falar. E ele ouviu a história num telefonema de um amigo aloprado, um civil, em algum lugar na Califórnia. Está entendendo? Consegue mesmo imaginar uma coisa assim chegando a um nível em que alguma coisa possa ser feita, e que depois realmente seja feita? Pelo amor de Deus, você conhece o Exército!"

Minha voz estava cansada e derrotada quando respondi: "É". Suspirei e concordei: "É, eu entendi, Ben. Tem razão".

"Eu posso fazer isso, e para o inferno com minha ficha — não importa — se você disser que existe a mínima chance de ajudar em alguma coisa. Porque eu acredito em você. Não digo que é impossível que você esteja sendo enganado de alguma forma por uma razão estranha qualquer, mas no mínimo tem alguma coisa acontecendo aí que deveria ser averiguada. E se você achar que eu devo..."

"Não." respondi, e agora minha voz estava firme e decidida. "Não, Ben, esqueça. Eu teria chegado a essa conclusão sozinho, se tivesse parado para pensar, porque você tem toda razão; seria inútil. Não existe motivo para sujar sua ficha se não vai dar em nada."

Conversamos por um minuto ou mais; Ben tentou pensar em algo útil e sugeriu falar com os jornais. Mas argumentei que eles tratariam a notícia como outra história de disco voador; provavelmente a publicariam em tom de piada. Então ele sugeriu o FBI. Respondi que pensaria no assunto, prometi manter contato com ele e tudo mais, nos despedimos e desligamos. Pouco depois, Jack desceu a escada.

"E então?", ele perguntou, e encolhi os ombros; não havia nada a dizer. Depois de um tempo, Jack disse: "Quer tentar falar com o FBI?".

Àquela altura, eu não sabia, nem me importava muito, e apenas apontei para o telefone. "O telefone está aí; pode tentar, se quiser." E Jack abriu a lista telefônica de São Francisco.

Pouco depois, discou o número, e eu o observei — KL 2-2155. Jack segurou o aparelho junto ao ouvido num ângulo que me permitisse ouvir, e escutei o toque começar. Foi interrompido, e a voz de um homem disse: "Alô...", e a linha caiu; logo depois, o tom de discagem começou.

Jack discou novamente, com muita atenção. Quando terminou, e antes que o toque pudesse começar, a telefonista o interceptou.

"Para que número o senhor está ligando, por favor?" Jack respondeu, e ela disse: "Só um momento, por favor". O toque começou; e continuou — toque, depois pausa, toque, depois pausa, meia dúzia de vezes. "Ninguém atende", informou a telefonista, naquela voz mecânica de companhia telefônica que elas usam. Por um momento Jack segurou o aparelho diante dele, olhando-o; depois o levou à boca. "Tudo bem", murmurou. "Deixe para lá."

Olhou para mim e falou em voz baixa, rigidamente calma. "Eles não deixam a ligação ser completada, Miles. Tem alguém lá, nós ouvimos quando atenderam, mas não vão aceitar outra chamada desse número. Miles, eles tomaram a sede da companhia telefônica e Deus sabe o que mais."

Concordei. "É o que parece", respondi, e o pânico assolou nossa mente.

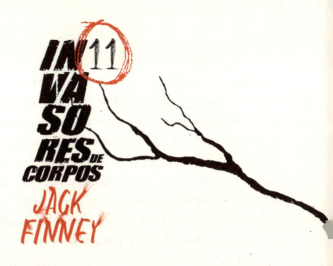

11
INVASORES DE CORPOS
JACK FINNEY

Achávamos que éramos racionais, mas, na verdade, agimos por um impulso incontido, espontâneo e estúpido. Acordamos as mulheres, que piscaram sob a luz, questionando-nos, aturdidas, mas, quando viram nosso olhar e não respondemos, o pânico passou de nós para elas como um contágio. Todos corremos pela casa, pegando as roupas; Jack encaixou uma faca para carne no cinto, eu peguei cada centavo que tinha e encontramos Theodora na cozinha, semivestida, guardando enlatados numa pequena caixa de papelão; não sei o que ela queria fazer.

Chegamos a esbarrar uns com os outros nos corredores, na escada e ao sair correndo dos quartos; deve ter parecido uma comédia do cinema mudo de antigamente, mas sem as risadas. Estávamos fugindo — da casa e da cidade — o mais rápido possível. De repente, ficamos desorientados, sem saber mais o que fazer, como resistir, e contra o quê. Algo absurdamente terrível, porém sem dúvida nenhuma real, nos ameaçava de um modo além de nossa compreensão e capacidade; e fugimos.

Com Theodora ainda de pantufas, entramos no carro de Jack na rua escura e silenciosa perto da poça de luz oscilante do poste acima e arremessamos nossas inúteis braçadas de roupas no banco de trás. A chave deu a partida, o motor pegou, e Jack fez a borracha gritar, saindo do meio-fio, e não pensávamos em nada, estávamos só fugindo, fugindo, fugindo, até chegar à rodovia 101 e deixar Santa Mira 18 km para trás.

Depois, seguindo pela rodovia quase deserta, comecei a sentir a volta de algum tipo de pensamento organizado, ou, pelo menos, a ilusão disso. A fuga veloz e bem-sucedida e os quilômetros que nos separavam do problema tornaram-se por si só um calmante, um antídoto para o medo, e me voltei para Becky ao meu lado no banco de trás já abrindo a boca para falar algo. Então vi que ela dormia, o rosto pálido e esgotado à luz de um carro que passava, e o pavor rugiu em mim novamente, pior do que nunca, florescendo em meu cérebro numa explosão silenciosa de puro pânico.

Eu estava sacudindo o ombro de Jack, gritando para que ele parasse, e logo saíamos da pista asfaltada para o acostamento estreito de terra e pedras. O freio de mão rangeu e, inclinando-se por cima de Theodora, ele baixou o punho no botão do porta-luvas, que se abriu, e Jack vasculhou o interior, depois saiu apressado do carro, com o rosto enlouquecido e questionador. Eu me inclinei por cima dele, tirei as chaves do painel, e logo corríamos para a traseira do carro. Mas Jack continuou a correr pelo acostamento de terra, e abri a boca para gritar com ele quando o vi se ajoelhar, e entendi o que estava fazendo.

Uma vez, a traseira do carro de Jack foi esmagada enquanto ele trocava um pneu, e agora é natural para ele, quando para na beira da estrada, acender um sinalizador, que crepitou em sua mão e se inflamou numa chama rosa-avermelhada e fumarenta. Quando Jack o ergueu para cravar o cabo no chão, enfiei uma das chaves na fechadura do porta-malas, virando-a freneticamente.

Jack então agarrou as chaves, arrancando-as da fechadura. Encontrou a certa, inseriu, girou e ergueu a tampa do porta-malas. E lá estavam elas, no vaivém das ondas da luz vermelha e tremulante: duas enormes vagens já abertas em um ou dois pontos, estendi as mãos e as joguei na terra. Eram leves como balões de ar, ásperas e secas ao toque de minhas palmas e dedos. Ao senti-las na pele, perdi completamente a cabeça, e logo estava pisoteando, despedaçando e esmagando elas, erguendo e baixando os pés e pernas, sem perceber que emitia uma espécie de grito rouco e sem sentido: "Unhh! Unhh! Unhh!", por medo, repugnância animal e raiva. O vento soprava o sinalizador, contorcia a chama até fazê-la tremer e vacilar, e no barranco alto de terra ao meu lado vi uma sombra gigante — a minha — se debatendo e dançando em saltos selvagens, bruxuleantes e insanos, toda aquela cena de pesadelo banhada por uma luz louca da cor de uma ferida aberta; acho que estava quase perdendo o juízo.

Jack puxou meu braço com força, me arrastando para longe, e nos voltamos para o porta-malas. Jack pegou a lata vermelha de gasolina que guardava lá. Tirou a tampa, e ali, à beira da estrada, nos tons de rosa da luz esfumaçada, encharcou aquelas duas grandes massas sem peso, que se dissolveram numa pasta mole de nada. Logo eu estava com o sinalizador, arrancara ele do chão e, correndo de volta, atirei na massa úmida espalhada no chão.

Arrancamos rapidamente com o carro para a estrada, olhei para trás e de repente as labaredas subiram, um metro e meio ou mais, com chamas alaranjadas num clarão de luz rosa, a fumaça densa e oleosa rodopiando e voando nas ondas de calor. Observei enquanto Jack trocava as marchas e seguia em alta velocidade, vi o fogaréu retroceder depressa numa dúzia de línguas bruxuleantes, azuis e vermelhas, a fumaça rosa-sangue mais uma vez. De repente, se apagaram ou sumiram de vista ao passarmos por uma elevação, eu nunca saberei.

E agora nem tentava falar ou pensar; nenhum de nós tentava; nossos pensamentos, sentimentos e emoções estavam esgotados. Fiquei sentado, segurando a mão de Becky, guiando o carro com os olhos, virando nas curvas, subindo e descendo as colinas, aumentando a distância, com Becky silenciosa e rígida ao meu lado.

Cerca de uma hora depois, ao ver um letreiro em neon verde, frio e hostil, informar TEMOS VAGAS, paramos num hotel, o Rancho Sei-lá-o-quê. Jack saiu e, quando abri a porta, Becky se inclinou para mim e sussurrou: "Não me deixe sozinha num quarto, Miles; estou com muito medo. Não posso ficar sozinha esta noite, não posso. Miles, por favor; estou morrendo de medo". Concordei — não havia mais nada a fazer — e saí. Acordamos a proprietária, uma mulher de meia-idade eternamente cansada e irritada, de chinelos e roupão, que havia muito desistira de questionar as pessoas que a despertavam a toda e qualquer hora da noite. Com meia dúzia de palavras, pegamos dois quartos duplos, pagamos, recebemos as chaves e assinamos os cartões de registro. Sem pensar conscientemente nisso, assinei um nome falso, depois fiquei envergonhado; então vi Jack fazer a mesma coisa e percebi por quê. Era besteira, claro, mas parecia importantíssimo sermos anônimos, rastejar para um buraco e sumir de vista, sem que ninguém no mundo soubesse onde estávamos.

No amontoado de roupas no banco de trás, Jack encontrou pijamas, mas eu não, e peguei um emprestado dele; as mulheres pegaram camisolas. Abri a porta do quarto, fiz Becky entrar primeiro e a segui. Eu havia pedido duas camas de solteiro, mas lá estava uma de casal, e quando expressei minha irritação e me voltei para a porta, Becky me deteve, com a mão no meu braço. "Deixa, Miles, por favor. Estou com muito medo; não tenho tanto medo assim desde criança. Ah, Miles, preciso de você, não me abandone!"

Acho que adormecemos em menos de cinco minutos. Eu me deitei sem tocar em Becky, a não ser pelo braço em volta de sua cintura, que segurou minha mão entre as suas, apertando-a com força, como uma criança. E dormimos, simplesmente dormimos, pelo resto da noite. Estávamos cansados; eu não dormia desde as três horas da madrugada anterior. Enfim, existe hora e lugar para tudo e, embora esse pudesse ter sido o lugar, não era a hora por um milhão de razões. Dormimos.

Se sonhei, não restou nenhum vestígio em minha memória; troquei o mundo e a vida pelo esquecimento exausto, e foi a melhor coisa que poderia ter me acontecido. Poderia ter dormido até o meio-dia, acho, mas por volta das 08h30, 08h45 eu me virei, esbarrei em alguém e a ouvi suspirar. Meus olhos se abriram quando Becky, ainda adormecida, se virou para se aconchegar junto a mim.

Achei demais. Maravilhosamente quente, corada de sono, com a respiração suave tocando meu rosto, ela se deitou ao meu lado, e não pude deixar de tomá-la nos braços, assim como não conseguiria abrir mão de respirar. Por um longo momento, foi maravilhoso, todo o seu corpo quente colado ao meu; e eu não pensava em nada, só havia espaço para sentimento e emoção. Então percebi o que ia acontecer e entendi que só me restavam dois ou três segundos de pensamento e ação independentes. Esse tipo de coisa já havia acontecido comigo, e no instante seguinte eu estava casado, e pouco tempo depois estava diante de um juiz, assinando o divórcio. Parecia que eu estava virando uma espécie de fantoche sem controle. Não foi fácil, para usar um enorme eufemismo, mas me afastei, deslizei para fora das cobertas e apoiei os pés no chão.

Então olhei para Becky. De olhos fechados, os longos cílios nas bochechas, uma alça fina da camisola escorregando pelo braço, ela estava ali, parecendo o sonho de qualquer rapaz; e, sabendo que tudo que eu precisava fazer para estar de novo na cama com ela era simplesmente voltar, tive que desviar o olhar enquanto ainda podia. Peguei minhas roupas e fui ao banheiro para tomar banho e me vestir.

Quinze minutos depois, andei na ponta dos pés até a porta do quarto. Quando olhei para Becky, seus olhos estavam abertos. Ela sorriu para mim, debochada. "Que foi?", perguntou. "Nobreza?"

Balancei a cabeça. "Senilidade", respondi e saí.

Jack estava lá fora, vagando pelo pátio de asfalto do hotel, fumando, e eu me aproximei. Conversamos e observamos a manhã à nossa volta. Depois de um tempo, quando nossos olhos se encontraram, perguntei: "E então? E agora? Aonde vamos?".

Jack olhou para mim, o rosto cansado e pálido; um dos ombros se ergueu num gesto casual. "Para casa", respondeu.

Não consegui fazer nada além de encará-lo.

"É, isso mesmo", disse irritado. "Aonde você achou que a gente iria?" Eu franzi a testa, zangado, com a boca abrindo para discutir, mas desisti. Depois de um tempo, fechei a boca, e Jack sorriu um pouco, assentindo como se eu tivesse dito alguma coisa que ele concordasse. "É claro que você sabe disso tanto quanto eu", disse ele, abrindo um sorriso cansado. "Você achou que ia mudar de nome, deixar a barba crescer e ir para algum lugar recomeçar a vida?"

Meus lábios se curvaram levemente. Quando Jack pronunciou essas palavras, qualquer coisa além de voltar a Santa Mira parecia irreal, sem força nem convicção. Era manhã agora, com o ar iluminado pelo sol, eu tinha dormido metade da noite e minha mente estava, mais uma vez, livre do horror. O medo continuava ativo e real, mas eu conseguia pensar sem entrar em pânico. Tínhamos fugido, e isso nos fizera bem; pelo menos para mim. Mas nossa casa era em Santa Mira, não um lugar novo, vago, desconhecido e mítico. Já era hora de ir para casa, para o lugar que fazemos parte e que fazia parte de nós. Realmente não havia mais nada a fazer senão voltar e lutar contra o que estava acontecendo, da melhor forma que podíamos. Jack sabia disso, e agora eu também.

Um tempo depois, Theodora saiu e veio até nós. Quando se aproximou, fitando o rosto de Jack, começou a franzir a testa; depois, parada diante dele, simplesmente o olhou com ar questionador. Jack assentiu. "Pois é", disse ele, um pouco desconcertado. "Querida, Miles e eu achamos que..." Ele parou quando Theodora sacudiu lentamente a cabeça.

"Deixe para lá", disse, exausta. "Se você quer voltar, vai voltar; não importa o porquê. E, aonde você for, eu vou." Ela deu de ombros. Virando-se para mim, conseguiu abrir um sorriso fraco. "Bom dia, Miles."

Quando Becky saiu, com a camisola e o pijama enrolados numa trouxa debaixo do braço, seu rosto estava ansioso e atento, repleto de coisas a dizer. "Miles", ela parou na nossa frente. "Tenho que voltar. É tudo real, está acontecendo mesmo, e meu pai..." Ela parou de falar enquanto eu assentia.

"Todos vamos voltar", respondi delicadamente, pegando seu cotovelo e levando-a em direção ao carro, acompanhados por Jack e Theodora. "Mas primeiro, pelo amor de Deus, vamos arranjar um café da manhã."

Às 11h02, Jack engatou a segunda marcha e começou a xingar, enquanto saíamos da rodovia para a estrada de Santa Mira e percorríamos os últimos quilômetros até em casa. Estávamos tomados por uma urgência terrível de chegar — seguir em frente, agir —, mas essa estrada era péssima, empoeirada e repleta de valas grandes e retorcidas, falhas no asfalto com bordas afiadas e buracos largos, profundos e frequentes, que poderiam quebrar o eixo do carro se você fizesse alguma coisa além de passar por eles bem devagar. "A única estrada para Santa Mira", disse Jack, zangado, "e deixam ela toda arrebentada." Em seguida virou o volante com força para nos tirar de uma vala e evitar um barranco em miniatura logo à frente. "É a burrice típica da administração da cidade", explodiu ele. "Deixam esta aqui assim porque a nova estrada estadual ia passar pela cidade, depois mudam de ideia e vetam a estrada nova. Miles, você leu sobre isso?" Respondi que não, e Jack disse: "Pois é, no *Tribune*. Agora a administração diz que é contra a estrada; dizem que arruinaria o caráter tranquilo e residencial da cidade", contou com amargura. "E o planejamento parou e parece que vão redirecionar a nova rodovia. O que nos deixa com uma estrada quase intransitável, e, com as chuvas de inverno chegando daqui a pouco, não adianta arrumar agora." O para-choque traseiro raspou a terra enquanto as rodas de trás saíam de um buraco, e Jack xingou e reclamou até 11h30, quando passamos pela placa preta e branca dos limites da cidade de Santa Mira, população de 3.890 habitantes.

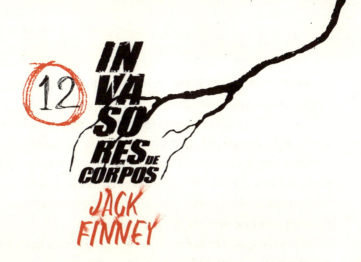

12
INVASORES DE CORPOS
JACK FINNEY

Não sei quantas pessoas hoje em dia ainda vivem nas cidades em que nasceram. Mas eu vivia, e é de uma tristeza sem palavras ver o lugar morrer; muito pior do que a morte de um amigo, pois você tem outros amigos a quem recorrer. Fizemos muitas coisas, e muitas outras aconteceram, na uma hora e cinquenta e cinco minutos que se seguiram; e em cada instante minha sensação de perda se aprofundou e a de choque cresceu com o que vimos, e entendi que algo muito caro para mim estava irremediavelmente perdido. Percorrendo uma rua remota, tive minha primeira sensação *real* da terrível mudança em Santa Mira e lembrei-me de uma coisa que um amigo me contou sobre a guerra, o conflito na Itália. Eles chegavam, às vezes, a uma cidade supostamente libertada dos alemães, com uma população a princípio amistosa. Mesmo assim, entravam com os fuzis à mão, olhando ao redor, para a frente e para trás, a cada passo cauteloso. E viam janelas, portas, becos e rostos, conforme me contou, como algo a temer. Agora, de volta à cidade em que nasci — havia entregado jornais naquela mesma rua —, sabia como ele se sentira naqueles vilarejos italianos; eu tinha medo do que poderia ver e encontrar aqui.

Jack disse: "Eu gostaria de dar um pulo em casa, Miles; Teddy e eu precisamos de roupas".

Eu não quis ir junto; estava nauseado com os pensamentos e sentimentos que me ocorriam e sabia que precisava ver a cidade, olhá-la com atenção, na esperança de conseguir dizer a mim mesmo que ela ainda era do jeito que sempre foi. Era sábado e eu não tinha nada na agenda para me preocupar, então respondi: "Nós vamos descer do carro, então, e ir andando. Estou com vontade, se Becky não se importar, e depois, Jack, vocês nos encontram na minha casa".

Ele nos deixou na Etta Street, ao sul da Main, talvez a dez minutos a pé da minha casa. A Etta é uma rua residencial tranquila, como a maior parte das outras em Santa Mira, e quando o ruído do carro de Jack sumiu, Becky e eu fomos em direção à Main, e não havia uma alma à vista, nem outro som além de nossos sapatos na calçada; era um cenário que deveria parecer pacato.

"Miles, o que está acontecendo?", perguntou Becky, irritada, e virei a cabeça em sua direção. Ela sorriu um pouco, mas ainda havia uma ponta de irritação na voz. "Não sabe que estou quase me apaixonando por você? Não percebe?" Ela não esperou resposta; apenas olhou para mim como se eu fosse um simplório e acrescentou: "E você também se apaixonaria por mim, se conseguisse relaxar e deixar acontecer". Ela pousou a mão no meu braço. "Miles, qual é o problema?"

"Bem", respondi, "eu não queria contar, mas existe uma maldição na minha família; nós, os Bennell, estamos condenados a viver sozinhos. Fui o primeiro em gerações a tentar me casar, e você sabe o que aconteceu. Se eu tentasse outra vez, me transformaria numa coruja, assim como qualquer mulher que tentasse a sorte comigo. Não me importo comigo, mas não quero que você vire coruja."

Ela não respondeu durante alguns passos, depois disse: "Por quem tem medo, por você ou por mim?".

"Pelos dois." Encolhi ombros. "Eu não quero que nenhum de nós seja usuário frequente dos serviços do juiz de divórcios da cidade."

Ela sorriu. "E você acha que é isso que ia acontecer com a gente?"

"Meu histórico está em cem por cento até agora. Posso ser do tipo que faz disso um hábito. Como vou saber?"

"Não sei. E não sei como você pode saber; sua lógica é difícil de questionar. Miles, é melhor eu voltar a dormir na minha casa."

"Eu amarraria você", respondi. "Você não vai a lugar nenhum. Mas, de agora em diante, não vamos nem mesmo apertar as mãos", eu sorri maliciosamente para ela, "por mais maravilhoso que tenha sido dormir com você."

"Vá pro inferno", disse ela com um sorriso brincando nos lábios.

Continuamos a andar, sem falar de nada importante, por meia dúzia de quarteirões, e olhei para a Etta Street ao meu redor. Eu passava de carro pelas ruas de Santa Mira todos os dias; estivera neste mesmo quarteirão menos de uma semana antes. E tudo o que via agora já estava aqui antes, mas você não enxerga o que é familiar até que seja jogado na sua cara. Você não olha de verdade, não presta atenção até que haja um motivo para isso. Mas agora havia motivo, e olhei ao meu redor, vendo realmente a rua e as casas ao longo dela, tentando absorver todas as impressões que poderiam me dar.

Eu não saberia descrever exatamente como as coisas pareciam diferentes; mas estavam, de um modo que as palavras não podem explicar. Porém, se eu fosse artista, pintando a impressão que a Etta Street me causava ao andar agora com Becky, acho que distorceria as janelas das casas por que passamos. Eu as mostraria com sombras esboçadas, a borda inferior de cada sombra curvando-se para baixo, de modo que as janelas parecessem olhos de pálpebras caídas, vigilantes, silenciosos e terrivelmente conscientes de nossa presença na rua silenciosa. Mostraria os parapeitos e corrimãos envolvendo as casas como braços zelosos, protegendo-as, mal-humorados, da nossa curiosidade. Pintaria as próprias casas como formas encolhidas, estranhas e retraídas, rancorosas, más e repletas de malícia fria contra as duas figuras que andavam pela rua entre elas. E de alguma forma retrataria as árvores e gramados, a rua e o céu acima de nós, escuros — embora o dia estivesse claro e ensolarado —, e daria à cena uma atmosfera pensativa, silenciosa e temível. E acho que escolheria uma paleta de cores um tanto desarmônica.

Não sei se isso comunicaria o que eu sentia, mas... havia alguma coisa errada, e eu sabia disso. E percebi que Becky também.

"Miles", disse ela em voz baixa e cautelosa, "é impressão minha ou esta rua parece... morta?"

Sacudi a cabeça. "Não. Em sete quarteirões, não passamos por uma única casa com alguém pintando pelo menos as vigas; nenhum telhado, varanda ou mesmo uma janela rachada sendo consertada;

nenhuma árvore, arbusto ou folha de grama sendo plantada ou podada. Não tem nada acontecendo, Becky, ninguém está fazendo nada. E está tudo assim há dias, talvez semanas."

Era verdade; andamos mais três quarteirões até a Main e não vimos sinal de mudança. Poderíamos estar num cenário de teatro pronto, completo até o último prego e a última pincelada. No entanto, não é possível andar dez quarteirões numa rua comum habitada por seres humanos sem ver sinais de, digamos, uma garagem em construção, uma nova placa de cimento assentada na calçada, um quintal arrumado, uma janela instalada — pelo menos alguns pequenos indícios da vontade infinita de mudar e aprimorar que caracteriza a raça humana.

Entramos na Main, e, embora houvesse pessoas nas calçadas e carros alinhados com os parquímetros, de alguma forma a rua parecia espantosamente vazia e inativa. A não ser pelo bater ocasional de uma porta de carro ou pelo som de alguma voz, a via estava mergulhada num silêncio quase completo por mais de meio quarteirão, como se fosse tarde da noite, quando a cidade adormece.

Muito do que vimos no momento, eu já vira ao passar de carro pela Main para atender chamadas em domicílio; mas não tinha notado, não havia olhado de verdade para essa rua que vi por toda a minha vida. Contudo, fiz isso agora e, de repente, me lembrei da loja vazia perto do meu consultório. Porque, nos primeiros quarteirões — com nossos passos claramente audíveis na calçada —, passamos por mais três lojas vazias. As janelas tinham sido caiadas e, através delas, mal podíamos ver o interior atulhado e sujo, e as lojas pareciam desocupadas havia algum tempo. Passamos debaixo da placa de neon do Pastime Bar and Grill, e as letras ST, em PASTIME, tinham se apagado. As janelas estavam salpicadas de mosquitos, a decoração de papel crepom e os painéis de bebidas em papelão desbotados pelo sol; havia dias que ninguém tocava nessas janelas. Só vimos um cliente, sentado imóvel diante do balcão — as portas estavam abertas e olhamos lá dentro ao passarmos —, e nem o rádio nem a televisão estavam ligados; o silêncio era total.

O Maxie's Lunch estava fechado — para sempre, ao que parecia, pois as banquetas do balcão tinham sido arrancadas e largadas de lado no chão. Do outro lado da rua, o Sequoia havia colocado um aviso na bilheteria fechada, onde se lia ABERTO SOMENTE SÁBADOS E DOMINGOS À NOITE. Uma loja de sapatos ainda tinha uma propaganda do Quatro de Julho na vitrine, com sapatos de criança agrupados em volta, e sobre o couro esmaltado das peças via-se uma camada fina de poeira.

Notei mais uma vez, enquanto Becky e eu caminhávamos pela rua, a quantidade de papel e lixo espalhados; os cestos estavam cheios, e folhas de jornal rasgadas e pequenos tufos de poeira jaziam no canto das entradas das lojas e na base dos postes de luz e das caixas de correio. No terreno baldio entre as ruas Camino e Dykes, o mato estava alto, após muitos dias sem poda, embora houvesse uma lei municipal contra isso. Becky murmurou: "O carrinho de pipoca se foi", e vi que era verdade; por anos, um carrinho de pipoca envidraçado, com detalhes dourados e rodas vermelhas, havia ficado na calçada diante desse terreno, e agora havia apenas mato.

O restaurante Elman's ficava logo em frente; na última vez em que comi lá, me passou pela cabeça por que havia tão poucos clientes. E agora me perguntava a mesma coisa, quando paramos para olhar pelo vidro, pois só duas pessoas almoçavam lá num horário em que deveria estar lotado. Preso à janela, como sempre, estava o menu do dia, hectografado em tinta roxa desbotada, e dei uma olhada. Havia três entradas a escolher, e durante anos eles sempre tiveram de seis a oito opções.

"Miles, quando foi que isso aconteceu?" Becky indicou a extensão da rua semideserta atrás e à nossa frente.

"Um pouco de cada vez", respondi e encolhi os ombros. "Só estamos percebendo agora; a cidade está morrendo."

Nos afastamos da janela do restaurante. O caminhão do encanador Ed Burley passou, e ele acenou, e retribuímos o cumprimento. Então, naquele silêncio estranho que ocasionalmente tomava a rua, pudemos ouvir nossos passos na calçada outra vez.

Na esquina da Lovelock's, Becky disse, tentando parecer despreocupada: "Vamos tomar uma Coca-Cola, ou um café, ou alguma coisa". Concordei e entramos. Eu sabia que ela não queria Coca-Cola nem café, mas sair da rua por um minuto ou mais; e eu também.

Havia um homem ao balcão, o que me surpreendeu. Então fiquei surpreso por ter me surpreendido; mas, de alguma forma, depois da caminhada pela Main Street, eu meio que esperava que qualquer lugar onde entrássemos estivesse vazio. O homem ao balcão se voltou para nós, e eu o reconheci. Era vendedor de alguma loja atacadista de San Francisco; uma vez, tratei seu tornozelo torcido. Pegamos os dois bancos perto dele e eu disse: "Como vão os negócios?". O velho sr. Lovelock olhou para mim com ar questionador, do outro lado do balcão, e levantei dois dedos e pedi: "Duas Cocas".

"Péssimo", respondeu o homem ao meu lado. Ainda havia o resto de um sorriso em seu rosto depois que o cumprimentei, mas parecia que uma pontada de hostilidade surgira no olhar. "Pelo menos em Santa Mira", acrescentou. Ficou sentado me encarando por um bom tempo, como se avaliasse se deveria dizer mais alguma coisa; no balcão, a torneira de refrigerante tossiu enquanto nossos copos de Coca-Cola eram enchidos. Então o homem ao meu lado se inclinou, baixou a voz e perguntou: "Que diabo está acontecendo por aqui?".

O sr. Lovelock surgiu com as Cocas, que deixou à nossa frente com cuidado, devagar, e ficou ali por um momento, piscando de forma benévola. Esperei até ele virar as costas e ir para os fundos da loja outra vez antes de responder. "Como assim?", falei em tom casual e tomei um gole da Coca. O gosto era ruim; estava quente demais e não havia sido bem misturada, e olhando em volta não encontrei nem colher nem canudo à vista, então deixei o copo no balcão.

"Ninguém está comprando mais nada." O vendedor encolheu os ombros. "Nada que seja lucrativo, pelo menos. Só os itens básicos, o essencial, nada além disso." Lembrou-se, então, de que não se deve falar mal da cidade a um morador e sorriu, jovial. "Vocês estão fazendo uma greve de consumo ou coisa assim?" Logo desistiu do esforço e parou de sorrir. "As pessoas simplesmente não estão comprando", murmurou, carrancudo.

"Bem, acho que a situação está meio apertada por aqui agora, só isso."

"Pode ser." Pegou a xícara e sorveu o café no fundo, olhando melancolicamente para o interior. "Só sei que não está valendo muito a pena vir à cidade ultimamente. É um péssimo lugar para visitar agora, por uma razão: leva uma hora e meia só para entrar e sair de Santa Mira. E, considerando o esforço, posso muito bem anotar todas as encomendas por telefone. E não sou só eu", acrescentou, na defensiva. "Todos os rapazes dizem isso, os outros vendedores. A maioria parou de vir; nesta cidade não dá mais para ganhar nem o dinheiro da gasolina. Mal dá para comprar uma Coca-Cola na maior parte dos lugares, ou", apontou a xícara com o queixo, "uma xícara de café. Duas vezes, nos últimos tempos, este lugar ficou totalmente sem café, sem nenhum motivo, e hoje, quando tem, é péssimo, terrível." Ele terminou a bebida em um só gole, fazendo uma careta e, quando deslizou para fora do balcão, a hostilidade ficou nítida em seu rosto, e ele não se deu ao trabalho de sorrir. "Qual é o problema?", perguntou, com raiva. "É uma cidade de mortos ainda vivos?" Tirou uma moeda do bolso, inclinou-se para a frente para deixá-la no balcão e, com o rosto perto do meu, falou baixo em meu ouvido, com amargura reprimida. "Eles agem como se nem quisessem os vendedores por perto." Por um momento, olhou para mim, depois sorriu profissionalmente. "A gente se vê, doutor", ele disse, meneou a cabeça educadamente para Becky, virou as costas e tomou o caminho da porta.

"Miles", chamou Becky, e me voltei para ela. "Olha, Miles", continuou num sussurro, mas sua voz estava tensa, "você acha que é possível uma cidade se isolar do mundo? Aos poucos, fazer com que as pessoas parem de vir aqui, até que ninguém mais pense nela? Que seja quase esquecida?"

Pensei nisso, depois sacudi a cabeça. "Não."

"Mas a estrada, Miles! Agora só existe um caminho para a cidade, quase intransitável; não faz sentido! E aquele vendedor, e o jeito como a cidade parece estar..."

"É impossível, Becky; seria preciso uma cidade inteira para fazer isso, cada uma das almas. Precisaria existir unanimidade absoluta na decisão e na ação. E isso incluiria a gente."

"Bem", disse ela, simplesmente, "eles tentaram nos incluir."

Por um momento, só a encarei; ela estava certa. "Venha", chamei, deixando vinte e cinco centavos no balcão, e me levantei. "Vamos sair daqui; já vimos o que viemos ver."

Na esquina seguinte, passamos pelo meu consultório e olhei para meu nome na placa dourada na janela do segundo andar; parecia fazer muito tempo desde que estivera lá. Quando saímos da Main e entramos na rua onde Becky e eu morávamos, ela disse: "Preciso passar na minha casa e ver meu pai, e, Miles, detesto fazer isso; não suporto deixar ele do jeito que está".

Não havia nada que eu pudesse dizer sobre isso, e apenas assenti. Em uma quadra ao sul da Main, logo à nossa frente, ficava a velha biblioteca pública, um prédio de tijolos vermelhos com dois andares, e lembrei que era sábado e a biblioteca fechava às 12h30 e não abriria até segunda-feira. "Vamos ter que entrar na biblioteca rapidinho", avisei.

A srta. Wyandotte estava na recepção enquanto passamos pela porta e subimos os largos degraus da biblioteca, e eu sorri com verdadeiro prazer, como sempre. Ela trabalhava lá desde que eu estava no ensino fundamental e vinha procurar livros de Tom Swift e Zane Gray, e ela era o oposto exato da ideia convencional do que uma bibliotecária costuma ser. Uma mulher vivaz e pequena, de cabelos grisalhos e olhos inteligentes, e você podia conversar na sala de leitura principal da biblioteca, se não falasse muito alto. Também podia fumar, e ela espalhara cinzeiros pela sala, e havia cadeiras de vime, confortáveis e acolchoadas, ao lado de mesas baixas cheias de revistas. Ela havia criado ali um bom lugar para passar uma hora ou tarde agradável, onde as pessoas encontravam os amigos para conversar em voz baixa, fumando e discutindo livros. Era maravilhosa com as crianças — tinha uma paciência imensa e interessada — e, quando menino, eu sempre me lembrava, me sentia bem-vindo lá, e não um intruso.

A srta. Wyandotte era uma das minhas pessoas favoritas, e agora, quando paramos à sua mesa e a cumprimentamos, ela abriu um sorriso radiante e realmente satisfeito, que me deixou feliz por estar lá. "Olá, Miles", disse. "Que bom ver que você voltou a ler", e eu sorri. "Que bom ver você, Becky", completou. "Diga a seu pai que mandei um oi."

Respondemos e então falei: "Podemos olhar o arquivo do *Tribune*, srta. Wyandotte? Da primavera passada; a primeira parte de maio, digamos do dia primeiro ao 15?".

"Claro", respondeu e, quando me ofereci para pegar o arquivo pessoalmente, ela disse: "Não, sente e relaxe; eu trago para você".

Ocupamos duas cadeiras de vime ao lado de uma das mesas, acendemos cigarros, depois Becky pegou uma *Woman's Home Companion* e comecei a folhear uma *Collier's*. Demorou um pouco até que a srta. Wyandotte voltasse do arquivo; eu havia terminado meu cigarro e notei que era meio-dia e vinte quando ela apareceu, sorrindo, trazendo o grande livro encadernado em tecido, do tamanho de um jornal, onde se lia *Santa Mira Tribune, abril, maio e junho de 1953*. Ela o deixou na mesa ao lado e nós agradecemos; a data naquele recorte de Jack sobre Santa Mira era 9 de maio, e abri o grande livro e encontrei o *Tribune* do dia anterior.

Examinamos a primeira página, atentos a cada notícia; não havia nada lá sobre vagens gigantes nem sobre o professor L. Bernard Budlong, e virei a página. No canto superior esquerdo da página três havia um buraco retangular, com duas colunas de largura por uns 15 cm de comprimento; uma notícia tinha sido cuidadosamente recortada com uma lâmina de barbear, e Becky e eu nos entreolhamos, depois vasculhamos o resto daquela página e a seguinte. Não achamos nada do que estávamos procurando, nem nas três páginas restantes do *Tribune* de 8 de maio.

Pegamos a edição de 7 de maio e começamos novamente, mas não havia nada no jornal sobre Budlong ou as vagens. Na metade inferior da primeira página do *Tribune* de 6 de maio havia um buraco de cerca de 20 cm de comprimento e três colunas de largura. Na metade inferior da edição de 5 de maio, outro buraco, com quase o mesmo comprimento, mas apenas duas colunas de largura.

Não foi um palpite, mas uma súbita pontada de conhecimento direto e intuitivo — eu entendi, só isso — e me virei na cadeira para olhar a srta. Wyandotte do outro lado da sala. Ela estava imóvel atrás da grande mesa, os olhos fixos em nós e, no instante em que olhei para ela, seu rosto parecia rígido, desprovido de qualquer expressão, e os olhos brilhavam, em concentração tão profunda que parecia dolorosa e tão inumanamente frios quanto os de um tubarão. O momento durou menos que o piscar das pestanas — porque na mesma hora ela sorriu, agradável e solícita, erguendo as sobrancelhas num questionamento educado. "Posso ajudar?", perguntou com a vivacidade calma e interessada que era sua marca em todos os anos desde que a conheci.

"Sim", respondi. "Poderia vir aqui, por favor, srta. Wyandotte?"

Sorrindo alegremente, ela deu a volta na mesa e cruzou a sala em nossa direção. Agora, não havia mais ninguém na biblioteca; era 12h26 no relógio grande e velho acima da mesa dela, e o único outro frequentador saíra alguns minutos antes.

Wyandotte se aproximou de mim, eu a encarei e ela ficou me observando, com a expressão amigavelmente inquiridora. Indiquei o buraco na primeira página do jornal diante de mim. "Pouco antes de nos trazer este arquivo", comentei baixinho, "a senhorita recortou todas as referências às vagens encontradas aqui na primavera passada, não é?"

Ela franziu a testa — perplexa com a acusação — e se inclinou para olhar, surpresa, o jornal mutilado na mesa.

Então me levantei para encará-la, meu rosto a poucos centímetros do seu e disse: "Não se preocupe, srta. Wyandotte, ou quem quer que seja. Não precisa fazer essa encenação para mim". Eu me aproximei mais, olhando-a diretamente nos olhos, baixando o tom de voz. "Eu conheço você", afirmei. "Sei o que você é."

Por um momento ela ainda ficou imóvel, olhando desamparada e perplexa de mim para Becky; depois, de repente, abandonou a farsa. A grisalha srta. Wyandotte, que vinte anos antes me emprestara o primeiro exemplar de *Huckleberry Finn* que eu havia lido, olhou para mim e seu rosto ficou rígido e vazio, com uma inumanidade absolutamente fria e impiedosa. Não havia nada lá agora, naquele olhar, nada em comum comigo; um peixe no mar se assemelhava mais a mim do que a coisa que me encarava. Então ela falou. Eu conheço você, eu havia dito, e agora ela respondia, e sua voz era infinitamente distante e indiferente. "É mesmo?", perguntou, depois virou as costas e foi embora.

Fiz um gesto para Becky, que levantou, e saímos da biblioteca. Lá fora, na calçada, demos meia dúzia de passos em silêncio, depois Becky balançou a cabeça. "Até ela", murmurou, "até mesmo a srta. Wyandotte", e as lágrimas brilharam em seus olhos. "Ah, Miles", disse e olhou primeiro por cima de um ombro, depois do outro, para as casas, os gramados tranquilos e a rua ao nosso lado, "quantos mais?" Eu não tinha uma resposta para isso, apenas balancei a cabeça e seguimos em frente, rumo à casa de Becky.

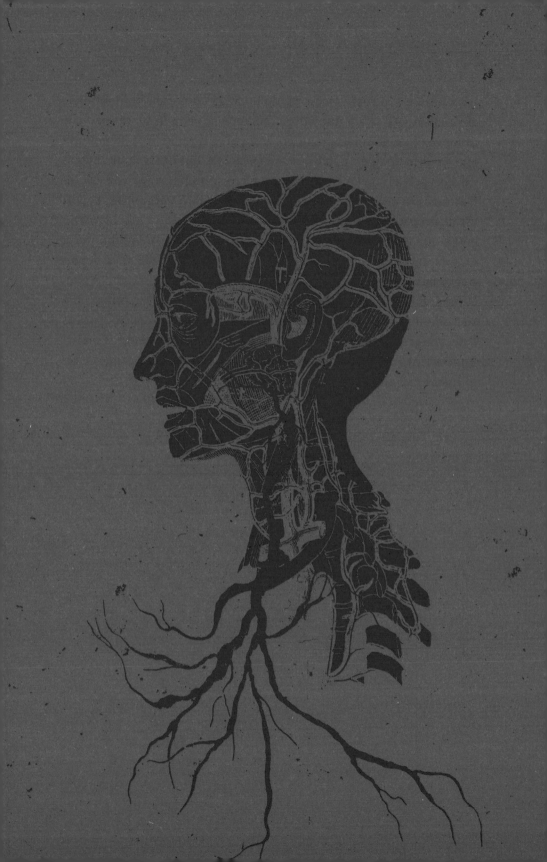

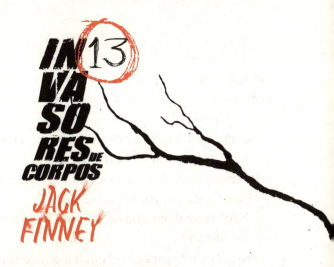

13
INVASORES DE CORPOS
JACK FINNEY

Havia um carro estacionado em frente à casa de Becky e, quando nos aproximamos, o reconhecemos: um sedã Plymouth 1947, a tinta azul desbotada pelo sol. "Wilma, tia Aleda e tio Ira", murmurou Becky, e olhou para mim. Depois disse: "Miles", estávamos quase na casa, e ela parou na calçada, "não posso entrar".

Fiquei parado um momento, pensando. "Não vamos entrar", respondi, "mas precisamos ver eles, Becky." Ela sacudiu a cabeça, negando, e eu disse: "A gente tem que saber o que está acontecendo, Becky! Precisamos descobrir! Ou não teria por que voltar à cidade". Peguei o braço dela e fomos pelo caminho de tijolos que levava à casa, mas saí dele imediatamente, puxando Becky comigo, e andamos em silêncio pelo gramado. "Onde eles estariam?", perguntei. Quando ela não respondeu, eu a balancei uma vez, quase com rispidez, minha mão ainda em seu braço. "Becky, onde eles ficam normalmente? Na sala de estar?"

Ela fez que sim com a cabeça, estupefata, e contornamos a casa em silêncio, assim como a grande varanda que passava debaixo das janelas da sala de estar. As janelas estavam abertas, ouvimos o murmúrio das vozes por trás das cortinas brancas da sala e eu parei, levantei um pé, tirei um sapato, depois o outro. Olhei para Becky, e ela engoliu em seco; então, segurando no meu braço, ela tirou as sandálias de salto alto, e pouco depois das janelas da sala, nos fundos da casa, subimos sem fazer ruído pela escada da varanda. Ao lado da janela aberta, sentamos na varanda, com muito cuidado e devagar. Eles não podiam nos ver, pois estávamos completamente protegidos da rua pelas árvores grandes e velhas e pelos arbustos altos do gramado.

"... mais um café?", ouvimos uma voz, a do pai de Becky.

"Não", respondeu Wilma, e escutamos o tilintar de uma xícara e um pires numa superfície de madeira. "Preciso voltar pra loja às 13h. Mas você e o tio Ira podem ficar, tia Aleda."

"Não", respondeu a tia de Wilma, "vamos com você. É uma pena não termos visto a Becky."

Mexi a cabeça para poder olhar logo acima do parapeito da janela, ao lado da janela aberta. Lá estavam eles: o pai grisalho de Becky fumando um charuto; Wilma, de rosto arredondado e vermelho; o tio Ira, alto e velho; e a senhora miudinha de ares gentis que era a tia de Wilma; todos com a mesma aparência e o modo de falar de sempre. Eu me voltei para Becky, imaginando se não havíamos cometido um erro terrível e se aquelas pessoas não eram apenas o que pareciam ser.

"Também acho uma pena", respondeu o pai de Becky. "Eu tinha certeza de que ela estaria em casa; já voltou à cidade, sabe."

"É, nós sabemos", disse o tio Ira, "e Miles também", e eu me perguntei como poderiam estar cientes de que estávamos de volta, ou até mesmo que tínhamos saído. Então aconteceu uma coisa, sem aviso, que fez os cabelos da minha nuca se arrepiarem.

É muito difícil de explicar, mas... quando eu estava na faculdade, Billy, um homem negro de meia-idade, tinha uma banca de engraxate na calçada diante de um dos hotéis mais antigos, e era um personagem conhecido na cidade. Todos eram fregueses de Billy porque ele era a encarnação da ideia que todos faziam do que uma "figura curiosa" deveria ser. Tinha um título para cada cliente regular. "Bom dia, Professor", dizia ele, muito sério, para um homem de negócios magro, de óculos, que vinha engraxar os sapatos todo dia. "Tudo de bom para você, Capitão", dizia para outra pessoa. "Como é que vai, Coronel?", "Boa noite, Doutor", "General, que prazer te ver." O tom de adulação era óbvio, e as pessoas sempre sorriam para mostrar que não se deixavam levar por isso; mas gostavam mesmo assim.

Billy professava um verdadeiro amor pelos sapatos. Balançava a cabeça com criteriosa aprovação quando você aparecia com um par novo. "Couro de qualidade", murmurava, com convicção ponderada, "é um prazer trabalhar com sapatos como estes", e você sentia uma pontada de orgulho tolo por seu bom gosto. Se seus sapatos estivessem velhos, ele talvez segurasse um deles na mão ao terminar, virando-o um pouco de um lado para o outro para captar a luz. "Nada que a gente engraxe brilha tanto quanto um belo couro envelhecido, Tenente, nada." E, se você algum dia chegasse com um par de sapatos baratos, o silêncio de Billy provava a sinceridade de seus elogios no passado. Com Billy, o engraxate, todos tinham a sensação de estar com a mais rara das pessoas, um homem feliz. Era óbvio que ele se satisfazia com uma das ocupações mais simples do mundo, e o dinheiro envolvido parecia, na verdade, irrelevante. Quando você colocava as moedas na mão de Billy, ele nem olhava; aceitava-as com ar distraído, dedicando toda a atenção aos sapatos e ao cliente, que partia com um sentimento caloroso, como se tivesse acabado de fazer uma boa ação.

Certa noite, fiquei acordado até o amanhecer numa escapada estudantil que não vem ao caso agora e, sozinho em meu carro velho, eu me vi na parte degradada da cidade, uns 3 km do campus. De repente, fiquei morto de sono, cansado demais para dirigir até em casa. Estacionei no meio-fio e, com o sol começando a surgir, me enrolei no banco de trás debaixo do velho cobertor que tinha lá. Cerca de meio minuto depois, quase adormecido, fui despertado por passos na calçada ao meu lado, e a voz de um homem murmurou: "Bom dia, Bill".

Com a cabeça abaixo do nível da janela do carro, não pude ver quem falava, mas ouvi outra voz, cansada e irritadiça, responder: "Oi, Charley", e a segunda voz era familiar, embora eu não conseguisse identificá-la.

Então ela continuou, num tom subitamente estranho e alterado. "Bom dia, Professor", disse com uma cordialidade estranha e distorcida. "Bom dia!", repetiu. "Cara, olha só pra esses sapatos! Na terça-feira vai fazer — deixa eu ver... — 56 anos que você tem esses sapatos, e eles ainda brilham que é uma beleza!" A voz era de Billy, as palavras e o tom que a cidade conhecia com afeição, mas... parodiadas e um tanto dissonantes. "Vai com calma, Bill", murmurou a primeira voz, apreensiva, mas Billy a ignorou. "Adorei esses sapatos, Coronel", continuou numa imitação repentina, zombeteira e maldosa do seu conhecido discurso. "É só isto que eu quero, Coronel, trabalhar com os sapatos das pessoas. Me deixa dar um beijo neles! Por favor, me deixa beijar seus pés!" A amargura reprimida durante anos maculava cada palavra e sílaba do que ele dizia. E então, talvez por um minuto inteiro, parado ali na calçada do bairro pobre onde morava, Billy continuou com essa paródia vagamente histérica de si mesmo, e seu amigo murmurava às vezes: "Relaxa, Bill. Vamos lá, pega leve". Mas Billy continuou, e nunca na vida eu ouvira um desprezo tão desagradável, amargo e maldoso numa voz, um desprezo pelas pessoas envolvidas por suas brincadeiras diárias, e mais ainda por si mesmo, pelo homem que fornecia o servilismo que elas compravam.

Então, de repente, ele parou, deu uma risada áspera e disse: "A gente se vê, Charley", e seu amigo também riu, incomodado, e disse: "Não deixa ninguém te derrubar, Bill". Aí os passos recomeçaram, em direções opostas. Nunca mais engraxei meus sapatos na banca de Billy e tomei o cuidado de nunca sequer passar por ela, exceto uma vez, quando esqueci. Então ouvi a voz de Billy dizer: "Isso, sim, é brilho, Comandante", e ergui o olhar para ver o rosto do engraxate iluminado pelo simples prazer de ver o sapato lustroso que segurava na mão. Observei o homem corpulento na cadeira e vi seu rosto, sorrindo condescendente diante da cabeça curvada de Billy. Desviei o olhar e continuei, envergonhado dele, de Billy, de mim mesmo e de toda a raça humana.

"Ela está de volta à cidade", dissera o pai de Becky, e tio Ira havia respondido: "É, nós sabemos, e Miles também." Agora ele disse: "Como vai o trabalho, Miles? Matou muita gente hoje?", e pela primeira vez em anos ouvi em outra voz a zombaria chocante que ouvira na de Billy, e os cabelos curtos da minha nuca se arrepiaram. "O máximo que pude", continuou o tio Ira, repetindo minha resposta a ele de uma semana antes, séculos antes, no gramado diante de sua casa, e a voz parodiou a minha com o sarcasmo impiedoso de uma criança provocando outra.

"Ah, Miles", disse Wilma em seguida, com voz afetada, e o veneno que continha me fez estremecer, "eu estava mesmo querendo ir até aí falar... do que aconteceu." Deu uma risada falsa, numa paródia horrenda de constrangimento.

A pequena tia Aleda riu e continuou a conversa de Wilma comigo. "Fiquei tão envergonhada, Miles. Não sei bem o que aconteceu...", a maldade em seu tom chegava a ser doentia, "nem como explicar isso a você, mas... Recuperei o juízo." Agora a voz da senhora ficou mais grave. "Não se preocupe em explicar, Wilma", ela imitava meu tom e modo de falar à perfeição. "Não quero que você se preocupe, nem se sinta mal; só esqueça o assunto."

Então todos riram — silenciosamente —, os lábios exibindo os dentes, os olhos entretidos, zombeteiros e de uma frieza absoluta; e eu soube que não eram Wilma, tio Ira, tia Aleda e o pai de Becky, soube que aqueles não eram seres humanos, e fiquei enojado. Becky estava sentada no chão da varanda, as costas apoiadas na parede da casa, o rosto completamente pálido, e a boca aberta, e entendi que ela estava apenas semiconsciente.

Apertei uma dobra de pele em seu antebraço entre o polegar e o indicador, depois torci com força, ao mesmo tempo tapando sua boca com a outra mão, para que ela não gritasse pela dor repentina. Observando seu rosto de perto, vi um sinal de cor surgir nas bochechas e bati com os nós dos dedos em sua testa, onde a pele é fina, machucando-a para que a raiva brilhasse em seus olhos. Ergui o dedo indicador na frente dos meus lábios, segurei seu cotovelo e a ajudei a levantar. Não produzimos nenhum som enquanto descíamos a varanda descalços, carregando os sapatos. Na calçada, os colocamos de volta — não parei para amarrar os cadarços — e fomos em direção à Washington Boulevard e à minha casa, dois quarteirões à frente. Tudo o que ela disse foi: "Ah, Miles", numa espécie de gemido enojado e baixo, e eu apenas assenti, e seguimos em frente, andando depressa, criando distância entre nós e aquela velha casa corrompida.

Estávamos a meio caminho dos degraus da frente da minha casa antes de notar a figura no balanço da varanda; depois o movimento, quando ele começou a levantar, chamou minha atenção, e vi os botões de bronze e o casaco azul do uniforme. "Oi, Miles, Becky", disse em voz baixa: era Nick Grivett, o chefe da polícia local, e sorria amigavelmente.

"Olá, Nick." Adotei uma voz descontraída e questionadora. "Alguma coisa errada?"

"Não." Ele sacudiu a cabeça. "Não mesmo." Ficou parado ali, do outro lado da varanda, um homem de meia-idade com sorriso benévolo. "Mas gostaria que você fosse até a delegacia — isto é, meu escritório —, se não for incômodo, Miles."

"Claro", balancei a cabeça. "O que há, Nick?"

Ele mexeu um ombro ligeiramente. "Nada demais. Só umas perguntas."

Mas não parei de pressioná-lo. "Sobre o quê?"

"Ah", mais uma vez ele deu de ombros. "Para começar, aquele corpo que você e Belicec dizem que encontraram... só quero entender melhor o que aconteceu."

"Ok." Eu me voltei para Becky. "Quer vir?", perguntei, como se não fosse importante. "Não vai demorar muito, vai, Nick?"

"Não." Sua voz era casual. "Uns dez, quinze minutos, talvez."

"Tudo bem. Vamos com meu carro?"

"Prefiro usar o meu, Miles, se não se importar. Trago você de volta quando acabar." Ele indicou a lateral da casa com a cabeça. "Estacionei na sua garagem, ao lado do seu carro, Miles; você deixou as portas abertas."

Balancei a cabeça como se isso fosse natural, mas claro que não era. O lugar mais natural e fácil de estacionar era na rua, a menos que você estivesse com medo de que a estrela dourada da polícia em seu carro afugentasse as pessoas que estava esperando. Educadamente, abri passagem na varanda, gesticulando para que Nick seguisse na frente, e bocejei um pouco, entediado e desinteressado. Nick foi em direção à escada, um homenzinho atarracado, corpulento e roliço, cuja mandíbula não passava da altura dos meus ombros. No instante em que passou à minha frente, ergui o punho o mais forte que pude e o acertei com um tremendo golpe no queixo. Mas nocautear um homem com um golpe não é tão fácil quanto se pode pensar, a menos que você seja um especialista, e eu não era.

Nick cambaleou para o lado e caiu de joelhos. Logo fui para trás dele e passei o braço em volta do seu pescoço, puxei o queixo para cima na dobra do meu cotovelo, acima do meu quadril, e ele teve que se levantar para aliviar a pressão na garganta. Vi seu rosto, a cabeça inclinada para trás enquanto eu empurrava suas costas com meu quadril, e seria de se esperar que o homem ficasse furioso, mas seus olhos estavam frios, rígidos e tão desprovidos de emoção quanto os de um peixe. Saquei a arma que ele trazia, a encostei em suas costas e o soltei. Ele sabia que eu a usaria e ficou parado. Prendi suas mãos atrás das costas com suas próprias algemas e o levei para dentro da casa.

Becky tocou meu braço. "Miles, isso é demais para a gente. Eles estão atrás da gente, todos eles, e vão nos pegar. Miles, precisamos sair daqui; temos que fugir."

Eu a segurei pelos braços, logo acima dos cotovelos, olhando-a nos olhos, e assenti. "Pois é... eu quero que você vá embora daqui, Becky. Quero que fique longe desta cidade, a mil quilômetros daqui, vai, pega meu carro agora e se manda. Vou fugir também. Mas vou fugir e lutar ao mesmo tempo, aqui mesmo, em Santa Mira. Não se preocupe; vou ficar fora do caminho deles, mas tenho que continuar aqui. Só quero você fora daqui, e a salvo."

Ela me encarou, mordeu o lábio e balançou a cabeça. "Não quero ficar a salvo sem você. De que adianta?" Comecei a falar, mas ela me interrompeu: "Não discuta, Miles; não temos *tempo* para isso".

Depois de um momento, respondi: "Tudo bem", empurrei Grivett para uma cadeira e peguei o telefone. Liguei para a telefonista dei a ela o número de Mannie Kaufman; agora, achava que precisávamos de toda a ajuda que pudéssemos obter.

O telefone tocou no outro lado da linha, e ao terceiro toque foi interrompido. Ouvi a voz de Mannie dizer "Al...", e a linha caiu. Pouco depois, a telefonista, na voz da companhia telefônica que elas usam, disse: "Para qual número está ligando, por favor?". Respondi, o toque recomeçou e continuou, mas dessa vez não houve resposta. Eu sabia que ela havia me ligado a um circuito qualquer, e que o telefone de Mannie não tocava, nem o de mais ninguém. A central telefônica estava nas mãos deles, provavelmente há muito tempo.

Interrompi a ligação, disquei o número de Jack e, quando ele atendeu, entendi que deixariam esse telefonema se completar para ouvir tudo o que disséssemos, então falei rápido. "Jack, a coisa está feia; tentaram pegar a gente e vão tentar pegar vocês. Saiam daí rápido; vamos sair da minha casa assim que eu desligar."

"Tudo bem, Miles. Para onde vão?"

Tive que parar para pensar em como responder a Jack. Quem quer que estivesse escutando, eu queria que pensasse que todos fugiríamos da cidade. E precisava dizer isso a Jack de um jeito que ele entendesse que não era verdade. Ele é um literato, e tentei pensar em alguma figura literária cujo nome fosse símbolo de falsidade, mas no momento não consegui. Então lembrei — um nome bíblico: Ananias, o mentiroso. "Bem, Jack", eu disse, "conheço uma mulher que administra um pequeno hotel a algumas horas de carro daqui: a sra. Ananias. Reconhece o nome?"

"Sim, Miles", respondeu Jack, e percebi, por seu tom de voz, que ele estava sorrindo. "Conheço a sra. Ananias e sua reputação confiável."

"Bem, acredite em mim, Jack, e pode confiar no que eu digo também. Becky e eu vamos sair da cidade agora mesmo, e esse pessoal que se dane. Vamos para o hotel da sra. Ananias; entendeu, Jack? Entendeu o que vamos fazer?"

"Perfeitamente", respondeu ele. "Entendi perfeitamente", e eu soube que era verdade, ele sabia que estávamos saindo da minha casa, mas não deixando a cidade. "Acho que vamos fazer exatamente a mesma coisa", comentou, "então por que não vamos todos juntos? Sugira um ponto de encontro, Miles."

"Bem", eu disse, "lembra o homem no seu recorte de jornal? O professor?" Eu sabia que Jack entenderia que eu queria dizer Budlong, e enquanto eu falava ele folheava a lista telefônica, procurando o endereço.

"Ele tem uma coisa que precisamos; é o próximo passo, o único em que consigo pensar. Vamos parar por ali e acho que talvez cheguemos a pé. Encontre conosco lá, com o seu carro; passe lá em exatamente uma hora."

"Combinado", respondeu Jack, desligando, e eu só podia esperar que tivéssemos enganado quem quer que estivesse ouvindo.

Na garagem, encontrei a minúscula chave da algema de Grivett no chaveiro dele. Com a arma encostada à lateral do seu corpo enquanto ele se ajoelhava no chão da parte de trás carro, abri uma das algemas apenas tempo suficiente para prendê-la em torno de uma haste de metal no banco da frente. Então eu a fechei, acorrentando-o ao assoalho do carro, na parte de trás, de onde não poderia alcançar a buzina. Enrolei a pistola no seu quepe e, com a coronha da arma — não a quina da coronha, mas a lateral —, eu o golpeei com força na cabeça. Lê-se muito sobre as pessoas atingidas na cabeça e apagando, mas não se lê muito sobre os coágulos sanguíneos no cérebro. Na verdade, bater na cabeça de um homem é uma questão delicada e, embora esse não fosse mais Nick Grivett, ainda se parecia com ele, e eu não podia esmagar seu crânio. Ele caiu quando o atingi e ficou imóvel.

Com o polegar e o indicador, peguei uma dobra de pele solta na parte de trás do seu pescoço e torci com força; ele gritou, e bati nele com a arma outra vez, com cuidado, só que um pouco mais forte. Novamente ficou imóvel, e torci sua pele com mais força do que nunca, procurando em seu rosto até mesmo o menor sinal de dor, mas dessa vez ele não se mexeu.

Saímos da garagem com meu carro, eu desci e fechei as portas da garagem, depois fomos para a rua e seguimos para o norte rumo à Corte Madera Avenue e à casa de L. Bernard Budlong, o homem que poderia ter a resposta que nos faltava. O tempo estava acabando, jogando contra nós, e eu sabia disso. A qualquer momento, um carro de patrulha, ou qualquer outro carro na rua, poderia, do nada, nos forçar a parar no meio-fio, e eu estava com a arma de Nick Grivett no banco ao lado. Queria fugir, me esconder, e a última coisa de que precisava era ficar parado conversando na casa de um professor universitário, mas precisávamos ir; eu não sabia o que mais poderíamos fazer. Porém, estava totalmente consciente do conversível verde-claro que usávamos — o carro do dr. Bennell, como todos na cidade sabiam — e imaginei se os telefones estavam usados nas casas por onde passávamos, e se o ar, naquele momento, não estava repleto de mensagens sobre nós.

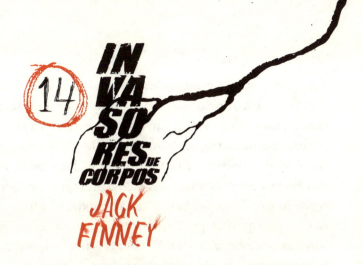

14
INVASORES DE CORPOS
JACK FINNEY

Uma grande parte do condado de Marin, na Califórnia, é montanhosa, e Santa Mira foi construída sobre uma série de colinas, com ruas que serpenteavam ou se curvavam por cima delas. Eu conhecia todas, cada metro de cada via e elevação, e agora ia para uma pequena rua sem saída a uns três quarteirões do endereço de Budlong. Terminava numa ladeira íngreme demais para comportar uma construção, coberta de mato, vegetação rasteira e arbustos de eucalipto. Chegamos e estacionamos ao lado de uma moita de árvores pequenas, mais ou menos escondido. Só duas casas tinham visão direta do carro, e parecia possível que ninguém lá dentro tivesse nos visto. Deixei a chave da ignição no carro, com o motor ligado. Não o usaríamos mais, e qualquer um que o encontrasse daquele jeito poderia perder algum tempo ali esperando que voltássemos. Simplesmente não havia como carregar a pistola de Nick sem deixá-la à mostra, e logo eu a joguei no mato.

Então subimos a colina por uma trilha que eu havia usado mais de uma vez quando menino, caçando pequenos animais com uma espingarda calibre 22. Na trilha, ninguém a mais de 3 m de distância poderia nos ver, e eu sabia como seguir por ela e por outras, mantendo-me logo abaixo da crista dessa colina e da seguinte, para chegar ao quintal de Budlong.

No momento, a residência estava abaixo de nós, na base da colina. Eu havia encontrado um lugar, a 10 m da trilha, onde conseguimos uma visão clara, por entre as árvores e arbustos, de sua casa e do quintal dos fundos. Agora, a observávamos: uma construção de dois andares com estrutura de madeira manchada de marrom e quintal de bom tamanho, rodeado atrás e de um lado por uma cerca alta de estacas bem próximas e, do outro, por uma fileira alta de plantas. A "vida ao ar livre" é muito importante na Califórnia, e, quem pode, tem espaço para isso em sua propriedade, reservado e protegido de todos os olhares, e agora eu agradecia por isso. Nada se mexia, não havia pessoas à vista na casa e no quintal, por isso descemos a colina em silêncio, abrimos o portão alto da cerca dos fundos, atravessamos o quintal e contornamos a casa sem sermos vistos, eu tinha certeza, por ninguém.

A residência tinha uma entrada lateral, eu bati e, enquanto esperávamos, ocorreu-me pela primeira vez que Budlong poderia muito bem não estar em casa, que muito provavelmente não estava. Mas estava; uns dez segundos depois, um homem — com seus trinta e tantos anos, conforme calculei — apareceu à porta, olhou para nós através do vidro, depois a destrancou e abriu. Ele me olhou interrogativamente, querendo saber, imaginei, por que havíamos usado a porta lateral. "Ficamos confusos", eu disse, com uma risadinha educada. "Paramos na porta errada. Professor Budlong?"

"Sim", respondeu e sorriu amavelmente. Usava óculos de aro de aço, tinha cabelos castanhos, levemente ondulados, e o tipo de rosto inteligente, interessado e jovem que os professores com frequência parecem ter.

"Sou médico, dr. Miles Bennell, e..."

"Ah, sim." Ele assentiu, sorrindo. "Já vi você na cidade e..."

"Também vi você", avisei. "Sabia que trabalhava na universidade, mas não sabia seu nome. Esta é a srta. Becky Driscoll."

"Como vai?" Ele abriu mais a porta e ficou de lado. "Entrem, por favor."

Ele nos levou por um corredor até uma espécie de escritório. Tinha uma antiga escrivaninha de esteira, alguns livros numa prateleira suspensa, diplomas e fotografias emoldurados, um tapete no chão e um velho sofá surrado junto a parede. Era uma sala pequena, com apenas uma janela, e um tanto escura. Mas a luminária de mesa estava acesa, e o cômodo tinha atmosfera agradável e protegida; imaginei que o professor passasse muito tempo lá, trabalhando. Becky e eu nos sentamos no sofá, Budlong ficou com a cadeira giratória e se virou para nos encarar. Mais uma vez sorriu, uma espécie de sorriso amistoso de menino. "O que posso fazer por vocês?"

Contei a ele. Por razões longas e complicadas demais para explicar, eu disse, estávamos muito interessados em qualquer coisa que pudesse nos contar sobre uma notícia de jornal em que ele fora citado, embora não tivéssemos visto a notícia, só uma referência no *Tribune*.

Ele continuava a sorrir quando terminei, sacudindo a cabeça numa espécie de deleite pesaroso consigo mesmo. "Essa história", disse ele. "Acho que nunca vai parar. Bem", se inclinou para trás, apoiando o pescoço nas costas da cadeira, "foi culpa minha, então nem posso reclamar. O que vocês querem saber? O que tinha na notícia?"

"Isso", respondi. "E qualquer outra coisa que você possa acrescentar."

Ele encolheu os ombros. "A notícia trazia algumas coisas que eu não deveria ter dito", falou, com um sorriso de quem se desculpa. "Repórteres de jornal, você sabe como são", comentou. "Acho que vivi uma vida muito reservada; nunca tinha conhecido nenhum. Esse aí, esse jovem, Beekey — um rapaz inteligente —, me telefonou uma manhã. Eu era professor de botânica e biologia, certo? Eu disse que sim, e ele perguntou se eu iria até a fazenda Parnell; me disse onde ficava, não era longe daqui. Tinha uma coisa que eu precisava ver, segundo ele, e descreveu o que era em detalhes suficientes para despertar minha curiosidade."

O professor Budlong juntou as mãos no peito, as pontas dos dedos de uma das mãos tocando as da outra, e me ocorreu que os professores devem agir de modo inconsciente de acordo com o que as pessoas esperam; e me perguntei se é possível dizer o mesmo dos médicos.

"Então fui até a fazenda, e, numa pilha de lixo ao lado do celeiro, Parnell me mostrou umas cascas grandes, algum tipo de vagem, que parecia ser vegetal. Beekey me perguntou o que eram e eu disse a verdade: que não sabia." Budlong sorriu. "Ele ergueu as sobrancelhas, parecia surpreso, e como tenho orgulho profissional falei que nenhum botânico do mundo consegue identificar tudo que é mostrado pra ele. 'Botânico', repetiu o jovem Beekey. Isso quer dizer que eu considerava aquilo ali um tipo de vegetal? E respondi que sim, achava que provavelmente eram." Budlong balançou a cabeça, admirado. "Ah, como são espertos, esses repórteres; fazem você comentar alguma coisa sem que perceba. Cigarro?" Tirou um maço do bolso do paletó e ofereceu um a Becky, depois para mim, e nós dois pegamos um cada. Ele também tirou um, e acendi um fósforo para todos nós.

"O que ele me mostrou", o professor Budlong exalou a fumaça do cigarro, "pareciam apenas vagens muito grandes, e qualquer outra pessoa acharia a mesma coisa, tenho certeza. O fazendeiro, o sr. Parnell, contou que flutuaram pelo céu, e não duvidei — de onde mais viriam? —, mas Parnell parecia espantado. Na minha opinião, não tinha nada notável nelas, a não ser, talvez, o tamanho. Algum tipo de vagem foi tudo o que pude dizer, embora admitisse que a substância dentro delas não se assemelhava ao que geralmente consideramos sementes. Beekey tentou fazer com que me interessasse naquilo, afinal, vários objetos na pilha de lixo onde as vagens caíram eram muito parecidos, e disse que isso era por causa das vagens. Apontou duas latas vazias de pêssego Del Monte, eu lembro, que pareciam idênticas. Havia um cabo de machado quebrado e outro semelhante ao lado. Mas, pessoalmente, não vi nada de muito espantoso nisso. Então ele tentou outra tática; queria uma notícia, sabem, que causasse sensação, se possível, e estava determinado a conseguir."

Budlong tragou o cigarro, sorrindo para nós. "Ele queria saber se aquelas coisas poderiam ter vindo do 'espaço sideral', nas palavras dele. Bem...", Budlong encolheu os ombros, "só pude responder que sim, poderiam; eu simplesmente não sabia de onde tinham vindo." O professor Budlong se endireitou na cadeira e se inclinou para a frente, para perto de nós, apoiando os antebraços nos joelhos. "Foi nessa armadilha que o jovem Beekey me pegou. A teoria, a ideia, como queiram chamar, de que parte da nossa vida vegetal chegou a este planeta vinda do espaço é tão antiga quanto o mundo. É uma teoria respeitável e perfeitamente digna, e não há nada sensacionalista nem espantoso nisso. Lorde Kelvin — você sem dúvida sabe disso, doutor —, um dos grandes cientistas dos tempos modernos, foi um dos adeptos dessa teoria, ou dessa possibilidade. Talvez nenhuma vida tenha começado neste planeta, segundo ele, mas tenha chegado aqui a partir das profundezas do espaço. Alguns esporos, ele explicou, têm enorme resistência a frio extremo; poderiam ter sido lançados na órbita da Terra pela pressão da luz. Qualquer estudante do assunto conhece a teoria, e há argumentos a favor e contra.

"Então, 'sim', eu disse ao repórter; aquelas coisas poderiam ser esporos do 'espaço sideral'; por que não? Eu simplesmente não sabia. Para meu amigo repórter essa pareceu uma notícia extraordinária, e ele juntou duas palavras minhas numa única expressão. 'Esporos espaciais', disse em tom satisfeito, e anotou a expressão num pedaço de papel que carregava, e eu comecei a ver o nascimento das manchetes."

Budlong se recostou novamente na cadeira. "Eu devia ter sido mais sensato, mas sou humano; foi divertido ser entrevistado e, em meio a essa satisfação, expandi o pensamento apenas para dar ao jovem Beekey o que parecia querer." O professor levantou a mão rapidamente. "Não que eu não estivesse falando estritamente a verdade, entendem. É bem possível que 'esporos espaciais', se vocês quiserem usar um termo tão dramático, flutuem até a superfície da Terra. Acho muito provável que isso tenha acontecido de fato, apesar de duvidar que toda a vida no planeta tenha se originado assim. Mas os defensores da teoria salientam que nosso planeta já foi uma massa fervilhante de gás inconcebivelmente quente. Quando por fim resfriou até o ponto da vida ser possível, de onde mais poderia ter vindo, perguntam eles, senão do espaço sideral?

"Enfim, eu me deixei levar." O professor de aparência juvenil diante de nós sorriu. "É uma característica da mente acadêmica extrapolar a teoria e, com certa frequência, explorar até as últimas possibilidades dela, e ali, na fazenda Parnell, dei ao jovem a notícia que ele queria. Sim, podem ser esporos espaciais, eu disse; da mesma forma, podem não ser. Na verdade, afirmei ter a certeza de que eles poderiam ser identificados da maneira mais convencional, se alguém se desse ao trabalho, como algo provavelmente raro, mas bem conhecido e aqui mesmo da Terra.. No entanto, o estrago já estava feito. Ele escolheu imprimir a primeira parte dos meus comentários, omitindo a segunda. Duas ou três notícias de jornal um bocado extravagantes e, na minha opinião, enganosas, citando meu nome apareceram no jornal local, e aí eu fiz uma reclamação. E essa é a história, dr. Bennell; receio que seja uma tempestade em copo d'água."

Eu sorri, combinando meu humor com o dele. "'Pressão da luz', o senhor disse, professor Budlong. Essas vagens podem ter sido impulsionadas no espaço pela pressão da luz. Isso me interessa."

Ele sorriu. "Interessou ao jovem Beekey também. E ele me pegou; dei a ele parte da teoria, precisava entregar o resto. Não há nenhum mistério nisso, doutor. Luz é energia, como você sabe, e qualquer objeto à deriva no espaço, vagens ou qualquer outra coisa, seria indiscutivelmente impulsionado pela força da luz. A luz tem uma força definida e mensurável; tem até mesmo peso. A luz do sol em meio hectare de terra cultivada pesa várias toneladas, acredite ou não. E se essas vagens soltas no espaço, por exemplo, estivessem no caminho da luz que finalmente chegasse à Terra — a luz de estrelas distantes ou qualquer fonte — seriam impelidas na direção do planeta pelo feixe de luz contínua que as atingisse."

"Mas seria um processo muito lento, não é?"

Ele assentiu. "Infinitamente lento, tanto que seria difícil de mensurar. Mas o que é a lentidão infinita no tempo infinito? Se imaginarmos que esses esporos podem ter vindo do espaço, também é possível que tenham passado milhões de anos lá. Centenas de milhões de anos; na verdade não importa. Uma garrafa fechada com rolha jogada no oceano pode dar a volta ao mundo, se tiver tempo suficiente. Expanda a partícula que é o nosso mundo para as imensas distâncias do espaço, e ainda será verdade que, com tempo suficiente, qualquer uma dessas distâncias pode ser vencida. Então, se esses ou outros esporos chegassem à Terra, poderiam ter começado sua jornada para cá antes mesmo de o planeta existir."

Ele estendeu a mão para dar um tapinha no meu joelho, sorrindo para Becky. "Mas você não é repórter de jornal, dr. Bennell. As vagens na fazenda Parnell, se é que eram vagens, provavelmente foram trazidas pelo vento de um lugar menos distante, e eram, sem dúvida, espécimes já identificados e classificados que eu não conhecia. E tenho certeza de que poderia ter evitado várias piadas dos meus colegas na universidade se tivesse dito isso ao jovem Beekey, em vez de deixar que ele pegasse minhas teorias e me associasse a elas." Ele sorriu para nós outra vez, um sujeito muito simpático.

Fiquei pensando no que ele dizia e, depois de um momento, perguntou delicadamente: "Por que está interessado, dr. Bennell?".

"Bem...", hesitei, imaginando o quanto poderia ou deveria contar a ele. Então respondi: "Professor Budlong, por acaso ouviu falar de... um tipo de delírio que vem ocorrendo aqui em Santa Mira?".

"Sim, alguma coisa." Ele me olhou, pensativo, depois indicou os papéis espalhados na mesa diante dele. "Tenho trabalhado bastante nestas férias de verão no que acho, ou espero, que seja um artigo técnico razoavelmente importante, para publicação no outono; é muito importante para mim, profissionalmente falando. Por isso, estive mais ou menos isolado, empenhado nisso. Mas um professor de psicologia da faculdade me contou de um delírio aparente, ainda que temporário, de mudança de personalidade que atingiu vários moradores. Acha que existe alguma conexão entre isso e...", ele sorriu, "... nossos 'esporos espaciais'?"

Olhei para o relógio e levantei; em pouco mais de três minutos, Jack Belicec deveria passar pela rua, e eu queria que ficássemos junto da cerca alta em frente à casa, prontos para entrar no carro. "É possível", respondi ao professor Budlong. "Diga uma coisa: seria concebível que esses esporos fossem algum tipo de organismo alienígena com a capacidade de imitar, na verdade duplicar, um corpo humano? De se transformar, para todos os efeitos práticos, numa espécie de ser humano, indistinguível do verdadeiro?"

O homem de rosto agradável e jovem olhou para mim com curiosidade, estudando meu semblante por um tempo. Então, quando falou, depois de parecer ter avaliado minha pergunta, seu tom foi cuidadosamente educado; em nome das boas maneiras, estava tratando um questionamento absurdo por completo com uma seriedade que não merecia. "Receio que não, dr. Bennell. Não existem muitas coisas", ele sorriu para mim, "que possamos afirmar com absoluta convicção, mas essa é uma delas. Nenhuma substância no universo poderia se reconstituir na maravilhosa estrutura viva de ossos, sangue e organização celular infinitamente complexa que é um ser humano. Nem qualquer outro animal vivo. É impossível; absurdo, eu diria. Seja o que for que imagine ter visto, doutor, está seguindo a pista errada. Sei como é fácil, às vezes, se convencer de uma teoria. Mas você é médico e, se parar para pensar, vai ver que estou certo."

Eu entendia. Senti meu rosto corar, absolutamente confuso, incapaz de pensar, e senti que tinha feito o maior papel de bobo da minha vida, e que eu, dentre todas as pessoas, sendo médico, deveria ter mais juízo — e, se vergonha matasse, eu teria morrido ali mesmo. Num gesto rápido, quase brusco, agradeci a Budlong, e apertei sua mão; tudo o que eu queria era fugir daquele homem inteligente, de olhos amigáveis, cuja expressão evitava a todo custo demonstrar o desprezo que devia sentir. Pouco depois, nos acompanhou educadamente até a porta da frente, e, ao descer os degraus rumo ao portão de madeira entre os arbustos altos na frente do gramado, fiquei grato ao ouvir a porta se fechar atrás de nós.

Eu não conseguia pensar, ainda estava com a cabeça naquela sala, me sentindo como uma criança que fez uma grande besteira, e já estava com a mão no trinco do portão, para abri-lo. Então parei; algumas centenas de metros à nossa direita, ouvi um carro se aproximar às pressas, virando a esquina e entrando na rua, com os pneus cantando na calçada como se nunca fosse parar. Logo depois, através da treliça do portão, vi o carro de Jack Belicec passar depressa, com ele debruçado no volante, olhando para a frente, e Theodora encolhida ao seu lado, enquanto o motor rugia. Outro conjunto de pneus guinchou na esquina à direita, fora do campo de visão, além da cerca alta; uma fração de segundo depois, um tiro soou, o estrondo seco e inconfundível de arma de fogo, e chegamos mesmo a ouvir o assobio vago e agudo da bala rasgando o ar na rua diante de nós. Um carro marrom e bege da Polícia de Santa Mira, com a estrela dourada, passou pelo portão;

depois, num instante incrivelmente curto, os sons gêmeos dos motores acelerados diminuíram, desvaneceram, soaram mais uma vez, muito fracos, e desapareceram.

Atrás de nós, a porta da frente se abriu. Depois de destrancar o portão, e segurando firmemente o cotovelo de Becky, andei com ela — depressa, mas sem correr — pela calçada, e desci duas casas. Viramos, então, num caminho que levava a uma residência de dois andares, revestida de madeira branca, onde eu havia brincado quando menino. Contornamos a construção e atravessamos o quintal dos fundos; atrás de nós, na rua de onde acabávamos de sair, ouvi uma voz chamar, outra responder, depois uma porta se fechar. Pouco depois, subimos novamente a colina que se erguia atrás da fileira de casas na Corte Madera Avenue; e então, mais uma vez, corremos por uma trilha entre capim, arbustos, eucaliptos e carvalhos ocasionais e mudas de vegetação secundária.

Tive tempo para pensar; eu sabia o que havia acontecido e estava impressionado com a coragem, a inteligência afiada e a consideração que Jack Belicec demonstrara. Não havia como saber por quanto tempo ele vinha sendo perseguido, embora não pudesse ser muito. Mas eu sabia que devia ter percorrido as ruas de Santa Mira, com um carro da polícia atirando em seu encalço, de olho no relógio. Dispensando decididamente todas as chances que tivera de fugir da cidade rumo ao restante do mundo e à segurança, Jack havia agido de modo a levar a perseguição cada vez mais perto da rua e da casa onde sabia que estaríamos esperando até o ponteiro dos minutos do relógio informar que veríamos... exatamente o que tínhamos visto. Era a única maneira de nos avisar e, por mais incrível que pareça, foi o que fez, num momento em que o horror e o pânico deviam estar quase dominando sua mente. E tudo que eu poderia fazer por Jack agora era esperar que de alguma forma ele e sua esposa escapassem, e tinha certeza de que não conseguiriam — que a única estrada quase intransitável que poderia pegar estaria bloqueada agora, com outros carros da polícia prontos para interceptá-los. E agora eu sabia que erro terrível havíamos cometido ao voltar para Santa Mira, como estávamos indefesos contra o que controlava a cidade; e me perguntei quanto tempo levaria — no próximo passo, na próxima esquina, talvez — para sermos pegos, e o que aconteceria conosco.

O medo — a princípio, um estimulante, a adrenalina percorrendo a corrente sanguínea — estava enfim se esgotando. Becky se pendurava no meu braço, inconsciente do peso que me fazia carregar, e seu rosto estava pálido, os olhos semicerrados, os lábios entreabertos, e ela respirava pela boca. Não conseguiríamos passar muito mais tempo vagando e subindo estas colinas. Os movimentos das minhas pernas, observei, não eram mais automáticos; agora, os músculos respondiam apenas à força de vontade. Precisávamos encontrar refúgio em algum lugar, e não havia nenhum — nem uma casa onde ousaríamos aparecer, nem um rosto, nem mesmo um amigo de confiança a quem arriscar pedir socorro.

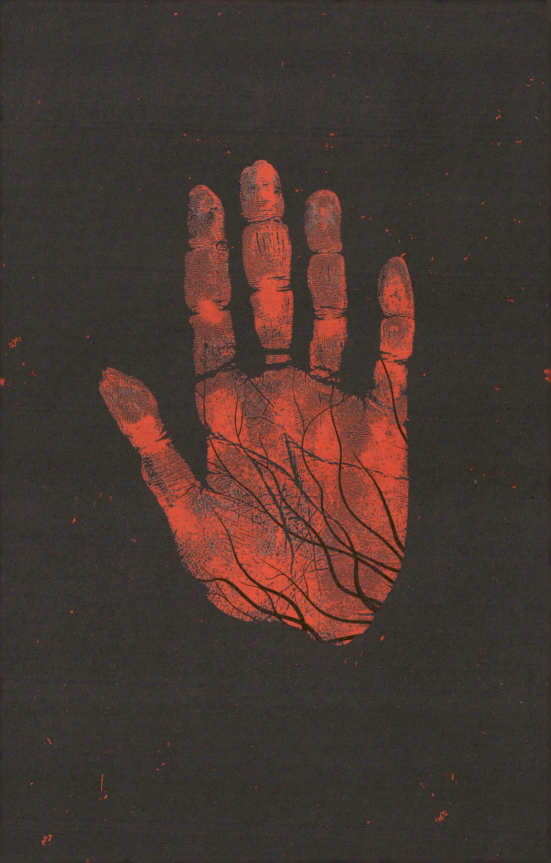

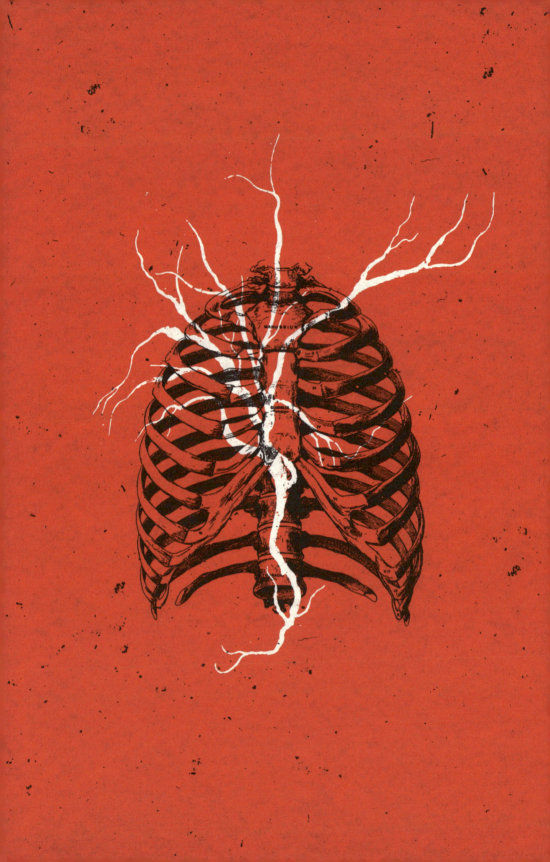

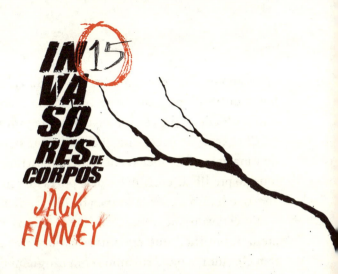

15

INVASORES DE CORPOS
JACK FINNEY

Nossa Main Street e a rua comercial secundária paralela se curvam e serpenteiam ao longo de uma cordilheira em miniatura, como a maior parte das vias da cidade, a não ser aquelas na região conhecida como Planície e em algumas outras na boca do Vale. Agora descíamos a encosta de uma dessas colinas, ziguezagueando por uma passagem de pedestres que terminava num pequeno beco nos fundos de um quarteirão de prédios comerciais, incluindo aquele onde eu trabalhava.

Foi a melhor ideia que tive; a única em que consegui pensar. Eu tinha medo de ir até lá, mas o de ficar era maior; e, curiosamente, achava possível ficarmos a salvo ali, pelo menos por um tempo. Pois ninguém esperava que fôssemos para lá; não antes de passar algum tempo e não nos acharem em lugar nenhum. Nesse momento, precisávamos descansar por uma hora, pelo menos. Poderíamos até dormir, pensei, guiando Becky colina abaixo, embora na verdade não achasse que ia dar. Mas eu tinha benzedrina no consultório e algumas outras substâncias estimulantes que, depois de uma hora de descanso para pensar em algum tipo de plano, poderiam nos dar forças.

Abaixo de nós, agora eu via, sobre os telhados dos prédios de que nos aproximávamos, a Main Street que conhecia desde sempre; o Sequoia, onde assistira a tantos seriados de sábado à tarde quando criança; a Gassman's Sweet Shoppe, onde comprava os doces para a sessão e onde trabalhei nas férias de verão no ensino médio; e o apartamento de três cômodos acima da Hurley's Dry Goods, onde havia entrado meia dúzia de vezes, no verão do meu primeiro ano na faculdade, para ver uma garota que morava lá sozinha.

Chegamos ao beco, e não havia ninguém, só um cachorro farejando uma caixa de papelão cheia de lixo. Atravessamos a viela e entramos no prédio de escritórios pela porta de aço dos fundos, que estava aberta e levava à escada branca de blocos de cimento.

Eu estava disposto a lutar e levar conosco qualquer pessoa, homem ou mulher, que encontrasse naqueles degraus; mas o prédio tem elevador, e não cruzamos com ninguém na escada. No sexto andar, com o ouvido encostado na porta de incêndio fechada, escutei. Depois de um tempo, dois minutos, talvez, ouvi as portas do elevador se abrirem, e o som de passos no chão de mármore entrando no elevador, que se fechou, e eu abri a porta de incêndio. Andamos em silêncio pelo corredor vazio até a porta de vidro fosco que exibia meu nome; eu mantivera a chave à mão, e logo estávamos no meu consultório, trancados.

A recepção e o consultório já estavam empoeirados, o que percebi enquanto os percorria, inspecionando o local; uma fina camada de poeira sobre cada superfície de madeira e vidro. Minha enfermeira, eu sabia, não veio ao consultório desde a última vez que eu estivera aqui, e agora ele cheirava a coisas sem uso, confinadas, e estava escuro, todas as persianas fechadas. Estava tudo quieto e morto, e não era mais um lugar amigável, como se eu tivesse passado tempo demais fora e ele não me pertencesse mais. Parecia intocado, e não me dei ao trabalho de tentar ver se alguém estivera aqui, se o lugar fora vasculhado. No momento, não conseguia me importar.

Na sala de espera há um sofá comprido e largo, onde deixei Becky tirando os sapatos. Peguei lençóis e o travesseiro da mesa de exames e a acomodei com cuidado. Ela ficou deitada me observando, sem dizer nada, e quando nossos olhos se encontraram abriu um sorriso fraco em agradecimento. Agachando-me ao seu lado, peguei seu rosto nas mãos e a beijei, mas foi um gesto de conforto, como se faz com uma criança, sem nenhuma excitação nem sexualidade; Becky estava esgotada, no limite da resistência. Passei a mão lentamente por sua testa, acariciando-a. "Durma", pedi. "Descanse um pouco." Sorri e pisquei para ela, esperando parecer calmo e confiante, como se soubesse o que estava fazendo e o que faria a seguir.

Descalço, para que ninguém que passasse pelo corredor externo pudesse me ouvir, desamarrei a capa de couro da mesa de exames, levei para a recepção até a fileira de janelas que davam para a Main Street e coloquei no chão, paralela às janelas. Então desabotoei o casaco, afrouxei a gravata, deixei os cigarros e fósforos no chão ao lado da capa e, com um cinzeiro da mesa de revistas, me sentei. Apoiando as costas na parede lateral, inclinei devagar uma ripa da persiana, só o bastante para espiar a Main Street, já me sentindo melhor. Ficar fechado nesses cômodos escuros e silenciosos era como estar cego e desamparado, mas agora, olhando a rua lá embaixo, observando o movimento, eu me sentia mais no controle das coisas.

A cena que vi por aquela fenda de meio centímetro era muito comum à primeira vista; passando pela rua principal de cem mil cidadezinhas americanas você encontraria o que eu vi. Carros estacionados na rua de asfalto, calçadas e parquímetros, vagas de estacionamento delimitadas em tinta branca e pessoas entrando e saindo da J. C. Penney's, da Lovelock's, do supermercado e de uma dezena de outros lugares. Havia neblina fraca, nada além de uma fina névoa, vinda da baía. A Main Street se torna uma subida na esquina logo depois das minhas janelas, seguindo as colinas, e a Hillyer Avenue, uma rua larga, se curva e se junta à Main por lá. Assim, a área asfaltada ali é mais larga que o normal e, por causa do espaço extra na rua, a ampla calçada é quase fechada em três lados pelas lojas; é o mais próximo de uma praça central que temos. Antigamente montavam um coreto aqui, bloqueando a Hillyer Avenue, para bailes e festas de rua.

Fiquei lá, fumando e olhando, mudava de posição de quando em quando, às vezes deitava-me de lado, apoiado num cotovelo, os olhos pouco acima do peitoril da janela; em determinado momento, deitei de barriga para cima, olhando para o teto. Há muito aprendi que pensar é, sobretudo, um processo inconsciente; que em geral é melhor não ser forçado, principalmente quando o problema em si ainda está vago em sua mente e você não sabe que tipo de resposta procura. Então descansei — cansado, mas sem sono — observando a rua, esperando que alguma coisa acontecesse na minha cabeça.

Existe algo de fascinante na monotonia em ação: o tremeluzir constante do fogo, a série interminável de ondas batendo devagar na praia, a invariável repetição dos ciclos de uma máquina. E olhei para a rua minuto após minuto, observando os padrões de movimento que se repetiam de forma constante, mas nunca idêntica: mulheres entram no supermercado, outras saem com os braços carregados de sacos de papel pardo ou caixas de papelão, segurando bolsas ou crianças, ou ambas; carros abandonam as vagas de estacionamento inclinadas, outros deslizam para dentro dos espaços delimitados com tinta branca; um carteiro passa de loja em loja; um velho anda bem devagar; três meninos fazem bagunça.

Tudo parecia tão *comum*; havia cartazes de papel vermelhos e brancos colados nas vitrines do supermercado: anúncios de milho enlatado, bife de lagarto a 96 centavos cada meio quilo, banana e sabão para lavar roupa. A loja de utilidades Vasey's, como de costume, tinha uma vitrine cheia de equipamentos de casa: panelas, frigideiras, processadores elétricos, ferros de passar; na outra, ferramentas elétricas. As das lojas de mercadorias baratas estavam ocupadas até o teto por doces, aeromodelos, bonecas de papel e, olhando a fachada vermelha e dourada, quase pude sentir aquele cheiro de comércio de miudezas. Pendurada do outro lado da rua, perto do cinema Sequoia, estava uma faixa bem desbotada, vermelha com letras brancas; FESTA DA PECHINCHA DE SANTA MIRA, era o que anunciava, uma liquidação anual dos comerciantes. Neste ano, porém, parecia que não se deram ao trabalho de pintar uma nova faixa.

Depois do telhado do restaurante Elman's, vi o ônibus Greyhound que vinha de Marin City estacionar na Vallejo Street, a dois quarteirões de distância. Só três pessoas desceram — um homem e uma mulher, juntos, e um sujeito com um pacote de papel pardo amarrado com corda, que ele usava para segurar o embrulho. Não havia ninguém para embarcar, e depois de cerca de um minuto, o veículo saiu da estação pintada de azul e branco na Vallejo rumo à rodovia 101 e, por algum motivo, de repente me ocorreu — eu conhecia os horários do ônibus, como a maioria das pessoas na cidade — que não haveria outro chegando ou saindo da cidade pelos cinquenta e um minutos seguintes, e que as coisas haviam mudado na rua lá embaixo.

Não é fácil descrever o quanto mudaram. O nevoeiro estava mais forte, tocando os telhados mais altos, denso e cinzento, mas isso era normal, não era essa a mudança. Havia mais pessoas na rua, mas... esta era a mudança: não agiam como um público consumidor normal de um sábado à tarde. Algumas delas ainda entravam e saíam das lojas, mas muitas estavam sentadas dentro dos carros; algumas com a porta aberta, com os pés apoiados ao lado, conversando com alguém no carro de trás; outras lendo jornais ou mexendo no rádio do automóvel, só passando o tempo. Reconheci muitos rostos: Len Pearlman, o optometrista; Jim Clark e sua esposa, Shirley, junto de seus filhos, e assim por diante.

Nesse momento, contudo, a Main Street de Santa Mira, na Califórnia, ainda poderia parecer uma rua comercial comum, embora um tanto dilapidada, num sábado comum — é o que um forasteiro teria pensado ao passar pela cidade. Porém, olhando para baixo agora, eu sabia, ou, pelo menos, sentia, que era mais do que isso. Havia uma atmosfera de... algo prestes a acontecer, uma espera tranquila por aquilo que quer que aconteça. Era — tentei expressar com palavras, sentado ali, espiando pela fenda na persiana — como se as pessoas se reunissem lentamente para um desfile. Mas também não era bem isso. Decerto era mais como um grupo de soldados se reunindo sem pressa para alguma formação de rotina; alguns conversavam, sorriam ou riam com os outros; alguns liam em silêncio; outros apenas sentados ou de pé, sozinhos, esperavam. Creio que a atmosfera naquela rua era simplesmente... de expectativa sem nenhum entusiasmo.

Um empreiteiro local, Bill Bittner, homem corpulento de meia-idade com cinquenta e poucos anos, passava pela calçada, olhando as vitrines e, num gesto casual, tirou um broche do bolso. Era de plástico ou metal, pelo que pude ver, com alguma coisa estampada. Ele o prendeu na lapela do paletó, e agora vi que era do tamanho de uma moeda de um dólar, reconheci o desenho e entendi o que diziam as letras. Dizia FESTA DA PECHINCHA DE SANTA MIRA; os comerciantes locais os usavam todos os anos e os distribuíam para os clientes que quisessem usar os broches. Só que... todos os que eu vira antes eram vermelhos com letras brancas. O de Bill Bittner era amarelo com letras azul-marinhas.

E agora, aqui e ali, perambulando pela rua até onde eu podia ver, outras pessoas sacavam esses broches amarelos e azuis, e os prendiam nos casacos. Nem todas o fizeram de uma só vez. A maioria continuou conversando, ou andando, ou sentada nos carros, ou o que fosse que estivessem fazendo; e, em meio minuto, tudo o que um estranho andando naquela rua teria visto, se ao menos prestasse atenção, seriam duas ou três pessoas prendendo os broches nas lapelas. E ainda assim, dentro de cinco ou seis minutos, talvez, um de cada vez, quase todos lá embaixo, até Jansek, o policial responsável por vigiar o parquímetro, haviam pegado um broche azul e amarelo da Festa da Pechincha de Santa Mira e o prendido à vista de todos: alguns até retiraram os broches vermelhos e brancos, de resto idênticos, antes de prender os novos.

Levei mais ou menos um minuto para perceber isto: um movimento gradual de pessoas vinha se deslocando, a partir dos dois lados da Main Street, até a espécie de praça pública formada pela interseção da Hillyer com a Main. Os pedestres, olhando as vitrines enquanto andavam, se aproximavam pouco a pouco; aqui e ali, as pessoas saíam tranquilas dos carros, batiam as portas, depois se espreguiçavam, talvez, ou olhavam ao redor, ou espiavam uma loja, depois seguiam para a Hillyer com a Main.

Mesmo agora, porém, um forasteiro na Main Street talvez não visse nada de incomum. Santa Mira estava organizando uma liquidação, ao que parecia, e a maioria das pessoas da cidade usava broches comemorativos. No momento, um número razoável de consumidores se agrupou num único quarteirão da Main Street. E ainda assim, apesar de tudo, não havia nada que se destacasse como estranho ou notável para ver.

Becky estava ajoelhada no chão ao meu lado, percebi, e eu sorri e levantei, ajeitando a capa de couro no chão para que nós dois pudéssemos sentar. Passei o braço ao redor de Becky e ela se aconchegou comigo, seu rosto tocando o meu enquanto olhávamos através da persiana.

Da loja de miudezas, um vendedor saiu e foi para o carro; na porta do veículo lia-se o nome da sua empresa. Abriu a porta e procurou alguma coisa, aparentemente, no assoalho do carro. Jansek, o policial, olhando o relógio, se aproximou e parou na calçada ao lado do para-choque dianteiro do veículo. O vendedor se endireitou, fechou a porta e, com um maço de panfletos na mão, virou para a loja de onde saíra. Jansek falou com ele, o outro foi para a calçada e ficaram lá, conversando. Ocorreu-me, olhando para eles, com o vendedor voltado para nossa direção, que ele era uma das poucas pessoas na rua, senão a única, sem o broche azul e amarelo. Agora ele franzia a testa, confuso, e Jansek balançava a cabeça devagar e com firmeza para seja o que for que o vendedor estivesse dizendo. Então o homem encolheu os ombros, irritado, deu a volta até o lado do motorista, tirou as chaves do bolso e Jansek abriu a outra porta, sentando-se no banco do passageiro. O carro recuou, seguiu alguns metros adiante, depois virou devagar à esquerda na Hillyer Avenue, e percebi que estavam indo para a delegacia. Por qual infração Jansek poderia prendê-lo, eu não conseguia imaginar.

Um Ford sedã azul, o único carro que agora passava pela rua, se movia lentamente, procurando uma vaga para estacionar. O motorista viu uma e começou a virar o carro; tinha placa do Oregon. Um apito de guarda de trânsito soou, e Beauchamp, o sargento da polícia local, correu pela calçada, a barriga balançando, acenando para o carro e sacudindo a cabeça negativamente. O carro do Oregon parou onde estava, e o motorista esperou até que Beauchamp chegasse, a mulher ao lado dele inclinada para a frente para olhar pelo para-brisa. Beauchamp se debruçou na janela do motorista, os dois conversaram rapidamente, depois o policial ocupou o banco traseiro e o carro recuou, seguiu em frente, virou à esquerda na Hillyer Avenue e desapareceu.

Havia mais três policiais à vista, nos quase dois quarteirões que eu conseguia ver: o velho Hayes e outros dois mais jovens que eu não conhecia. Hayes usava uniforme, mas os jovens estavam só com quepes da polícia, jaquetas de couro e calças escuras comuns; pareciam agentes especiais, contratados e nomeados para uma única ocasião. Alice, a garçonete do Elman's, saiu e ficou na calçada diante da porta, com o broche azul e amarelo preso ao uniforme branco. Um dos policiais mais jovens a viu imediatamente, e Alice olhou para ele, abanou a cabeça uma vez, depois virou e voltou para dentro. O policial se aproximou e entrou no restaurante.

Saiu cerca de um minuto depois, e três pessoas, um homem, uma mulher e uma menina de oito ou nove anos, obviamente uma família, iam com ele. Por um momento, o grupo ficou em pé na calçada, o homem conversando, protestando, o jovem policial respondendo com cortesia e paciência. Então o grupo foi embora — na direção da Hillyer Avenue — e observei até que virassem a esquina e desaparecessem. Ninguém da família usava o broche da festa, mas o jovem policial, sim.

Outro homem, motorista de um caminhão de entregas, recebeu o mesmo tratamento; e, quando ele e o policial que o abordou entraram de caminhão na Hillyer, não havia uma alma à vista que não estivesse usando um broche amarelo e azul.

E agora a rua estava quieta, num silêncio quase completo, nenhum carro em movimento, nenhuma pessoa andando. Ninguém mais lia jornal nem ficava sentado no carro. Todos nas calçadas, em grupos de três ou quatro, de frente para a rua, exceto Hayes, o velho policial, sozinho no meio da rua larga. Diante de cada loja ou estabelecimento comercial estavam o proprietário, seus balconistas e funcionários, e clientes que estivessem no local. O velho Hayes, na rua, virou devagar, olhando para cada um dos proprietários; e a cada um deles sacudia a cabeça, negando. Os outros dois policiais se aproximaram, pareceram relatar algo, e Hayes ouviu e assentiu. Terminada a chamada, Hayes e os outros dois foram até a calçada, se voltaram para a rua e aguardaram com a multidão.

Em dois lugares, por cima dos telhados, pude ver ruas a cerca de 800 m de distância. Não havia carros ou qualquer outra coisa se movendo em nenhuma delas, e numa das vias, a Oak Lane, pude ver a barricada: os cavaletes de madeira pintados de cinza do departamento de trânsito. Percebi de repente — tive certeza — que, por toda a cidade, todas as passagens estavam bloqueadas desse modo por equipes de homens de macacão que fingiam consertar o pavimento. Entendi que agora não se poderia entrar em Santa Mira de jeito nenhum, nem seguir pelas ruas em direção ao distrito comercial. E sabia que o punhado de forasteiros que, por acaso, estavam ali, tinham sido recolhidos e detidos na delegacia, não importava com que pretexto. Agora, Santa Mira estava isolada do mundo, e no centro da cidade não havia absolutamente ninguém à vista que não fosse morador.

Por cerca de três ou quatro minutos, então — a visão mais estranha que eu já tivera —, aquela multidão ficou alinhada nas duas calçadas, com a rua vazia, como se assistissem a um desfile invisível. Ficaram quase imóveis e em silêncio; até as crianças estavam quietas. Aqui e ali, alguns homens fumavam, mas a maior parte da multidão estava só parada, alguns de braços cruzados, descontraídos e relaxados, as pessoas passando o apoio do peso do corpo de um pé para o outro de quando em quando. As crianças se agarravam aos casacos dos pais.

Ouvi o motor de um carro, depois a capota surgiu da esquina, perto do Sequoia, uma velha caminhonete Chevrolet verde-escura e gasta. Logo atrás vinham quatro veículos, três deles grandes caminhões agrícolas da GM com ripas de madeira nas laterais, e outra caminhonete. Entraram na pequena praça pública e estacionaram no meio-fio, todos enfileirados. Cada um trazia uma carga coberta por lonas impermeáveis, e os motoristas puxaram os freios de mão, saíram das cabines, um a um, e começaram a desamarrar as lonas. A cena, agora, parecia um mercado a céu aberto — os produtos acabavam de chegar do interior. Todos os motoristas eram agricultores; usavam macacão ou calça jeans e camisa, e eu conhecia quatro dos cinco. Eram todos de fazendas a oeste da cidade: Joe Grimaldi, Joe Pixley, Art Gessner, Bert Parnell e um outro.

Dois homens de terno tinham saído para a rua, na direção da fila de caminhões: Wally Eberhard, corretor imobiliário local, e outro cujo nome eu não conseguia lembrar, embora soubesse que era mecânico na oficina da Buick. Wally estava com algumas folhas de papel, páginas pequenas que pareciam ter saído de um caderno, e os dois homens as observavam, Wally folheando-as. Então o mecânico ergueu o olhar, respirou fundo e, em voz alta, quase com um grito — nós o ouvimos claramente da janela — disse: "Sausalito! Se tiverem parentes em Sausalito, aproximem-se, por favor!". Sausalito é uma cidade do condado de Marin com cerca de cinco mil habitantes, a primeira cidade que se vê depois de atravessar a baía. Duas pessoas, um homem e uma mulher que não estavam juntos, saíram da calçada para a rua e se aproximaram de Wally. Muitos outros abriram caminho através da multidão, chegaram à rua e foram na direção dos caminhões.

Agora, Joe Pixley tinha desamarrado a lona da sua caminhonete e foi até a traseira do veículo, pegou a borda inferior da lona e a levantou, dobrando-a por cima da carroceria, expondo a carga. Eu já sabia o que havia naqueles caminhões; não senti nem um pingo de surpresa quando a lona saiu. Contornando as laterais metálicas da carroceria da caminhonete estavam tábuas finas que prolongavam a altura das laterais e mantinham a lona distante da carga empilhada até a altura da cabine. Estava cheia das enormes vagens que, a essa altura, eu já tinha visto muitas vezes.

"Muito bem!", gritou o mecânico. "Sausalito! Só Sausalito, por favor!", e gesticulou para que as cinco ou seis pessoas na rua fossem até a caminhonete de Joe Pixley. De pé no estribo, Joe ergueu as primeiras vagens de sua carga, uma a uma, e as passou para os braços das pessoas agrupadas mais abaixo. Cada homem e mulher pegou uma vagem, levando-a com cuidado nos braços estendidos; um homem levou duas. Ao lado deles, Wally Eberhard fazia uma marca de verificação no que parecia ser uma lista quando cada vagem era entregue. Então, falou com o mecânico, que gritou: "Marin City, por favor! Todos com parentes ou contatos em Marin City, agora!". Marin City é a cidade seguinte no condado de Marin, a poucos quilômetros de Sausalito.

Sete pessoas avançaram, atravessando a multidão, entraram na rua e, quando se aproximaram e pararam perto da caminhonete, Joe deu uma vagem para cada. Grace Birk, uma mulher de meia-idade que trabalhava no banco, levou três, e um homem desceu do meio-fio para ajudar a carregar sem esmagá-las. Lembrei que Grace Birk tinha uma irmã e um cunhado em Marin City; se havia mais algum parente, eu não sabia.

Os porta-malas dos carros estacionados foram destrancados e abertos; as grandes vagens se encaixavam perfeitamente nos compartimentos vazios de alguns dos modelos mais novos. Outras vagens eram cuidadosamente inseridas nas portas abertas de vários carros, depois deixadas com delicadeza nos bancos traseiros. Em cada caso, então, o homem ou a mulher, ajoelhado no banco da frente, punha um lençol ou algum tecido leve sobre a vagem, escondendo-a.

Mill Valley foi a cidade seguinte, e oito pessoas se apresentaram para receber as vagens, esvaziando a caminhonete de Joe Pixley; ele sentou no estribo, e acendeu um cigarro, para esperar. As caçambas dos outros veículos foram descobertas, com os motoristas a postos para descarregar. O mecânico com o terno cinza elegante chamou "Belvedere", e duas pessoas saíram para a rua. Tiburon, Strawberry Mannor, Belveron Gardens, Valley Springs e San Rafael vieram depois — catorze pessoas pegaram vagens para San Rafael, uma cidade de cerca de quinze mil habitantes. Então, todas as outras cidades do condado foram chamadas, até o momento em que, após no máximo quinze minutos, todos os cinco veículos estivessem vazios, a não ser o de Joe Grimaldi, onde restavam duas vagens.

Em menos de um minuto, Wally e o mecânico se misturaram de novo aos presentes, Wally guardando os papéis no bolso interno do paletó; a própria multidão começou a se mexer e separar; a pequena fila de caminhões — a ignição zumbindo, os motores roncando — arrancou e desapareceu na Main; e, indo de um lado para o outro nos quase dois quarteirões que podíamos ver, carros com vagens gigantescas nos porta-malas ou escondidas nos bancos saíam das vagas de estacionamento e partiam. Por um instante, o movimento de gente andando pelas calçadas, atravessando a rua, entrando em carros, crianças correndo, foi mais intenso que o normal, como a enxurrada repentina de pessoas que sai de um cinema depois da última sessão. Mas logo diminuiu, e vi as mulheres voltarem a circular com carrinhos de compras pelo supermercado, as pessoas sentadas ao balcão do Elman's, outras entrando ou saindo das várias lojas. Mais uma vez, os carros percorriam as ruas sem pressa. O cenário voltara ao normal, uma rua principal mais ou menos típica, talvez um pouco mais decadente que o normal, mas não o bastante para causar espanto a um forasteiro que passasse ali. Ninguém mais estava com o broche amarelo e azul, embora uma ou duas pessoas usassem o tipo vermelho e branco que os comerciantes distribuíam.

Talvez cinco minutos depois, vi o vendedor que Jansek havia apreendido passar pela Main, sozinho no carro, e, pouco depois, o veículo com placa do Oregon.

Com o braço ainda em volta de Becky, virei para ela e nos encaramos por um momento, depois ela franziu os lábios e encolheu os ombros, e eu sorri um pouco em resposta. Não havia mais nada a fazer ou dizer, e não percebi nenhuma emoção em especial; com certeza, não havia nenhuma nova, e não senti com mais intensidade nenhuma das antigas. Simplesmente passamos um limite além do qual não havia nada a dizer ou sentir.

Mas finalmente eu tinha consciência — e a certeza — de que toda a cidade de Santa Mira fora tomada, e que nem uma só alma local, a não ser por nós e, quem sabe, os Belicecs, era agora o que já havia sido, ou era o que ainda parecia ser a olho nu. Neste momento, homens, mulheres e crianças na rua e nas lojas abaixo de mim eram outra coisa, cada um deles. Eram nossos inimigos, incluindo aqueles com os olhos, rostos, gestos e comportamentos de velhos amigos. Não podíamos contar com ninguém, a não ser um com o outro, e a essa altura inclusive as comunidades ao nosso redor estavam sendo invadidas.

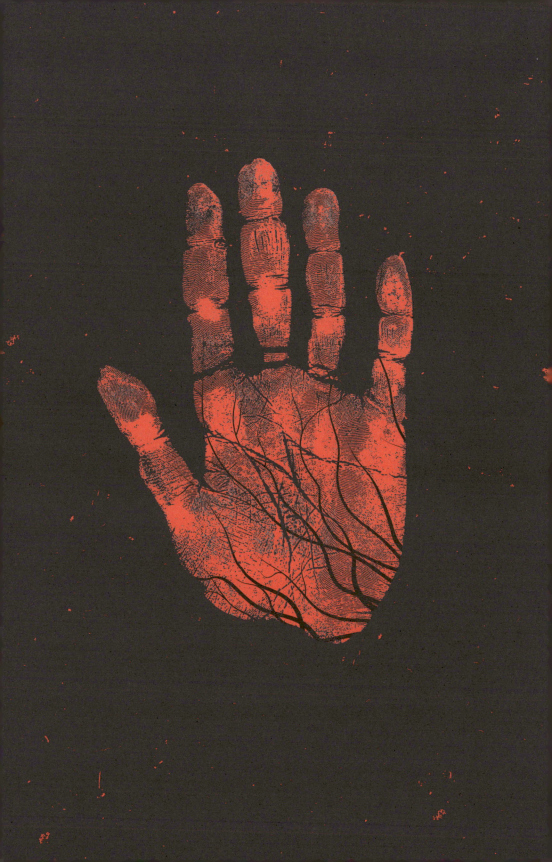

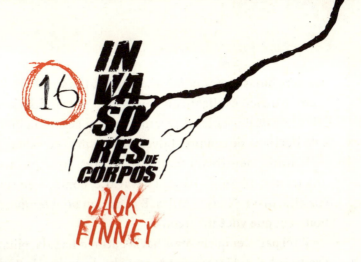

16 INVASORES DE CORPOS
JACK FINNEY

Dizemos com frequência "não me surpreende" ou "eu sabia que isso ia acontecer" — querendo dizer que, na hora do acontecimento, embora não tenhamos pensado no assunto de modo consciente antes, ficamos com uma sensação de inevitabilidade, como se soubéssemos havia muito tempo que era exatamente aquilo o que ia acontecer. Nos minutos que passamos sentados junto à janela, tudo o que consegui pensar foi esperar até o anoitecer, depois tentar chegar às colinas e sair da cidade; era inútil tentar à luz do dia, com todas as mãos e olhos contra nós. Expliquei isso à Becky nos termos mais esperançosos que pude, tentando transmitir a impressão de que acreditava ser possível; e houve momentos em que tive mesmo esperança.

Ainda assim, quando ouvi o retinir leve de uma chave na fechadura da porta da minha recepção, experimentei essa sensação que tentei descrever. Não me surpreendeu; me pareceu que eu sabia o tempo todo o que aconteceria, e até houve tempo de perceber que quem quer que fosse apenas pegara a chave mestra do prédio com o zelador.

Mas quando a porta abriu e vi a primeira das quatro pessoas que entraram, levantei com o coração exultante e acelerado. Sorrindo com esperança e animação renovadas, minha mão se estendendo para apertar a dele, me adiantei com pressa, e minha voz saiu num sussurro rouco e alto. "Mannie!", eu disse, numa espécie de exultação feroz, agarrei sua mão e a apertei.

Ele respondeu ao cumprimento, embora com menos vigor do que eu esperava, sua mão quase frouxa na minha, como se aceitasse mas não retribuísse totalmente a saudação. Então, olhando seu rosto, entendi. É difícil explicar como percebi — talvez faltasse um brilho nos olhos; ou os músculos do rosto tivessem perdido um toque da tensão e da ligeireza de sempre; talvez não —, mas eu sabia.

Mannie identificou na minha expressão o que acontecia na minha mente, sacudiu a cabeça devagar e, como se eu tivesse falado em voz alta, disse: "Pois é, Miles. E já faz um bom tempo. Pouco antes da noite em que você me ligou".

Virei para ver quem mais havia entrado na sala, olhando cada rosto, depois voltei a colocar o braço em volta do ombro de Becky e encará-los.

Um dos homens — os demais ficaram ali, perto da porta — era pequeno, robusto e careca; eu nunca o tinha visto. Outro era Carl Meeker, um contador da cidade, grande, de cabelos negros e rosto amigável, com trinta e poucos anos. O quarto era Budlong, que agora sorria para nós, tão simpático e gentil quanto antes.

Ficamos parados junto à janela, Becky e eu, e Mannie apontou para o sofá, dizendo: "Sentem", numa voz branda. Sacudimos a cabeça, recusando, e ele insistiu. "Sentem", repetiu. "Por favor, Becky; você está cansada, esgotada. Vamos, sente." Mas Becky se colou a mim, apertei o braço ao redor dos ombros dela e fiz um gesto negativo outra vez.

"Tudo bem." Mannie empurrou os lençóis do sofá para o lado e sentou. Carl Meeker entrou e se acomodou ao lado dele, Budlong ficou com uma cadeira do outro lado da sala, com o homenzinho que eu não conhecia mais perto da saída.

"Eu gostaria que vocês relaxassem e se acalmassem", disse Mannie, erguendo as sobrancelhas e sorrindo, sinceramente preocupado com nosso conforto. "Não vamos machucar vocês, e, depois que entenderem o que precisamos fazer", ele encolheu os ombros, "acho que talvez aceitem e até se perguntem por que todo esse estardalhaço." Ele nos encarou, e, quando não respondemos nem nos mexemos, apoiou as costas no sofá. "Bem, em primeiro lugar, não dói; vocês não vão sentir nada. Becky, isso eu prometo." Ele passou um momento mordiscando o lábio, organizando o que tinha a dizer, depois olhou para nós outra vez. "E, quando acordarem, vão se sentir do mesmíssimo jeito. Serão as mesmas pessoas, em cada pensamento, lembrança, hábito e gesto, até o último pequeno átomo de seus corpos. Não existe diferença. Nenhuma. Vocês serão os *mesmos*." Ele disse isso com vigor convincente, mas, por uma mínima fração de segundo, um toque de descrença em suas próprias palavras tremulou no olhar.

"Então, por que fazer isso?", perguntei em tom casual. Não tinha esperança de argumentar, mas achei que precisava dizer alguma coisa. "É só nos deixar em paz. Vamos sair da cidade para nunca mais voltar."

"Bem...", Mannie começou a responder, depois parou e olhou para Budlong, do outro lado da sala. "Talvez você devesse explicar isso, Bud."

"Tudo bem." Com ar satisfeito, Budlong se ajeitou na cadeira, como um professor antecipando a alegria de ensinar, exatamente como havia feito por toda a sua vida, sem dúvida. E eu me peguei imaginando se Mannie não estava certo, se na verdade não haveria mudança, e ainda seríamos do jeito que sempre fomos.

"Você viu o que viu e sabe o que sabe", começou Budlong. "Você viu as... vagens, na falta de outro nome; viu quando se transformaram e se prepararam; duas vezes, viu o processo quase completo. Mas por que forçar vocês a passar por esse processo, quando não existe, como dissemos, nenhuma diferença no fim?" Mais uma vez, como em sua casa, os dedos de cada mão encontraram os da outra, um gesto acadêmico e professoral, e ele sorriu para nós, um jovem de rosto simpático. "É uma boa pergunta, mas tem uma resposta, e é simples. Como você imaginou, são de certo modo vagens de sementes, embora não no sentido que conhecemos. Mas, mesmo assim, são matéria viva, capaz, como as sementes, de um crescimento e um desenvolvimento de grande dimensão e complexidade. E vagaram pelo espaço, pelo menos as originais, por distâncias imensas, e durante milênios, exatamente como eu disse a vocês. Embora, é claro", sorriu num pedido de desculpas educado, "eu tenha tentado explicar de modo a lançar dúvidas sobre a ideia. Mas elas estão vivas; chegaram a este planeta por puro acaso, mas têm uma função a desempenhar, tão natural para elas quanto as suas são para vocês. E é por isso que vocês devem passar pela transformação; as vagens devem cumprir sua função, sua razão de ser."

"E qual é a função delas?", perguntei, sarcástico.

Budlong encolheu os ombros. "A função de toda forma de vida, em todos os lugares — sobreviver." Por um momento ele me encarou. "A vida existe em todo o universo, dr. Bennell; a maioria dos cientistas sabe disso e admite de bom grado; só pode ser verdade, embora nunca a tenhamos encontrado. Mas está lá, a infinitas distâncias, em todas as formas imagináveis e inconcebíveis, já que existe em condições variadíssimas. Considere, doutor, que existem planetas e vida incalculavelmente mais antigos que o nosso; o que acontece quando um planeta antigo finalmente morre? A forma de vida que o habita deve reconhecer e se preparar para esse fato — sobreviver."

Budlong se inclinou para a frente, olhando para mim, fascinado pelo que dizia. "Um planeta morre", repetiu, "lentamente e ao longo de eras imensuráveis. A forma de vida que o habita — de forma gradual e ao longo de eras imensuráveis — deve se preparar. Para quê? Para deixar o planeta. Para chegar aonde? E quando? Não há outra resposta, a não ser a que elas obtiveram. É a adaptabilidade universal a toda e qualquer outra forma de vida, sob quaisquer condições que possam encontrar."

Budlong sorriu alegremente para nós e se recostou na cadeira; estava se divertindo muito. Lá fora, na rua, um carro buzinou e uma criança começou a chorar. "Então, em certo sentido, claro, as vagens são parasitas de qualquer forma de vida que encontrem", continuou Budlong. "Mas são os parasitas perfeitos, capazes de muito mais do que se agarrar ao hospedeiro. São seres completamente evoluídos; têm a capacidade de assumir novas formas e se reconstituir em duplicatas perfeitas, célula por célula, de qualquer tipo de vida que possam encontrar em quaisquer condições a que a vida tenha se adaptado."

Meu rosto deve ter demonstrado o que eu pensava, porque Budlong sorriu e levantou a mão. "Eu sei, parece absurdo — um delírio insano. É normal que seja assim. Porque estamos presos por nossas próprias concepções, doutor, nossas noções necessariamente limitadas do que a vida pode ser. Na verdade, não somos capazes de conceber nada muito diferente de nós mesmos e de qualquer outra vida que exista neste planetinha. Prove você mesmo; como são os homens imaginários de Marte, em nossas histórias em quadrinhos e ficção? Pense nisso. Eles se assemelham a versões grotescas de nós mesmos — não conseguimos imaginar nada diferente! Ah, eles podem ter seis pernas, três braços e antenas brotando da cabeça", ele sorriu, "como os insetos que conhecemos. Mas, em essência, não diferem nada do que conhecemos."

Ele levantou o dedo, como se reprovasse um aluno despreparado. "Mas aceitar nossas próprias limitações, e de fato acreditar que a evolução por todo o universo deve, por alguma razão, seguir caminhos semelhantes aos nossos, é, no mínimo", ele encolheu os ombros e sorriu, "um modo muito estreito de pensar. Na verdade, francamente provinciano. A vida assume qualquer forma de que precise: um monstro de 13 m de altura, com um pescoço imenso e toneladas de peso — pode chamá-lo de dinossauro. Quando as condições mudam e o dinossauro se torna inviável, desaparece. Mas a vida não; ainda está lá, numa nova forma. Qualquer forma necessária." Seu rosto se tornou mais solene. "O que digo é a verdade. Foi o que aconteceu. As vagens chegaram, flutuando até nosso planeta como flutuaram até outros, e cumpriram, e estão cumprindo agora, sua função simples e natural, que é sobreviver neste planeta. E fazem isso exercitando sua capacidade evoluída de se adaptar, assumir e duplicar, célula por célula, a vida para a qual este planeta é adequado."

Eu não sabia de que adiantaria ganhar tempo. Mas estava disposto — ansioso — para conversar o quanto ele quisesse; era a vontade de sobreviver, imaginei, e sorri. "Jargão", respondi, provocador. "Teoria barata. Como eles poderiam fazer isso? E, de todo modo, como você sabe? O que sabe sobre outros planetas e formas de vida?" Falei em tom de chacota e desdém, com malícia na voz, e senti os ombros de Becky tremerem por um momento sob meu braço.

Ele não se zangou. "Nós sabemos", respondeu simplesmente. "Existe...", ele encolheu os ombros, "não é exatamente uma memória; não dá para chamar assim, não dá para definir como algo que possa reconhecer. Mas existe conhecimento nesta forma de vida, claro, e... ele permanece. Eu ainda sou o que era, em todos os aspectos, até uma cicatriz no pé que tenho desde criança; ainda sou Bernard Budlong. Mas o outro conhecimento também está presente agora. Ele permanece, e eu sei. Todos sabemos."

Por um momento ele fitou o nada, depois voltou a olhar para nós. "Quanto a como isso acontece, como eles fazem o que fazem?" Ele sorriu para mim. "Ora, dr. Bennell; pense no pouco que de fato sabemos sobre este planetinha rústico e novo. Acabamos de sair da floresta; ainda somos selvagens! Apenas duzentos anos atrás, vocês médicos nem sabiam que o sangue circulava. Pensavam que era um fluido imóvel dentro do corpo, como água num saco. E quando eu já era nascido não havia sequer suspeita da existência das ondas cerebrais. Pense nisso, doutor! Ondas cerebrais, emanações elétricas reais do cérebro, em padrões específicos e identificáveis, passando do crânio para o exterior, para serem captadas, amplificadas e mapeadas. Você pode sentar e ver tudo numa tela. Você é epiléptico de fato ou mesmo em potencial? O padrão de suas ondas cerebrais individuais responderá rapidamente a essa pergunta, como você bem sabe, já que é médico. E as ondas cerebrais sempre existiram; não foram inventadas, só descobertas. As pessoas sempre as tiveram, assim como sempre tiveram impressões digitais; Abraham Lincoln, Pôncio Pilatos e o homem de Cro-Magnon. Nós simplesmente não sabíamos disso."

Ele suspirou e disse: "E há muito mais que não sabemos, nem sequer desconfiamos. Não apenas seu cérebro, mas todo o seu corpo, cada célula dele emana ondas individuais como impressões digitais. Acredita nisso, doutor?". Ele sorriu. "Então, acredita que ondas totalmente invisíveis e indetectáveis possam emanar de uma sala, se moverem silenciosamente pelo espaço, serem captadas e depois reproduzir com precisão cada palavra, som e tom ouvido nesse ponto de origem? O som de uma voz sussurrada, a nota de um piano, a corda de uma guitarra? Seu avô nunca teria acreditado nessa impossibilidade, mas você, sim... acredita no rádio. Acredita até na televisão."

Ele meneou a cabeça. "Sim, dr. Bennell, seu corpo contém um padrão, assim como toda matéria viva; essa é a base da vida celular. Porque é composto das minúsculas linhas de força elétrica que unem os átomos constituintes do seu próprio ser. E, portanto, é um padrão — infinitamente mais perfeito e detalhado do que qualquer projeto — da constituição atômica precisa do seu corpo naquele momento exato, alterada a cada respiração e a cada segundo em que seu corpo passa por mudanças infinitesimais. E é durante o sono, aliás, que essa mudança ocorre em menor escala; é durante o sono que o padrão pode ser retirado de você, transmitido, como eletricidade estática, de um corpo para outro."

Mais uma vez ele balançou a cabeça. "Então, pode acontecer, dr. Bennell, e com grande facilidade; o intrincado padrão de linhas de força elétrica que unem todos os átomos de seu corpo para formar e constituir cada célula... pode ser lentamente transferido. E então, já que todo tipo de átomo no universo é idêntico — os componentes essenciais do universo —, você é duplicado com precisão, átomo por átomo, molécula por molécula, célula por célula, até a menor cicatriz ou pelo em seu pulso. E o que acontece com o original? Os átomos que anteriormente compunham você passam a ser... estática, nada, uma pilha de penugem cinzenta. Isso pode acontecer, acontece, e você sabe disso; e ainda assim não quer aceitar." Ele me observou por um momento, depois sorriu. "Se bem que posso estar enganado quanto a isso; acho que talvez você tenha aceitado."

Por um tempo, ficamos em silêncio, as quatro figuras na recepção observando calmamente Becky e eu. Ele tinha razão; eu acreditava. Sabia que era verdade, possível ou impossível, e a impotência e a frustração cresciam em mim. Podia sentir tudo isso na ponta dos dedos, uma sensação física real, a forte urgência de fazer alguma coisa, e fiquei lá, abrindo e fechando os punhos. De repente, por nenhum motivo além do impulso de me mexer, agir, fazer *alguma coisa*, estendi a mão atrás de mim, agarrei o cordão da persiana e puxei. A persiana subiu, as ripas estalando como disparos de metralhadora, a luz do dia entrando na sala, e eu virei para olhar os consumidores errantes, as lojas, os carros, os parquímetros, a cena tão comum lá embaixo.

As quatro figuras no meu consultório não se mexeram, só me observaram; e agora meus olhos percorriam a sala, procurando freneticamente algo que eu pudesse *fazer*.

Mannie percebeu o que acontecia na minha mente antes de mim. "Você poderia pegar alguma coisa e jogar pela janela, Miles. E isso chamaria atenção; as pessoas olhariam para cima e veriam a janela quebrada. Você poderia gritar com elas, Miles, mas ninguém viria até aqui." Meus olhos se voltaram para o telefone, e Mannie disse: "Pode pegar; não vamos impedir. E você vai falar com a telefonista. Mas ela não vai fazer a ligação".

A cabeça de Becky se voltou para mim, e ela enterrou o rosto no meu peito, as mãos agarrando minhas lapelas; e, com meus braços ao redor de seu corpo, senti que ela erguia os ombros num soluçar seco e mudo.

"O que estão *esperando*?" Havia de fato uma neblina vermelha pulsando diante dos meus olhos. "O que eles estão *fazendo*, torturando a gente?"

Mannie fez uma careta, aparentando sentir dor, e sacudiu a cabeça. "Não, Miles! Não estamos fazendo isso. Não temos o menor interesse em machucar ou torturar vocês. Vocês são meus amigos! Ou foram." Ele voltou a negar, com as mãos estendidas, impotente. "Você não consegue perceber? Não existe nada que a gente possa fazer, Miles, além de esperar e explicar, tentar fazer vocês entenderem e aceitarem, facilitar o máximo possível para vocês. Miles", disse ele, direto, "precisamos esperar até vocês dormirem, só isso. E não tem como obrigar alguém a dormir."

Mannie observou-me, depois acrescentou delicado: "Mas também não tem como impedir que durma. Você pode resistir por um tempo, mas no fim... vai ter que dormir".

O homenzinho perto da porta — eu tinha esquecido dele — suspirou e disse: "Tranque os dois numa cela na cadeia; vão dormir alguma hora. Por que toda essa conversa?".

Mannie olhou para ele com frieza. "Porque essas pessoas são minhas amigas. Vá pra casa, se quiser; nós três damos conta."

O homenzinho apenas suspirou — percebi que ninguém jamais se zangava — e continuou sentado.

Mannie se levantou de súbito, veio em nossa direção e ficou me olhando, com o rosto aflito e pesaroso. "Miles, encare a verdade! Você foi pego; não há nada que possa fazer. Encare e aceite; está gostando de ver Becky desse jeito? Eu não!" Nos encaramos por vários segundos e, por algum motivo, não acreditei nem um pouco em sua raiva. Delicado, persuasivo, Mannie disse: "Fale com ela, Miles. Faça com que entenda a verdade. Falando sério, não vai doer, eu prometo, vocês não vão sentir nada. Durmam, e vão acordar se sentindo exatamente como agora, mas revigorados. Serão as mesmas pessoas. Contra o que está lutando?".

Depois de um tempo, ele se virou e voltou ao sofá.

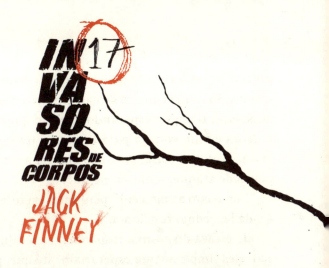

INVASORES DE CORPOS
JACK FINNEY

17

Minha mão se movia, acariciava o cabelo de Becky, massageando delicadamente seu pescoço, confortando-a, ou tentando, da única maneira que eu podia. Então me perguntei se não era mesmo o único jeito. Eu estava cansado; podia perceber a exaustão por trás dos meus olhos e na frouxidão dos meus músculos faciais; sentia a fadiga das pernas e braços. Eu não estava esgotado; poderia aguentar por um tempo, mas não muito, nem Becky. E a ideia de dormir, de simplesmente abandonar os problemas e desistir, deixar o sono se infiltrar em mim e depois acordar, me sentindo exatamente da mesma forma, e ainda ser Miles Bennell... foi chocante perceber como a ideia era tentadora.

Olhei para Mannie, sentado na beira do sofá, olhos arregalados, expressão compassiva e ansiosa, querendo que eu acreditasse nele; e imaginei se o que dizia não era a simples verdade. Mesmo que não fosse, abraçar Becky, sentir o pequeno tremor de seu corpo, sabendo o quanto estava aterrorizada, era mais do que eu podia suportar, e sabia que havia mais uma coisa que eu conseguiria fazer por ela em vez de só ficar ali, parado, afagando seu cabelo: poderia persuadi-la. Poderia aceitar o que Mannie dizia — aceitar e *acreditar* — e depois deixar minha convicção convencê-la. Talvez até fosse verdade; *poderia*.

Com a mão acariciando o cabelo de Becky sem cessar, abraçando-a com força, pensei nisso, sentindo o tremor constante de seu corpo, notando meu próprio cansaço, deixando que a vontade de acreditar se fortalecesse e crescesse. Então... Budlong tinha razão; a vontade de sobreviver é irresistível — e eu sabia que lutaríamos, que precisávamos lutar. Como um condenado que prende inutilmente a respiração numa câmara de gás, tínhamos que resistir o quanto pudéssemos, firmes e esperando, mesmo que não restasse esperança. E agora eu me voltava para Budlong, tentando pensar em alguma coisa, qualquer coisa, para nos manter acordados, encontrar algum ponto de ataque, sem saber o quê.

"Como isso aconteceu?", perguntei em tom descontraído. "Em toda a cidade... como funcionou?"

Ele estava disposto a responder, e eu sabia que Mannie tinha razão; eles simplesmente esperariam, até que, por fim, tivéssemos que dormir. "Um pouco às cegas, a princípio", disse Budlong, amável. "As cascas, as vagens, caíram nesta região; poderia ter sido em qualquer lugar, mas por acaso foi aqui. Foram parar na fazenda Parnell, numa pilha de lixo, e os primeiros esforços foram apenas a duplicação do que encontraram: uma lata vazia manchada com o suco de fruta antes fresca, um cabo quebrado de machado. É uma perda natural; como a de qualquer tipo de semente ou esporo que cai no lugar errado. Contudo, outros, alguns deles — e, na verdade, um único caso de sucesso teria bastado — caíram, ou flutuaram, ou se abriram, ou foram levados por curiosos até os lugares certos. Depois, aqueles que se transformaram recrutaram outros, em geral os próprios parentes. O caso da sua amiga, Wilma Lentz, é típico; foi o tio dela, claro, quem colocou no porão o casco que... realizou a transformação de Wilma. Foi o pai de Becky que...", por educação, ele não terminou a frase.

"Bem, a partir do momento da primeira troca bem-sucedida, o acaso deixou de ser um fator. Um único homem, Charley Bucholtz, o leitor local de medidores de gás e eletricidade, fez mais de setenta trocas; ele entra livremente nos porões, e em geral não é acompanhado por ninguém. Entregadores, encanadores e carpinteiros fizeram outras. E, claro, depois que uma transformação aconteceu numa casa, o resto, na maioria dos casos, foi muito fácil e rápido."

Ele suspirou, pesaroso. "Houve acidentes, claro; deslizes. Uma mulher viu a irmã deitada na cama, dormindo, e logo depois — com o processo inacabado — ela também viu a irmã, aparentemente, dormindo no armário de um quarto de hóspedes. Ela perdeu a cabeça. Algumas pessoas, ao perceber... resistiram. Elas se opuseram e lutaram — é difícil entender o motivo — e foi... desagradável para todos. Algumas famílias com crianças foram um pouco difíceis; às vezes, reconhecem logo as diferenças mais minúsculas e triviais. Mas, considerando tudo, foi simples e rápido. Sua amiga, Wilma Lentz, e você, srta. Driscoll, são pessoas sensíveis; a maioria não viu nenhuma mudança, porque não acontece nenhuma mudança relevante. E, claro, quanto mais trocas são feitas, mais rápidas serão as restantes."

E agora eu havia encontrado um ponto de ataque. "Mas existe uma diferença; você acabou de dizer."

"Não de verdade, e nenhuma duradoura."

Mas eu não desistiria; ele me trouxera uma lembrança. "Vi uma coisa no seu escritório", respondi, pensativo. "Naquele momento, você não quis dizer nada para mim, mas agora me fez lembrar disso. E me lembrei de uma coisa que Wilma Lentz disse também, antes de se transformar." Eles me olharam em silêncio, esperando.

"Você disse, no seu escritório, que estava trabalhando numa tese ou em algum tipo de artigo; um estudo científico importante."

"Sim."

Eu me inclinei em sua direção, dando uma boa encarada nele, e Becky levantou a cabeça para olhar meu rosto, depois se voltou para Budlong. "Só tinha um jeito de Wilma Lentz saber que Ira não era o Ira. Só um modo de perceber, porque era a única diferença. Não existia uma só *emoção* verdadeira, intensa e humana, mas apenas a lembrança e a simulação da emoção naquela coisa que em tudo se parecia, falava e agia como Ira."

Baixei a voz. "E não há emoções em você, Budlong; só a lembrança delas. Não existe mais alegria, medo, esperança nem entusiasmo de verdade em você. Está vivendo no mesmo tipo de matéria cinzenta que as coisas imundas de que é formado." Eu sorri para ele. "Professor, acontece uma coisa com documentos que passam muitos dias espalhados numa mesa. De alguma forma, eles perdem o frescor; mudam de aparência; o papel murcha e enruga um pouco por causa do ar e da umidade, ou sei lá o quê. Basta olhar para perceber que estão ali há muito tempo. E era essa a aparência dos seus papéis; você não tocou neles desde o dia, qualquer que tenha sido, em que deixou de ser Budlong. Porque não se importa mais; eles não significam nada para você! Ambição, esperança, entusiasmo — você não tem nada disso."

"Mannie", eu me voltei para ele. "O livro didático para o ensino médio que você planejava: *Uma Introdução à Psiquiatria*. O rascunho em que trabalhava em todas as suas horas vagas — o que aconteceu com ele, Mannie? Quando trabalhou nisso pela última vez, ou ao menos olhou para esses papéis?"

"Muito bem, Miles", murmurou, "então você sabe. Tentamos facilitar tudo para vocês, só isso; porque, depois que terminasse, isso não importaria mais, você não se incomodaria. Miles, eu garanto", suas sobrancelhas se ergueram de forma persuasiva, "não é tão ruim. Ambição, entusiasmo — o que há de bom nisso?", perguntou, e percebi que falava sério. "E quer dizer que vai sentir falta da tensão e da apreensão que vêm junto? Não é ruim, Miles, eu garanto. É calmo, sereno. E a comida ainda é gostosa, os livros ainda são bons de ler..."

"Mas não de escrever", retruquei baixinho. "O trabalho, a esperança e o esforço necessários não são agradáveis. Nem sentir as emoções que compõem a coisa toda. Tudo isso acabou, não é, Mannie?"

Ele deu de ombros. "Não vou discutir com você, Miles. Você parece saber muito bem como as coisas são."

"Nenhuma emoção", comentei em voz alta, mas pensando, falando comigo mesmo. "Mannie", eu disse, quando me ocorreu, "você pode fazer amor, ter filhos?"

Ele olhou para mim por um momento. "Acho que você já sabe que não, Miles. Diabo", disse e estava tão perto da raiva quanto era capaz, "você pode muito bem deduzir a verdade; está insistindo nisso. A duplicação não é perfeita. E não pode ser. É como os compostos artificiais que os físicos nucleares andam mexendo: instáveis, incapazes de manter a forma. Não podemos viver, Miles. O último de nós estará morto", ele gesticulou com a mão, como se não importasse, "em cinco anos no máximo."

"E não é só isso", acrescentei num sussurro. "São todos os seres vivos; não só os humanos, mas os animais, árvores, grama, tudo o que vive. Não é verdade, Mannie?"

Ele sorriu ironicamente, cansado. Então levantou, foi até as janelas e apontou. No céu da tarde, pendia uma lua crescente, pálida e prateada à luz do dia, mas muito nítida. Uma faixa fina de névoa passava à frente dela. "Olhe para ela, Miles — está morta; não houve o menor sinal de mudança na superfície da Lua desde que a humanidade começou a estudá-la. Mas você nunca se perguntou por que ela é um deserto sem nada? A *Lua*, tão próxima da Terra, tão parecida, que foi uma parte desse sistema; por que está morta?"

Ele ficou em silêncio por um momento, e olhamos para a superfície silenciosa e imutável da Lua. "Bem, não foi sempre assim", continuou Mannie. "Ela já esteve viva." Ele se virou, voltando ao sofá. "E os outros planetas, girando em torno do mesmo Sol que permite a vida aqui; Marte, por exemplo." Seu ombro levantou levemente. "Nos desertos, ainda restam traços dos seres que já viveram lá. E agora... é a vez da Terra. E, quando todos esses planetas estiverem esgotados, não importará. Os esporos vão seguir em frente, de volta ao espaço para ficar à deriva por... não importa por quanto tempo nem para onde. Por fim, vão chegar... a algum lugar. Budlong disse: parasitas. Parasitas do universo, e serão os últimos e únicos sobreviventes."

"Não fique tão chocado, doutor", disse Budlong com voz branda. "Afinal, o que a sua gente fez com as florestas que cobriam o continente? E as terras cultivadas que vocês reduziram a pó? Vocês também usaram tudo e depois... seguiram em frente. Não fique tão chocado."

Eu mal conseguia falar. "O mundo", sussurrei. "Vocês vão se espalhar pelo *mundo*?"

Ele sorriu, indulgente. "O que você esperava? Este condado, depois os próximos; e logo o norte da Califórnia. Oregon, Washington, a Costa Oeste, por fim; é um processo contínuo, cada vez mais rápido, sempre com mais de nós e menos de vocês. Daqui a pouco, com grande rapidez, o continente. E depois... sim, claro, o mundo."

Eu sussurrei: "Mas... de onde elas vêm, as vagens?".

"Elas crescem, claro. Nós cultivamos. Sempre mais e mais."

Não pude evitar. "O mundo", repeti baixinho, depois gritei: "Mas *por quê*? Ah, meu Deus, *por quê*?"

Se ele pudesse sentir raiva, isso aconteceria. Mas Budlong apenas sacudiu a cabeça, condescendente. "Doutor, doutor, você não aprende. Parece incapaz de assimilar. O que eu disse? O que você faz, e por quê? Por que respira, come, dorme, faz amor e reproduz sua espécie? Porque é sua *função*, sua razão de ser. Não existe outro motivo, nem é *necessário*."

Mais uma vez ele sacudiu a cabeça, surpreso por eu não ter entendido. "Você parece chocado, até enojado, mas o que a raça humana fez além de se espalhar por este planeta até ocupar ele com dois bilhões de pessoas? O que vocês fizeram com este continente, senão se expandir até preencher ele todo? E onde estão os búfalos que vagavam por esta terra antes de vocês? Mortos. Onde está o pombo-passageiro, que antes escurecia os céus da América em revoadas de *bilhões*? O último morreu num zoológico da Filadélfia em 1914. Doutor, a função da vida é viver se puder, e nada deve interferir nisso. Não existe maldade envolvida; você odeia os búfalos? Devemos continuar porque devemos; não consegue entender?" Ele sorriu para mim amigavelmente. "É a natureza da fera."

E assim, finalmente, tive que aceitar, o condenado que enfim solta o ar, faz uma pausa, depois inala a morte para os pulmões, pois não suporta mais resistir. Não havia nada que eu pudesse fazer além disto: facilitar o máximo possível, para Becky, o pouco tempo que nos restava — se ao menos pudéssemos passá-lo sozinhos.

"Mannie", olhei para ele, "você disse que já fomos amigos, que consegue lembrar como era."

"É claro, Miles."

"Não acho que você sinta mais essa amizade, mas, se ainda se lembra de como era, então nos deixe aqui sozinhos. Tranque meu consultório e só terá uma porta para vigiar. Mas nos deixe em paz agora, Mannie; espere no corredor, onde ninguém possa ver nem ouvir. Pelo menos isso; não podemos fugir, e você sabe. E como podemos dormir com vocês vigiando? Vai ser mais rápido assim. Tranque o consultório e espere no corredor, Mannie. É a última chance que temos de saber como realmente é estar vivo, e talvez você também possa lembrar um pouco como era."

Mannie olhou para Budlong, e depois de um momento o professor assentiu, sem dar muita importância. Mannie se voltou para Carl Meeker, que deu de ombros; o homenzinho perto da porta nem foi consultado. "Tudo bem, Miles", respondeu Mannie. "Não existe razão para não fazer isso." Ele acenou para o homenzinho ao lado da porta, que se levantou e foi para o corredor do prédio. Mannie se dirigiu até a pesada porta de madeira que levava ao consultório, girou a chave na fechadura, depois torceu e puxou a maçaneta, para testar. Destrancou a porta outra vez e a abriu para Becky e eu entrarmos.

Devagar, ela começou a se fechar atrás de nós e, pouco antes disso, tive um último vislumbre do homenzinho voltando do corredor à recepção, e seu corpo estava quase oculto pelas duas vagens enormes que trazia nos braços. Então a porta se fechou, a chave girou na fechadura e ouvi o som fraco de alguma coisa roçando o outro lado da superfície — e soube que agora aquelas duas grandes vagens estavam no chão, perto da porta trancada; tão perto de nós, mas fora do nosso alcance.

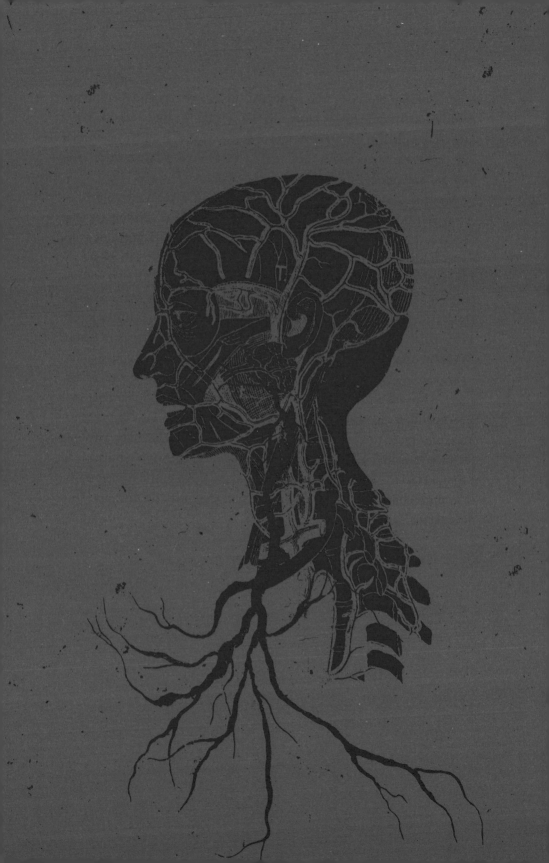

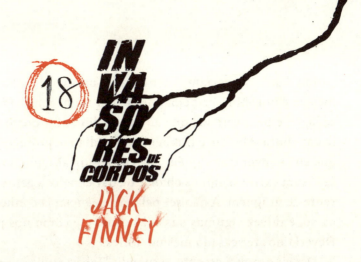

18
INVASORES DE CORPOS
JACK FINNEY

Peguei o braço de Becky, segurei sua mão entre as minhas, apertando-a com força, e ela olhou para mim e conseguiu sorrir. Eu a conduzi até a grande poltrona de couro em frente à minha mesa e ela sentou, e eu me acomodei no braço do móvel, me inclinei para perto dela, envolvendo seus ombros.

Por algum tempo ficamos em silêncio, e me recordei daquela noite — não muito tempo antes, mas tão distante — em que Becky veio aqui falar de Wilma, e percebi que ela estava com o mesmo vestido de seda e mangas compridas, com estampa vermelha e cinza. Lembrei como fiquei feliz em vê-la naquela ocasião, percebendo que, embora tivéssemos saído juntos só algumas vezes no ensino médio, na verdade eu nunca a havia esquecido. E agora entendia muitas coisas que não compreendia antes. "Eu te amo, Becky", disse, e ela olhou para mim sorrindo, depois apoiou a cabeça no meu braço.

"Eu te amo, Miles."

Ouvi um ruído minúsculo vindo da porta trancada atrás de nós, familiar, mas por um instante não o reconheci; era o estalido de folha seca e quebradiça. Entendi o que era e olhei rapidamente para Becky, que, se também ouviu, não demonstrou.

"Eu queria ter casado com você, Becky. Queria que estivéssemos casados agora."

Ela assentiu. "Eu também. Miles, por que não casamos?"

Não respondi; agora, as razões eram irrelevantes.

Ela disse: "Deveríamos ter casado, mas você tinha medo, por si mesmo e por mim. Principalmente por mim, acho". Ela sorriu, cansada. "E é bem verdade que eu não ia aguentar outro fracasso, não ia dar conta. Mas você também não podia me proteger disso; e acha que eu ia encontrar alguém que conseguiria? Quando duas pessoas se casam existe sempre a chance de dar errado; a gente não era diferente de ninguém. A não ser pela experiência; já conhecíamos o fracasso, e talvez algumas das suas causas, e como nos proteger dele. Deveríamos ter casado mesmo, Miles."

Depois de um momento, respondi: "Talvez ainda seja possível". Porque ela estava certa, claro; era simples e óbvio; eu simplesmente não quisera ver. Claro que poderíamos ter fracassado; eu poderia ter arruinado a vida dela, mas isso não me tornava diferente de qualquer outro homem que pudesse ter feito a mesma coisa.

Ouvi novamente o estalo fraco e crepitante do outro lado da porta atrás de nós, e logo estava de pé, percorrendo o pequeno consultório, procurando algo, o que quer que fosse, que pudesse nos ajudar. Mais do que qualquer outra coisa na vida, queria outra chance; agora precisava de um jeito de sair dessa. Lembrando de agir em silêncio, abri a gaveta da escrivaninha; havia blocos de papel, mata-borrões, folhas de calendário, clipes de papel, elásticos, um fórceps quebrado, lápis, duas canetas-tinteiro, um abridor de cartas imitando bronze. Peguei o abridor, segurando-o como uma adaga, com o punho cerrado no cabo, e olhei para a superfície envernizada da pesada porta de madeira que levava à recepção. Então abri a mão e deixei o objeto inútil cair silenciosamente numa pilha de mata-borrões.

Meu armário de instrumentos estava do outro lado da sala: toalhas brancas bem dobradas sobre as quais jaziam fórceps de aço inoxidável, bisturis, agulhas hipodérmicas, tesouras, desinfetantes, antissépticos; e nem me incomodei em abrir as portas de vidro. Havia a pequena geladeira: soros, vacinas, antibióticos e meio litro de refrigerante sem gás que a enfermeira havia deixado; e fechei a porta silenciosamente. Não havia muito mais: a balança, a mesa de exames, um armário de parede branco e esmaltado onde guardava ataduras, fita adesiva, iodo, mercurocromo, mertiolate, espátulas; havia móveis, tapetes, minha mesa, fotos e diplomas na parede — e mais nada.

Eu me virei para Becky, abrindo a boca para dizer alguma coisa, e meu coração parou, mas logo voltou a bater com força, e dei dois passos rápidos até a poltrona onde ela estava, agarrando seus ombros e sacudindo-a, e seus olhos se abriram.

"Ah, Miles! Eu estava dormindo." Seus olhos se arregalaram de terror.

Na última gaveta da escrivaninha, à esquerda, encontrei os comprimidos de benzedrina, fui ao banheiro pegar um copo d'água e entreguei um a Becky. Olhei para o frasco por um momento, depois o enfiei no bolso sem tomar; eu ainda aguentaria por um tempo, e era melhor que os tomássemos alternadamente, um mantendo o outro acordado.

Sentei à mesa com os cotovelos no tampo de vidro, os punhos cerrados apoiando as maçãs do rosto; Becky observava meus olhos para ter certeza de que eu não dormiria. Se havia alguma saída, estava em minha mente, não em meus pés vagando pelo consultório.

O tempo passou, com um ocasional estalido quebradiço do outro lado da porta fechada diante de mim, ambos ouvimos, e nenhum de nós olhou para lá. Eu me forcei a ficar onde estava, lembrando tudo o que sabia sobre as grandes vagens.

Depois de um tempo, ergui os olhos devagar; na poltrona de couro, à frente da mesa, Becky estava alerta e em silêncio, me observando, agora com os olhos vivazes pela ação da benzedrina. Num tom baixo, tanto pedindo conselho como pensando em voz alta, eu disse: "Imagine, só imagine que houvesse um jeito… não de escapar; não há como escapar… mas de fazer com que nos levassem para outro lugar, em vez de ficar aqui". Encolhi os ombros. "Para a cadeia da cidade, acho. Será que há um jeito de fazer isso?"

"Em que está pensando, Miles?"

"Não sei. Nada, provavelmente. Estava pensando num modo de talvez estragar essas malditas vagens; embora nem tenha certeza de que ia dar certo. Mas eles trariam mais. Eles nos levariam para outro lugar e trariam mais, não adiantaria nada."

"Podemos ganhar tempo", disse Becky. "Porque duvido que haja mais vagens neste momento. Acho que vimos todas as prontas." Ela indicou a janela e a rua lá embaixo. "Imagino que tenham usado todas as que já estavam prontas. Talvez as duas lá fora", ela apontou a porta trancada, "sejam as últimas que vimos no caminhão de Joe Grimaldi."

"Existem outras em cultivo; só conseguiríamos um adiamento", em silêncio, frustrado, eu batia o punho na palma da minha outra mão, "e isso não basta, não adianta." Franzia a testa, tentando pensar com clareza. "Não é só mais um tempo que queremos; se tiver como fazer eles tirarem a gente daqui, do prédio, essa tem que ser a nossa chance; não vamos ter outra."

Becky disse: "Você acha que conseguiria... bater neles, derrubá-los de surpresa, ao sair do prédio? Como você fez Nick Griv...".

Eu já estava sacudindo a cabeça. "Temos que ser realistas, Becky; isto não é um filme, e eu não sou um herói do cinema. Não, eu não teria como enfrentar quatro homens, talvez nem um só. Duvido muito que conseguisse encarar Mannie, e Chet Meeker poderia me partir em dois. Talvez o professor ou o homenzinho gordo." Eu sorri. Depois voltei a falar sério. "Que diabo, nem sei se tem como fazer eles tirarem a gente daqui. Provavelmente não."

"Mas como podemos tentar?" Ela não desistia.

Apontei a porta da recepção. "Agora, se Budlong estiver certo, as coisas estão lá fora, se preparando. Mais ou menos às cegas a princípio, para imitar e duplicar qualquer substância vital que encontrem; célula e tecido, estrutura óssea e sangue. E isso significa nós — depois que adormecermos e nossos processos corporais se tornarem mais lentos e indefesos. Mas imagine..." Olhei para Becky, hesitante; se essa não fosse a resposta, eu não sabia o que mais poderia ser. "Imagine", recomecei devagar, "que nós fizéssemos aquelas duas vagens se desperdiçarem com outra coisa. Imagine que a gente vai dar substitutos pra eles: Fred e a namorada."

Ela franziu a testa um pouco, sem entender o que eu queria dizer, por isso estendi a mão e abri o armário na parede ao lado da mesa. "Os esqueletos", expliquei, apontando para eles, parados de olhos vazios e sorridentes no meu armário. "Eles já foram vivos." De repente, eu estava falando rápido e animadamente, quase como se convencer Becky fosse tudo que eu precisava fazer. "São estruturas ósseas, humanas e completas! E, se Budlong estiver certo, os átomos que compõem eles ainda estão unidos pelo mesmo tipo de padrões de linhas de força, ou seja lá como se chamam, que manteve eles juntos na vida, e que mantêm os nossos padrões juntos agora. Lá estão eles... dormindo e mais que isso! Prontos, dispostos e provavelmente aptos a serem tomados, com seus padrões copiados e reproduzidos às cegas, em vez dos nossos!"

Depois de um tempo, Becky disse: "Não custa tentar, Miles", e antes que ela terminasse eu estava de pé.

Num silêncio total, tomando imenso cuidado para não bater os braços soltos nas paredes do armário, levantei primeiro o esqueleto masculino, mais alto, carreguei até a porta trancada da sala e coloquei no chão, o rosto voltado para baixo para não vermos sua expressão sorridente. Segundos depois, deixei o esqueleto feminino ao lado dele.

Ficamos parados olhando para eles por um momento, depois me virei para o armário de instrumentos, abri cuidadosamente a porta de vidro e tirei uma seringa de vinte mililitros. Inclinei um frasco de álcool num chumaço de algodão estéril e limpei uma pequena área no braço de Becky, depois na minha, e a levei até a porta. De uma veia em seu antebraço, retirei vinte mililitros de sangue, e logo depois — rapidamente, antes que o sangue coagulasse — a clavícula e várias costelas do esqueleto mais próximo no chão estavam manchados de vermelho. Do meu próprio braço, retirei outros vinte mililitros e me inclinei rapidamente sobre o outro esqueleto.

"Miles, não; *não*."

Ergui o olhar para ver Becky sacudindo a cabeça, desviando os olhos, o rosto empalidecendo, mas não parei.

"Miles, *por favor*; não suporto ver isso; a aparência deles; *por favor, não*. Chega!"

Eu me levantei e me voltei para ela. "Tudo bem", assenti. "Nem sei se isso vai fazer diferença, mas é muito mais matéria viv..." Eu me detive e não terminei. Contudo, deixei os esqueletos no chão como estavam. Eu realmente não sabia o que estava fazendo, porém... os deixei como estavam.

Fiz mais uma coisa, e sem pedir permissão a Becky. Peguei minha tesoura na escrivaninha, cortei uma boa mecha de seu cabelo, depois um punhado do meu, e os espalhei sobre as duas figuras no chão. Agora, não havia nada a fazer senão esperar.

Ficamos sentados, Becky na poltrona de couro, eu à minha mesa; então ela começou a falar. Lenta e com dúvidas, parando muitas vezes para me encarar, questionadora, descreveu uma ideia que lhe ocorrera.

Eu escutei e, quando ela parou, esperando minha resposta, sorri e assenti levemente, tentando não a desanimar de imediato. "Becky, poderia funcionar — provavelmente funcionaria — até certo ponto. Mas eu ainda terminaria jogado no chão, com dois ou três homens em cima de mim."

Ela disse: "Miles, sei que não existe motivo para achar que algo vai dar certo, mas agora é você que está pensando como se estivesse em um filme. A maioria das pessoas faz isso — às vezes, pelo menos. Miles, tem certas atividades que a maioria das pessoas passam a vida inteira sem fazer, então elas as imaginam como viram no cinema. É a única fonte para visualizar coisas que você não teve a experiência real. E é desse modo que você está pensando agora: uma cena em que você luta com dois ou três homens e... Miles, o que você imagina que eu estou fazendo nessa cena? Você me vê encolhida num canto da parede, de olhos arregalados e apavorados, com as mãos no rosto horrorizado, não é?".

Pensei nisso, e ela estava certa, na verdade certíssima, e assenti.

Ela assentiu também. "E é isso que eles vão pensar: o estereótipo do papel da mulher nesse tipo de situação. E é exatamente o que *vou fazer* — até saber que eles me viram e notaram. Aí, posso fazer exatamente o mesmo que você; por que não?"

Eu estava refletindo no que ela dissera, e Becky insistiu, incapaz de esperar. "Por que *não*, Miles; por que não posso fazer?"

Ela parou por um instante, depois disse: "Eu consigo. Você vai apanhar, vai ser um momento difícil, mas depois... Miles, por que não ia dar certo?".

Eu estava com medo. Não gostava nem um pouco disso; era real, genuína e simplesmente uma questão de vida ou morte para nós, e percebi que agiríamos na base de impulso e improviso. Precisávamos *pensar*, ter certeza e alguma garantia do que estávamos fazendo — levar algum tempo para ter convicção, saber que estávamos certos. Porém, como soldados alvejados de repente por fogo inimigo, o raciocínio mais importante de nossas vidas tinha que ser improvisado aqui e agora, sob terrível pressão e o risco de que qualquer gesto menos que perfeito significaria a morte, ou pior. Não havia *tempo* para planejar com mais cuidado. Com certeza não poderíamos fazer isso depois de uma boa noite de sono, pensei, e sorri sem ver graça na piada.

"Miles, *vamos*!", sussurrou Becky. Ela estava em pé, estendendo a mão por cima da mesa, puxando minha manga. "Você não sabe quanto tempo nos resta!"

Houve uma leve batida na porta externa do meu consultório, e do corredor lá fora ouvi a voz de Mannie, muito baixa e calma. "Miles?", murmurou ele, depois parou. "Miles...?"

"Sinto muito, Mannie", gritei, "mas ainda estamos acordados. Não consigo evitar; você sabe que vamos ficar acordados enquanto a gente puder. Mas não vai demorar muito; não tem jeito."

Ele não respondeu, e agora não havia como adivinhar por mais quanto tempo ficaríamos sozinhos. Eu detestava o que íamos fazer, e depositar esperança nessa ideia inconsistente de Becky, mas não conseguia pensar em mais nada. "Tudo bem." Levantei, caminhei até o pequeno armário na parede e tirei um grande rolo de fita adesiva. No armário de instrumentos, juntei tudo de que precisávamos; depois, na minha mesa, desabotoei os punhos das mangas de Becky, arregacei as mangas de meu paletó e comecei a trabalhar.

Não demorou muito, quatro minutos, talvez, e enquanto eu abaixava as mangas, Becky, abotoando as suas, gesticulou com a cabeça. "Miles, olhe!"

Eu me virei, estreitei os olhos para ter certeza de que estava vendo e percebi que sim. Os ossos amarelo-pálidos no chão estavam... diferentes. Não sei dizer como, mas, olhando para eles agora, simplesmente não havia dúvida de que haviam mudado.

Poderia ter sido a cor, embora eu não tivesse certeza, mas também era mais do que isso. O sentido da visão é mais sutil do que estamos acostumados a pensar; ele vê mais do que imaginamos. Dizemos: "Dava para perceber só de olhar" e, embora às vezes não possamos explicar como é isso, em geral é verdade. Aqueles ossos haviam perdido a dureza, ainda que eu nem saiba exatamente o que quero dizer com isso, nem como fizemos essa constatação. A forma não havia mudado, mas... tinham perdido certo grau de rigidez ou firmeza. Como uma antiga muralha de tijolos soltos, o formato ainda inalterado aos olhos, mas a argamassa se desintegrando, alguma força tinha ido embora. O que quer que mantivesse os ossos íntegros, conferindo aparência e formato, estava enfraquecendo. E nossos olhos enxergavam isso.

Tentando não criar expectativas demais, pronto para a decepção, ainda incapaz de confiar no que meus olhos viam, continuei a olhar. Então, de repente, num piscar de olhos, num segmento de 3 cm da ulna, um dos dois ossos do antebraço, na figura mais próxima no chão, apareceu um pedacinho cinzento. Nada mais aconteceu durante o período de um batimento cardíaco; depois, o trecho se alongou e continuou a se alongar, estendendo-se em ambas as direções, disparando pelo osso amarelo-pálido. E... foi como uma sequência de desenhos animados em que uma imagem é esboçada incrivelmente rápido, as linhas partindo em todas as direções, mais velozes do que a visão pode acompanhar. Nas duas figuras no chão, o cinza disparou pelos ossos, seguindo suas linhas com enorme velocidade — toda uma caixa torácica, rápido demais para os olhos. Então a brancura do osso desapareceu, e por um instante suspenso no tempo os dois esqueletos se tornaram compostos — em sua totalidade — por uma penugem cinza e leve. O instante terminou, e eles desmoronaram — um sopro de ar teria feito isso — num montinho disforme de poeira e nada no chão.

Por mais um momento, continuei olhando, louco de fascínio; depois, o ar entrou nos meus pulmões e gritei: "Mannie!".

A porta do corredor se abriu de imediato, e eles entraram — apressados — com expressões totalmente calmas e compostas. Eu me afastei na ponta dos pés, eles pararam, olharam o que estava à sua frente por um momento, e Mannie tirou a chave do bolso e destrancou a porta da recepção. Quando a abriu, alguma coisa estalou contra a madeira da porta. Mannie empurrou, a porta se abriu um pouco mais, depois emperrou. Então cada um de nós, o mais rápido possível, um de cada vez, passou por aquela porta parcialmente bloqueada.

No tapete marrom, amarelo-pálidos e reproduzidos até os menores detalhes inúteis, haviam dois esqueletos, salpicados de vermelho nos ombros, com um punhado de cabelos escuros se infiltrando nos ossos. De bruços no chão, eles sorriam com a piada, um sorriso eterno e sem lábios. Ao lado e debaixo deles, quase imperceptíveis no tapete, estavam os fragmentos quebradiços de tudo o que restava das duas grandes vagens.

Mannie sacudiu a cabeça devagar várias vezes, comprimindo os lábios, pensando, e Budlong disse: "Isso é muito interessante, muito interessante mesmo. Sabe", ele se virou para mim num tom casual, com os olhos amigáveis como sempre, "isso nunca me ocorreu, e é claro que é perfeitamente possível. Interessante". Ele se virou para olhar para o chão de novo.

"Muito bem, Miles", Mannie olhou para mim, pensativo. "Acho que, depois disso, vamos ter que manter vocês numa cela, até conseguir outras. Lamento, mas é o que precisa ser feito."

Assenti, e todos saímos para o corredor do prédio. Não me importava se pegássemos o elevador ou a escada, mas Mannie disse: "Vamos descer a pé. Aos sábados, só o zelador fica aqui; o serviço é ruim". E seguimos pelo corredor até a porta de incêndio, depois começamos a descer a escadaria longa e sinuosa.

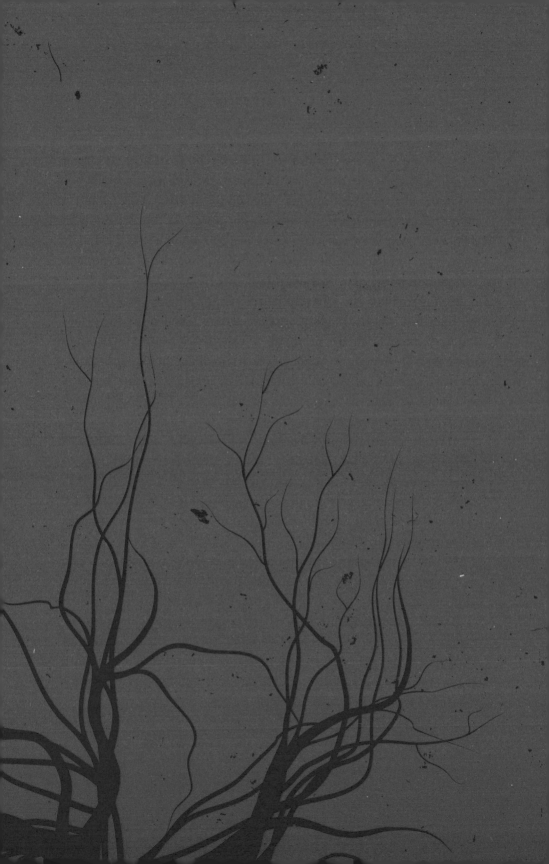

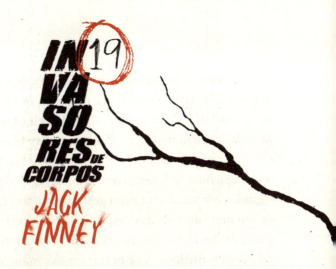

INVASORES DE CORPOS
JACK FINNEY

Chet Meeker e o homem corpulento desceram na frente. Becky e eu estávamos no meio, com Mannie e Budlong logo atrás de nós. Não consegui pensar numa razão para esperar e, quando nos aproximamos da primeira plataforma entre os andares, juntei as mãos, os braços soltos à frente do corpo, e o polegar e o indicador da minha mão esquerda se inseriram na minha manga direita, o polegar e o indicador da direita entrando na manga esquerda. Os dedos de cada mão tocaram e soltaram as tiras de fita adesiva logo acima do punho. Assim — esse era o plano de Becky — cada mão pegou uma seringa hipodérmica carregada.

Chegando ao patamar, começando a volta em semicírculo para o próximo lance de escada, o homenzinho robusto estava do lado interno segurando o corrimão e Chet Meeker se virou para andar ao seu lado. Dei um passo à frente, logo atrás deles, empurrei Becky para o lado com um cotovelo, lançando-a para um canto; minhas mãos avançaram na mesma hora, agressivas e rápidas, as agulhas apertadas entre os dedos, os polegares nos êmbolos, e injetei em cada homem dois mililitros de morfina nos grandes músculos das nádegas, empurrando os êmbolos.

Eles gritaram e se voltaram para mim enquanto Mannie e Budlong se chocavam com as minhas costas, e fui jogado no chão de aço, arranhando, chutando e atacando com as agulhas. Eram quatro contra um e me imobilizaram em segundos, um chute arrancou uma agulha da minha mão, e a outra seringa foi reduzida a pó e cacos de vidro debaixo de um sapato. Eles haviam prendido um dos meus braços e as pernas com força, e eu me contorcia e puxava o braço livre, tentando impedir que o imobilizassem. Becky — eu vi, e eles também — estava encolhida num canto junto às paredes brancas de blocos de cimento, tentando evitar a confusão de homens em luta, os pés e braços em movimento; e ela se agachou, indefesa, com olhos arregalados e apavorados, as mãos erguidas à boca aberta num gesto de horror. Então, enquanto eu lutava, em meio ao som das respirações e a grunhidos altos e ecoantes, os dedos de Becky — com as mãos ainda levantadas, os olhos ainda arregalados e aturdidos — se enfiaram nas mangas de seu vestido, com os botões abertos. Ela arrancou as duas tiras de fita adesiva, deu um passo repentino à frente, enquanto Budlong e Mannie se inclinavam sobre mim agarrando meu braço, e cravou as duas agulhas. Os dois homens se levantaram. Fiquei imóvel, olhando, fascinado, e por um momento todos ficamos parados, de pé, ajoelhados ou deitados, como num quadro vivo. Eles viraram para Becky, depois para mim. "O que estão fazendo?", perguntou Budlong, confuso. "Não estou entendendo." Eu me apoiei nos joelhos, para me levantar, e eles me atacaram outra vez.

Não é fácil estimar por quanto tempo lutamos. Mas por fim Chet Meeker, ajoelhado em cima do meu braço, suspirou levemente, tombou de lado no próximo lance de escada e rolou, batendo lento em cada degrau, até seus pés ficarem presos no corrimão da escada, e ele ficou lá, mexendo-se devagar e olhando para nós. Os homens o observaram, e Mannie disse: "Ei". Então o homenzinho, de joelhos perto da minha cabeça, logo atrás de mim, com as mãos nas minhas mandíbulas, soltou e recuou, desabando contra a parede numa posição sentada, e ficou lá, piscando para nós.

Budlong olhou para mim, sua boca se abriu para falar, seus joelhos se dobraram e ele caiu com força suficiente para fazer o chão de aço vibrar, depois se deitou de lado, murmurando alguma coisa que não consegui entender. Mannie havia se agarrado ao corrimão fino e tubular de aço com as duas mãos e agora se inclinava para apoiar a testa nas costas das mãos. Depois de alguns instantes, ajoelhou devagar no chão e baixou a cabeça por um momento entre os braços ainda agarrados; então, suas mãos afrouxaram o aperto e, ainda ajoelhado, ele deitou no chão de metal corrugado, com o rosto voltado para baixo, como numa reverência.

Becky e eu corremos, não muito rápido; eu sabia que era possível, principalmente para ela, com sapatos de salto alto, escorregar e quebrar algum osso. Levamos cerca de um minuto para chegar à porta dos fundos do prédio e a empurramos.

Não abria; estava trancada, o prédio vazio e cheio do silêncio do fim de semana. E não havia nada a fazer além de virar e percorrer toda a extensão do saguão do prédio, passando pelo grande painel com a lista de escritórios na parede, em direção às portas que levavam à Main Street. Lembrei de dizer a Becky: "Arregale um pouco os olhos e faça um olhar vazio, sem muita expressão facial; mas não exagere". Abri as portas e chegamos à rua, saindo entre a população de Santa Mira, a cidade morta e abandonada.

Em cinco passos cruzamos com um homem da minha idade; eu o conhecia do ensino médio e, com expressão desinteressada e indiferente, o cumprimentei com um meneio de cabeça, deixando meus olhos passarem por seu rosto num reconhecimento vago. Ele assentiu da mesma maneira, e o deixamos para trás; senti o braço de Becky, sob o meu, todo trêmulo. Passamos por uma mulher pequena e roliça, carregando uma sacola de compras, que não olhou para nós. Meia dúzia de metros à frente, um homem saiu do banco da frente de um carro estacionado e ficou esperando por nós, um sujeito de uniforme, um policial, Sam Pink.

Não mudamos de passo nem hesitamos. Fomos até ele e paramos. "Bom dia, Sam", eu disse, "agora estamos com vocês e não é tão ruim assim." Ele assentiu, mas franziu a testa e olhou para o rádio que resmungava no interior do carro. "Eles deveriam ter nos informado", respondeu ele. "Kaufman deveria telefonar para a delegacia, aí eles nos avisariam."

"Eu sei", balancei a cabeça. "Ele ligou, mas a linha estava ocupada; estão ligando de novo agora." Eu me virei para indicar o prédio do meu consultório atrás de nós.

Sam não havia se tornado nem mais nem menos inteligente ou astuto do que antes, e agora olhava para mim, analisando o que eu dissera. Esperei, apático; um momento se passou e, em seguida, como se eu tivesse encarado seu silêncio como a conclusão da conversa, assenti. "Até mais, Sam", eu disse com um tom vazio e, com o braço de Becky apertado debaixo do meu, segui em frente.

Não olhamos para trás, não aumentamos nem diminuímos o ritmo. Fomos até a esquina seguinte, depois viramos à direita. Quando nos voltamos para trás, vi Sam Pink correndo, entrando no prédio e desaparecendo de vista.

E então corremos — pelo meio quarteirão de pequenas casas que terminava na cadeia baixa de colinas paralelas à Main Street. Na metade do caminho, uma mulher saiu da calçada que levava a uma das casas e nos confrontou, uma velhinha que ergueu a mão da maneira repentina e autoritária que os idosos às vezes usam e param o trânsito para atravessar a rua. O hábito nos governa, e eu parei, sabendo que essa velhinha — a sra. Worth, viúva; eu a reconheci agora — não era nenhuma velhinha, e que eu deveria derrubá-la no chão com o punho, sem nem mesmo interromper o passo. Mas não consegui; ela parecia uma mulher de idade, pequenina e frágil, e por um momento fiquei ali parado, olhando para ela. Então, de repente, eu a empurrei de lado com o antebraço, ela cambaleou para trás e quase caiu.

Logo estávamos no final da calçada de concreto, com os pés alcançando terra vermelha e, um instante depois, subíamos por uma das trilhas de terra batida que ziguezagueavam e atravessavam as colinas do condado de Marin, com a vegetação rasteira e arbustos selvagens e emaranhados nos escondendo da rua.

Becky perdeu as sandálias de salto alto nos primeiros doze degraus e, embora eu soubesse o que a trilha, as pedras, galhos, rochas e raízes expostas estavam fazendo, e fariam, a seus pés, não podíamos parar.

Não tínhamos chance; nosso tempo estava quase acabando, e eu sabia, e não tentei me enganar. Eu conhecia essas trilhas e colinas, cada uma delas, mas outras também, muitas outras. E entre nós e a rodovia 101 — os carros em movimento e a humanidade do mundo exterior — havia mais de 3 km de colinas, trilhas, campos abertos e terras agrícolas. Se houvesse qualquer tipo de busca ou perseguição, não conseguiríamos passar, e enquanto eu pensava nisso o alarme de incêndio da cidade começou a soar, muito perto, e o corpo de bombeiros estava a apenas dois quarteirões de distância em linha reta. Santa Mira usa não uma sirene, mas um alarme grave e rouco; em timbre e grau, é a nota de uma buzina de navio, mas as notas graves são curtas, emitidas numa série rápida de rosnados profundos que reverberam no ar por quilômetros, indo por tudo. As rajadas de som intermináveis e idênticas tomaram o ar e nossos ouvidos, criando uma sensação terrível de exaltação e pânico, e percebi que poderia nos fazer perder o juízo, nos fazer correr às cegas, sem esperança.

Eu sabia que os homens já estavam pulando nos carros, que as chaves já ligavam a ignição, os motores pegavam, os veículos avançavam, trazendo homens atrás de nós e à nossa frente; mais e mais, a cada explosão daquele som grave, sinistro e terrível. Mais adiante, as pessoas deixavam as casas e fazendas para se espalhar pelas colinas, nos caçando ou esperando por nós. Os minutos seguintes — não mais do que cinco, talvez — foram os últimos momentos em que pudemos ter esperança de passarmos despercebidos.

Mais acima, na encosta de 60 m que descia à nossa direita, a vegetação rasteira diminuía e dava lugar a um trecho de campo aberto, exposto e inútil, cheio de mato alto, ressecado pelo verão. Ao passar por aquele campo, ou qualquer um dos muitos outros como ele, ficaríamos visíveis de imediato ao primeiro homem ou grupo que chegasse ao topo da colina ou saísse da vegetação rasteira mais abaixo. Porém, continuar na trilha queria dizer ir diretamente para os braços de quem a patrulhava, e de todos os outros, em questão de minutos.

Segurando Becky pelo braço, eu me detive e fiquei parado no pânico de uma indecisão confusa, tentando escolher uma das duas opções movidas pelo desespero. Se ao menos estivesse escuro, não seríamos limitados pelas trilhas; a área de busca se expandiria e... Porém, era dia claro, ainda nebuloso, mas com grandes trechos de luz solar. A escuridão total só viria em muitas horas. Eu me virei de repente, tirando Becky da trilha, subindo a colina até a borda do campo exposto que se curvava no topo, ainda exposto ao sol. Abaixando, movendo os braços depressa, comecei a arrancar grandes punhados de capim, quebrando os caules ressecados, gesticulando violentamente para que Becky fizesse o mesmo. Então ficamos, cada um de nós, com uma enorme braçada de capim, como feixes de trigo. "Vá em frente", eu disse a Becky, "pelo campo", e sem me questionar ela seguiu, com o corpo passando por entre o mato, deixando uma grande faixa, um rastro de hastes curvadas atrás de si. Eu a segui, andando de lado, acompanhando sua trilha, e com o braço livre fazia um movimento firme de varredura, como o de uma foice, e pegava as hastes das plantas que havíamos curvado, endireitando-as enquanto caminhava. Fui rápido, trabalhando com um cuidado extremo, devolvendo o capim curvado à posição vertical. Quando já havíamos andado 20 m, eu não via mais nenhuma trilha atrás de nós.

Agora, no centro do campo, fiz Becky deitar e deitei ao lado dela. Espalhei sua braçada de capim amarelado sobre nós, cobrindo-nos por completo; depois, da melhor maneira que pude, endireitei o capim ao nosso redor e coloquei as hastes que levava por cima, separando-as até que ficassem de pé — inclinadas, caindo em alguns pontos —, mas apoiadas umas nas outras num sentido mais ou menos vertical.

Que aparência o arranjo teria para um observador na beira do campo, eu não sabia; mas, sem nenhuma trilha que levasse até nós, só podia esperar que não chamássemos atenção. Deitado no meio de um campo amplo e exposto, aparentemente investigável de um só relance, eu esperava estar num esconderijo que ninguém imaginaria ao passar por ele; um caçador, pensei comigo mesmo, espera que o fugitivo corra.

Vários minutos se passaram; então — muito perto, parecia — ouvi uma voz gritar. Não consegui entender, mas parecia ser um nome — Al, talvez — e outra voz respondeu: "É". Ouvi o crepitar dos arbustos; o som continuou por um tempo, depois desapareceu, e peguei cuidadosamente a mão de Becky, segurando-a com firmeza.

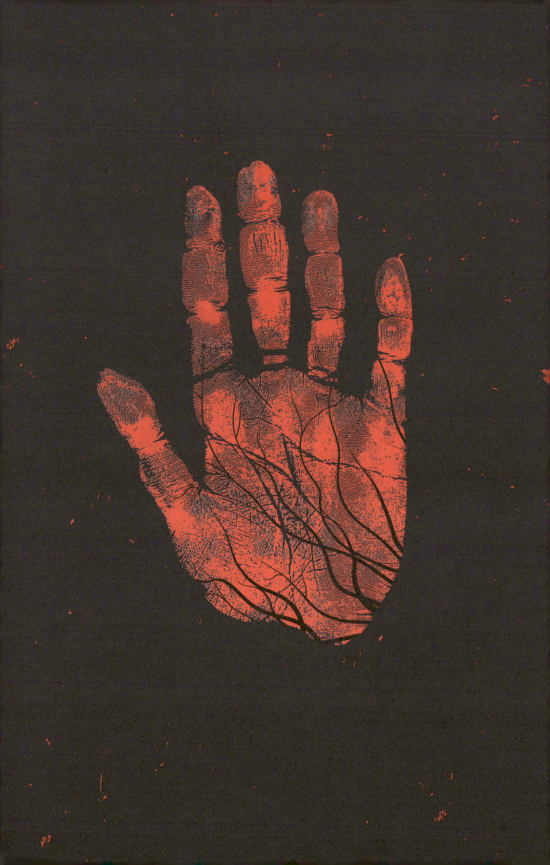

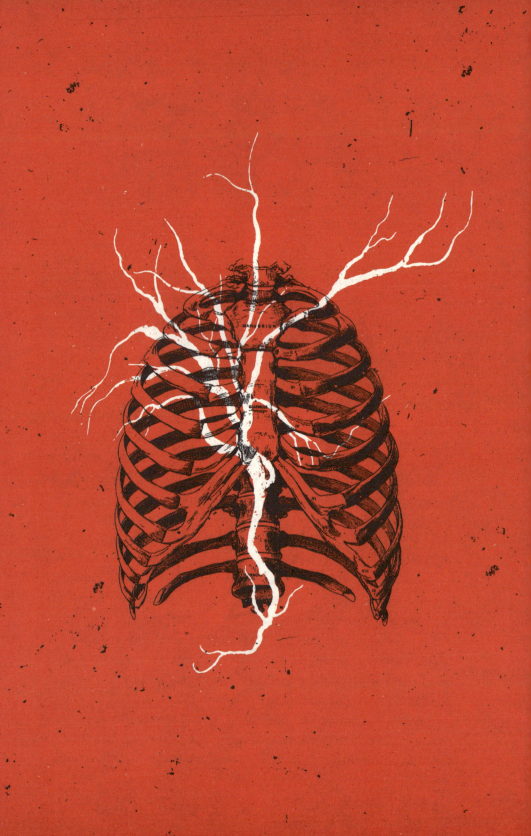

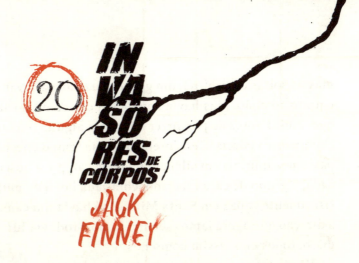

20. INVASORES DE CORPOS
JACK FINNEY

Ficamos deitados por um longo tempo — imóveis, terrivelmente desconfortáveis no início, depois com dor, mas sem nunca nos mover nem mudar de posição. De quando em quando, ouvíamos vozes: na trilha perto de nós e em pontos mais distantes. Certa vez, pelo que pareceu um longo, longo tempo, embora fosse provável não ter passado três ou quatro minutos, ouvimos dois homens conversando em voz baixa, subindo a colina devagar, atravessando o campo em que estávamos deitados. As vozes se aproximaram, cada vez mais altas; então passaram por nós, a não mais que 30 m de distância. Imagino que poderíamos ter ouvido com clareza o que diziam, mas eu estava apavorado e atento demais à tarefa de adivinhar que direção seguiam para prestar atenção ao sentido da conversa. Várias vezes, muito longe, ouvimos buzinas de automóveis, séries de toques curtos e longos fazendo algum tipo de sinal.

Depois de muito tempo, sentimos frio, a umidade e a frieza subindo do chão embaixo de nós, e entendi que o sol estava baixo, que o tempo tinha passado e não seríamos encontrados, pelo menos não aqui, onde deitamos.

Eu nos forcei, sem que Becky me questionasse, a ficar ali até a escuridão total e, durante as últimas longas horas, ficamos tremendo, gelados até os ossos, e precisei cerrar os dentes até que minhas mandíbulas doessem para impedir que batessem.

Enfim levantamos — rígidos, quase incapazes de firmar os pés — e vi que a escuridão trouxera vantagens. Agora, ninguém poderia nos ver — estava muito escuro — a mais ou menos 10 m de distância, e massas soltas de neblina, um grande auxílio, pairavam baixo no céu e junto ao chão. Mas havia aquela lua crescente no alto, e eu sabia que, muito antes de percorrer 3 km, em alguns trechos, ficaríamos claramente visíveis. E eu entendera fazia tempo que, no período que passamos imóveis em silêncio naquele campo, a busca fora organizada, o grupo de caça formado; com cada homem, mulher e criança fisicamente capaz em Santa Mira. E só havia um caminho a seguir, a direção que agora íamos seguir: rumo à rodovia 101. E eles sabiam disso, todos eles, assim como nós.

Não ia ter como escapar; isso era evidente, e eu entendia. Só podíamos aproveitar até a menor chance que conseguíssemos, não desistir, não nos render, lutando até o último instante que nos restasse.

Cada um de nós usava um dos meus sapatos; Becky não conseguia manter os dois calçados, pois eram grandes demais. Mas, com um lenço amarrado no calcanhar, conseguia arrastá-lo pelo capim ou entre os arbustos, erguendo-o com cuidado. Nos apoiando mais nos pés calçados, andamos pela escuridão no maior silêncio possível, com Becky segurando meu braço, enquanto eu nos guiava pela forma da crista das colinas, pequenos marcos ocasionais e um cálculo estimado da nossa localização.

Uma hora se passou e cobrimos mais de 1,5 km sem encontrar nem ouvir ninguém. Um delírio de esperança começou a crescer em mim, e visualizei na cabeça, como um mapa, o que estava à nossa frente. E — não pude evitar — comecei a ver uma imagem nossa alcançando a estrada e a atravessando, parando o tráfego de repente, os freios guinchando, juntando filas de vinte ou cem carros, de um para-choque a outro, cheios de pessoas de verdade, vivas.

Seguimos em frente, fizemos mais 800 m em meia hora. Depois descemos a encosta suave da última colina em direção à larga faixa de terra cultivada, paralela à rodovia, ao longo do vale pequeno e raso por onde corria a estrada. Uma dúzia de passos a mais e, agora, como fazia de modo intermitente havia uma hora, a lua abriu uma fenda nas camadas baixas da neblina em movimento. No vale aos nossos pés, pudemos ver as cercas e campos cultivados e, um pouco à esquerda, a casa da fazenda de Art Gessner, escura e apagada, e suas terras, nitidamente separadas pelos tons esmaecidos dos sulcos de irrigação. No limite mais distante dos campos lavrados mais abaixo, crescia trigo, eu sabia, margeando a estrada numa faixa de vários hectares de largura. Num campo mais próximo, pude ver algo que nunca vira crescer lá. Paralelas aos sulcos de irrigação, havia fileiras e mais fileiras de... repolhos, talvez, ou abóboras, embora nada do tipo fosse cultivado nesta região. Formas razoavelmente redondas, bolhas circulares e escuras ao luar fraco, crescendo em filas longas e uniformemente espaçadas. Então compreendi o que eram, e Becky, ao meu lado, suspirou de repente. Ali estavam as novas vagens, grandes como cestos carregados de frutas, e ainda crescendo; centenas delas, sob a luz opaca e uniforme da lua.

A visão me assustou, me aterrorizou, e detestei seguir em frente, caminhar até lá e através delas, detestei a ideia de até mesmo esbarrar numa delas. Mas precisávamos fazer isso, e sentamos, esperando até a neblina encobrir mais uma vez o luar.

O que aconteceu logo; a luz escureceu e diminuiu, mas não o bastante. Eu queria atravessar o campo aberto na maior escuridão que aquela noite pudesse proporcionar, e ficamos sentados na colina escura, aguardando.

Eu estava muito, muito cansado, e encurvei os ombros, olhando desanimado para o chão, esperando até escurecer por completo. O campo abaixo, onde estavam as vagens, era estreito; talvez uns 30 m de largura, no máximo. Logo depois começava a faixa de trigo, com hectares de largura, protegendo as vagens da vista da estrada além do trigal.

Percebi, de repente, o que aconteceria; agora eu entendia por que tínhamos chegado tão longe sem encontrar ninguém. Não fazia sentido espalhar as forças pelos quilômetros quadrados de território que atravessamos, tentando nos encontrar na escuridão. Em vez disso, eles simplesmente nos esperavam; centenas de figuras silenciosas, juntas numa linha sólida escondida no trigal entre nós e a estrada que precisávamos chegar, até que finalmente nos dirigíssemos a seus braços e mãos ansiosos.

Mas eu disse a mim mesmo: sempre existe uma chance. Homens já escaparam das prisões mais bem vigiadas que outros homens foram capazes de projetar. Prisioneiros de guerra andaram centenas de quilômetros entre milhões de pessoas, cada uma delas sua inimiga. Pura sorte, uma brecha momentânea na hora certa, um erro de identificação cometido nas sombras — até o momento em que você é pego, a chance nunca deixa de existir.

E percebi que não nos atrevíamos a aproveitar nem essa mínima chance. Uma espiral de névoa se afastou da face da lua, e novamente vi as vagens, fileiras e fileiras delas, perversas e imóveis a nossos pés. Se fôssemos pegos, o que aconteceria com as vagens? Não tínhamos o direito de desperdiçar a oportunidade! Estávamos aqui — com as vagens — e, ainda que fosse uma atitude desesperada, mesmo que fizesse da captura uma certeza, tínhamos que usar nossas forças contra aquelas coisas. Se ainda havia alguma possibilidade de sorte, era assim que deveríamos usá-la.

Um minuto se passou antes que a primeira borda da próxima grande onda de névoa arranhasse a face da lua. Cobriu-a lentamente, fazendo a luz diminuir e, mais uma vez, a escuridão foi total, e nós levantamos e descemos a colina em silêncio até o campo monstruoso lá embaixo. A construção mais próxima era o celeiro, e corremos até lá, roçando às vezes a superfície seca e quebradiça das grandes vagens, passando por cima das placas soltas nos sulcos do sistema de irrigação entre as fileiras.

Encontrei a gasolina do trator assim que passei a porta aberta, seis grandes tambores de metal enfileirados no chão de terra batida ao longo da parede, e o entusiasmo cresceu em mim, e a força pulsou com o sangue em minhas veias. Era inútil, claro; havia centenas de vagens. Mas a chance de resistir deveria ser aproveitada. Deixei dois comprimidos de benzedrina na mão de Becky, peguei outro par e os engolimos a seco. Então Becky me ajudou a deitar o primeiro tambor de lado. Levamos dez minutos, vagando pelo celeiro, acendendo um fósforo após o outro, até encontrar a chave inglesa enferrujada apoiada numa viga baixa. Depois balançamos o grande tambor de metal, fazendo-o rolar, e o empurramos porta afora até os sulcos de irrigação mais próximos. Com o tambor posicionado, e o tampão de metal em forma de hexágono sobre a borda do sulco, virei o fecho com a chave, depois o afrouxei com a mão, e a gasolina jorrou por entre meus dedos. O tampão se soltou e, num gorgolejo constante e ritmado, a gasolina se derramou no sulco e começou a fluir vagarosamente pela vala revestida de placas. Prendi o tambor no lugar com um torrão de terra e o deixei lá.

Em pouco tempo, seis tambores de gasolina agrícola de baixa volatilidade estavam lado a lado à beira dos sulcos de irrigação, e o primeiro já estava vazio. Dez minutos se passaram; ficamos sentados, em silêncio. Então o fluxo do último dos tambores acabou, a não ser por um lento gotejar, e eu me ajoelhei ao seu lado, com o cheiro forte de gasolina ardendo os olhos. Acendi um fósforo e o deixei cair no líquido de fluxo lento, e ele prontamente se apagou. Acendi outro e dessa vez o abaixei devagar, até que a parte inferior da chama tocasse a superfície lustrosa; pude ver meu rosto refletido no líquido. A chama pegou um pequeno lampejo de azul que se transformou num círculo, primeiro como uma moeda de cinquenta centavos, depois ganhando a forma e o diâmetro de um pires. E se inflamou, soprando fumaça, fazendo-me jogar a cabeça para trás, e as chamas — lanças vermelhas misturando-se às azuis — desceram pela superfície do sulco, alargando-se até as margens, e num instante começaram a correr.

O calor aumentou e se multiplicou, as chamas começaram a ressoar — um crepitar líquido — e se avermelhavam e subiram de repente, e a fumaça negra começou a ondular. Agora de pé, seguimos a linha de fogo com o olhar, e a vimos crescer em altura, correndo campo abaixo em linhas paralelas, ocupando os sulcos de irrigação com um rugido baixo, e, de repente, as silhuetas negras das vagens ficaram nítidas contra as chamas vermelhas e fumarentas. A primeira vagem explodiu numa tocha redonda de fogo pálido, quase incandescente, e fumaça branca; depois a segunda, aí a quarta e a quinta juntas, depois a terceira. E agora os estouros baixos de vagens irrompendo em chamas vinham firmes como os segundos num relógio, um após o outro nas fileiras, ardendo numa incandescência crescente, e o som repentino de centenas de vozes se aproximando de nós pelo trigal invadiu nossos ouvidos como ondas.

Por cerca de um minuto achei que tivéssemos vencido, e depois, claro, a gasolina — apenas seis tambores fluindo por aquele grande campo — se esgotou. Um após o outro, os tons vermelhos e velozes das chamas diminuíram e cessaram, definhando em todos os locais onde as últimas gotas de gasolina haviam se infiltrado no solo. As fileiras de tochas ainda ardiam, mas o fogo estava mais vermelho, a fumaça branca aumentando, e não se acendiam novas chamas. As línguas de fogo — que já haviam sido mais altas que um homem — de repente chegavam só à cintura, decrescendo rapidamente, e as linhas vermelhas, antes sólidas e brilhantes, estavam rompidas. Quase ao mesmo tempo, as chamas, cobrindo talvez uns 2000 m² de campo, reduziram-se a luzes cintilantes de poucos centímetros — e as centenas de figuras em movimento nos alcançaram.

Mal nos tocaram; não havia nelas nenhuma raiva, nenhuma emoção. Stan Morley, o joalheiro, simplesmente pôs a mão no meu braço, e Ben Ketchel ficou ao lado de Becky, para o caso de ela tentar fugir, enquanto os outros, reunidos à nossa volta, nos olhavam sem curiosidade.

Em meio a uma multidão errante de centenas de pessoas, nós dois começamos a subir devagar a colina que havíamos descido. Ninguém nos segurou, houve muito pouca conversa e nenhuma exaltação; simplesmente nos arrastamos, todos nós, colina acima. Com um braço ao redor da cintura de Becky, a outra mão em seu cotovelo, eu a ajudei o máximo que pude, com os olhos voltados para o chão, sem pensar em nada, sem sentir nada, a não ser o quanto eu estava cansado.

E então... o murmúrio vasto e baixo de centenas de vozes ao nosso redor soou novamente, e levantei a cabeça. Ao mesmo tempo que olhei, o murmúrio cessou de repente e vi que todos pararam; ficaram imóveis, de frente para o pequeno vale de onde havíamos subido, os rostos erguidos ao luar, fitando o céu.

Segui seu olhar e, à luz tênue e clara da lua, percebi o que tinham visto. O céu acima de nós estava salpicado de pontos. Mais que pontos; um enxame imenso e espantoso de formas escuras e circulares flutuava, subindo lenta e firmemente. Um último vestígio de neblina deixou a face da lua, o céu se iluminou e observei as grandes vagens continuando sua trajetória para cima, deixando o campo de onde tinham vindo quase vazio. Então, as últimas vagens restantes no chão se mexeram, inclinando-se para um lado para quebrar os caules frágeis que as prendiam. Elas também se elevaram, e observamos o grande enxame, diminuindo pouco a pouco de tamanho, sem tocar ou bater umas nas outras, subir cada vez mais alto no céu e nos espaços além dele.

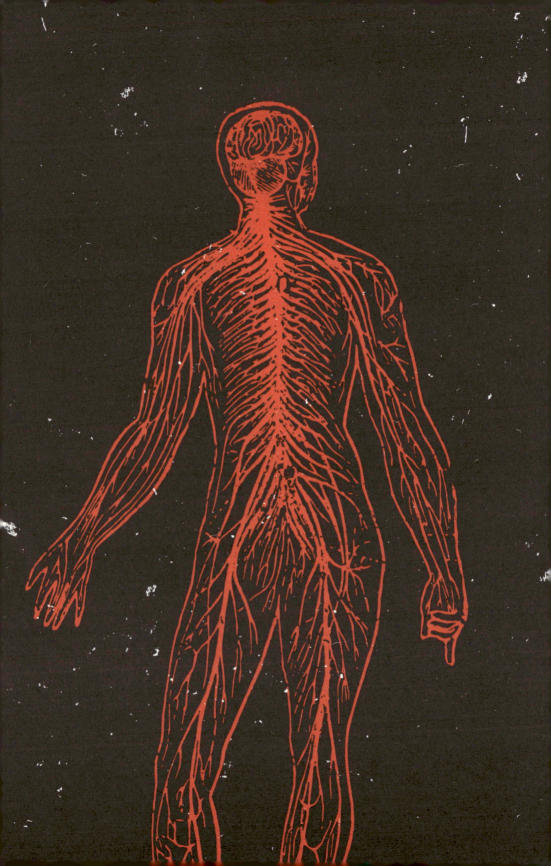

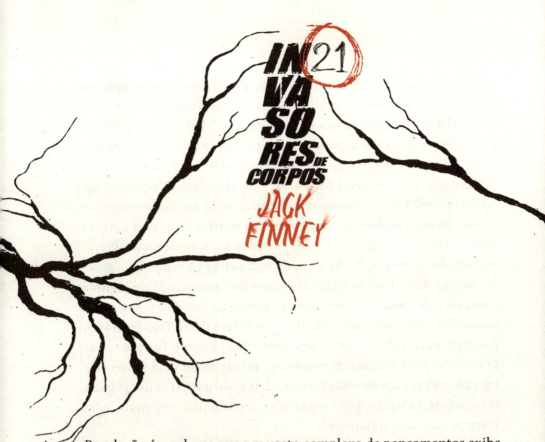

21
INVASORES DE CORPOS
JACK FINNEY

Revelação é a palavra que um vasto complexo de pensamentos exibe à sua mente num instante com o enorme impacto da verdade. Parado ali com Becky, boquiaberto, com a cabeça inclinada para trás, contemplando aquela visão inacreditável no céu noturno, eu soube de mil coisas que poderia explicar em minutos e de outras que não poderia explicar jamais.

De forma simples, as grandes vagens estavam abandonando um planeta feroz e inóspito. Compreendi isso de forma instantânea, e uma onda de júbilo terrível tomou meu corpo, tão violenta que me fez tremer; pois Becky e eu tínhamos um papel no que acontecia agora. Não éramos, nem poderíamos ter sido — agora percebia — as únicas almas que por acaso se depararam com o que estava acontecendo em Santa Mira. Havia outras, claro, indivíduos e pequenos grupos que fizeram o mesmo que nós: resistiram, lutaram e se recusaram a desistir. Alguns podem ter vencido, muitos acabaram derrotados, mas todos nós, que não fomos capturados e presos sem chance de revidar, lutamos de maneira implacável, e um fragmento de um discurso dos tempos da guerra passou por minha mente: "Lutaremos nos campos e nas ruas, lutaremos nas colinas; nunca nos renderemos". Foi verdade para um povo, sempre foi verdade para toda a raça humana, e eu entendia que nada, em todo o vasto universo, poderia jamais nos derrotar.

Será que essa incrível forma de vida alienígena "pensava" ou "sabia" disso? Provavelmente não, pensei, nem qualquer coisa que nossas mentes pudessem conceber. Mas sentira isso; com certeza percebera que este planeta, esta pequena raça, nunca a acolheria nem se entregaria. E Becky e eu, ao recusarmos a rendição, lutando em vez disso contra a invasão até o fim, desistindo de alguma esperança de fuga para destruir ao menos alguns deles, havíamos fornecido a demonstração final e conclusiva desse fato imutável. E agora, para sobreviver — seu único propósito e função —, as grandes vagens flutuavam e subiam, elevando-se pela névoa fraca, rumo ao espaço de onde vieram, deixando para trás um planeta ferozmente inóspito, para vagar sem destino uma vez mais, para sempre, ou... não importava.

Não sei quanto tempo ficamos olhando o céu. Logo os pequenos pontos se tornaram partículas e, pouco depois, piscando os olhos com dificuldade, olhei de novo, e haviam sumido.

Por um tempo apenas abracei Becky, apertando-a com tanta força que percebi que poderia machucá-la. Depois notei um novo murmúrio — mais baixo agora, e mais brando — das vozes ao redor. Quando olhamos, eles estavam andando, passando por nós e indo além, subindo a colina de volta à cidade condenada de onde vieram. Eles se afastaram, com os rostos impassíveis e indiferentes, alguns olhando para nós ao passar, a maioria nem mesmo interessada. Então, Becky e eu descemos a colina, passando entre eles, os dois sujos, com roupas manchadas e amassadas, mancando, nos arrastando pela grama e pelo capim, um pé calçado, o outro não, numa vitória desajeitada e trôpega. Em silêncio, passamos pela última das figuras ao nosso redor e logo caminhávamos pelos campos vazios e estéreis, em direção à estrada e ao resto de nossa espécie.

Naquela noite, ficamos com os Belicec. Nós os encontramos em sua casa, onde haviam sido mantidos, resistindo ao sono até o fim — agora soltos e livres. Theodora dormia numa poltrona; Jack olhava pela grande janela da frente, esperando por nós. Na verdade, não havia muito a ser dito, mas falamos mesmo assim, sorrindo com alegria cansada. Dentro de vinte minutos, estaríamos dormindo um sono exausto.

Nem chegou aos jornais essa notícia específica. Atravesse a ponte Golden Gate até o condado de Marin hoje, vá até Santa Mira, na Califórnia, e você verá simplesmente uma cidade mais degradada e dilapidada do que a maior parte das outras, mas... não vai se surpreender. As pessoas, algumas delas, podem parecer apáticas e pouco comunicativas, e é possível que a cidade demonstre um ar hostil. Você verá mais casas vazias e à venda do que se pode contar; a taxa de mortalidade aqui é muito superior à média do condado e, às vezes, é difícil saber o que escrever num atestado de óbito. Perto de certas fazendas a oeste da cidade, grupos de árvores, trechos de vegetação e alguns animais de fazenda às vezes morrem sem causa aparente.

Mas, levando tudo em consideração, não há muito o que ver, ou falar a respeito disso, em Santa Mira. Rapidamente, as casas vazias estão sendo ocupadas — o condado e o estado são muito populosos — e há outros moradores chegando, a maioria jovens e com filhos, à cidade. Becky e eu temos novos vizinhos, um jovem casal de Nevada, e outros — ainda não sabemos o nome deles — do outro lado da rua, na velha casa dos Greeson. Dentro de um ano, talvez dois ou três, não haverá diferença visível entre Santa Mira e qualquer outra cidadezinha. Em cinco anos, talvez menos, não haverá diferença nenhuma. E o que um dia aconteceu aqui terá desaparecido na incredulidade.

Mesmo agora — tão cedo — há momentos, e são cada vez mais frequentes, em que não tenho mais certeza daquilo que vimos, nem do que de fato aconteceu aqui. Creio que é perfeitamente possível que não tenhamos visto, ou interpretado direito, tudo que aconteceu ou que consideramos ter acontecido. Não sei, não sei dizer; a mente humana exagera e engana a si mesma. E não dou muita importância a isso; estamos juntos, Becky e eu, para o que der e vier.

Mas... às vezes, tempestades de pequenas rãs, peixes minúsculos e chuvas misteriosas de pedras caem do céu. Aqui e ali, sem nenhuma explicação, homens queimam até a morte dentro das próprias roupas. E, de vez em quando, as sequências metódicas e imutáveis do próprio tempo são inexplicavelmente modificadas e alteradas. Você lê essas historinhas estranhas e esquisitas, escritas com bom humor e ironia, na maior parte do tempo, ou escuta rumores vagos e distorcidos a respeito delas. E de uma coisa eu sei: algumas delas — algumas — são verdadeiras mesmo.

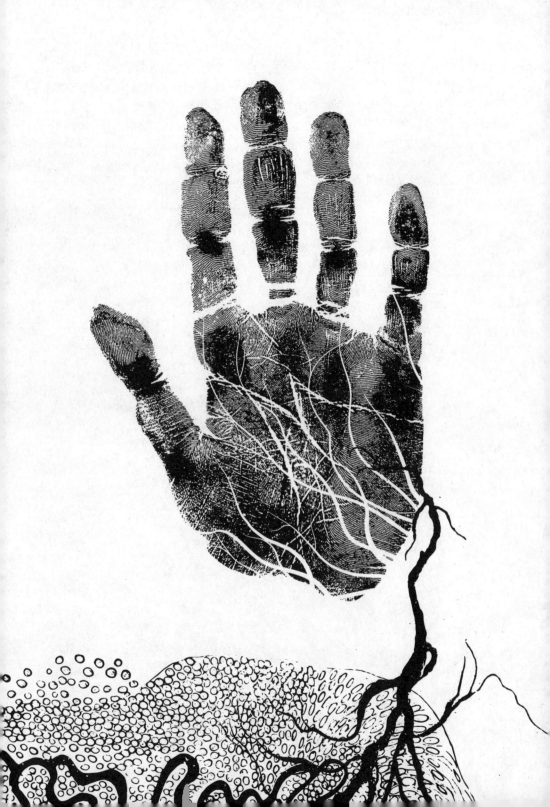

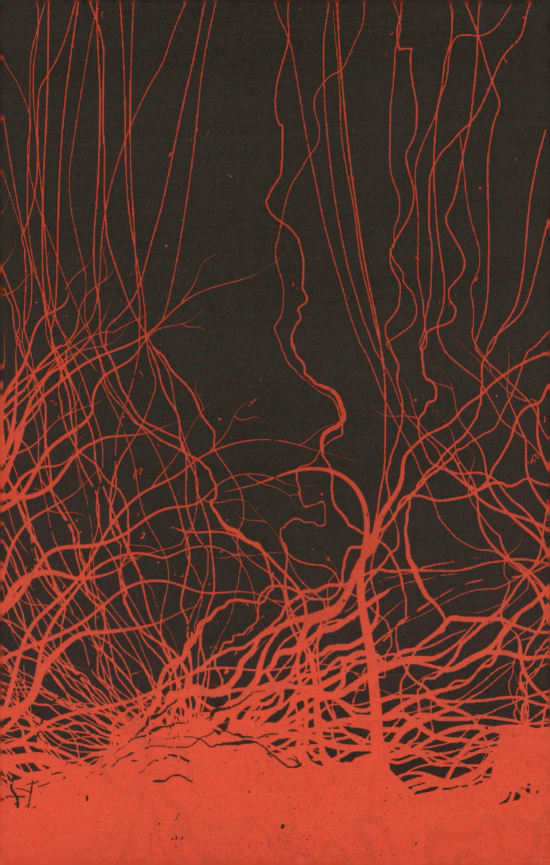

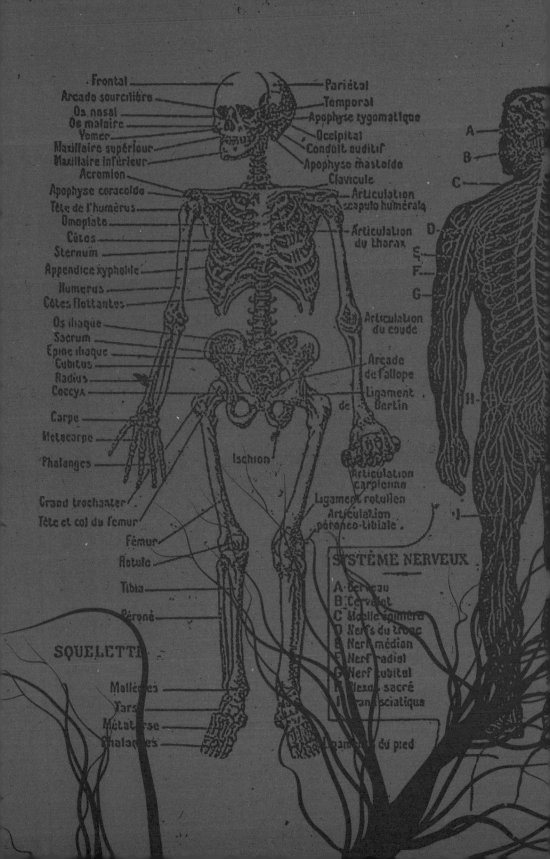

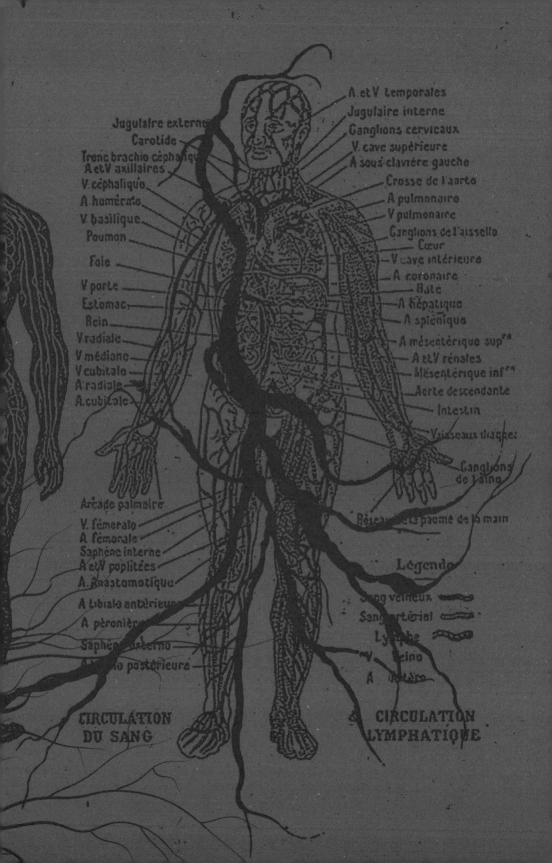

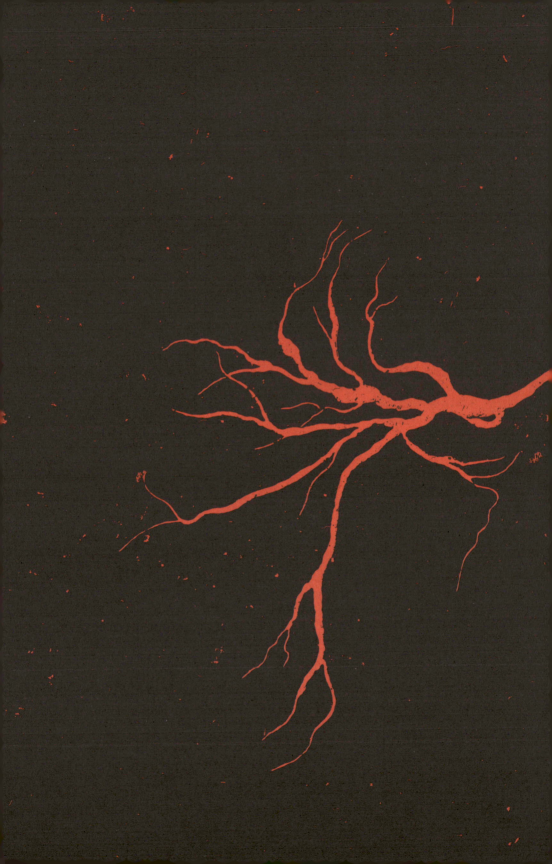

JACK FINNEY

JACK FINNEY nasceu em Milwaukee, Wisconsin, em 1911. Enquanto ainda estava trabalhando com publicidade, Jack Finney já fez suas primeiras experiências com literatura de ficção. Em 1946, uma de suas histórias, "The Widow's Walk", ganhou um concurso de uma revista de suspense. Oito anos depois, já com mais tempo dedicado à literatura, ele publicou seu primeiro livro, *5 Against the House*, que foi adaptado para o cinema em 1955 com o nome *No Mau Caminho*. Apesar do sucesso inicial, seu segundo livro, publicado em 1955, conseguiu superar a aclamação do primeiro: *Invasores de Corpos* se tornou um clássico da ficção científica que rende adaptações para o cinema até os dias de hoje — Don Siegel adaptou o livro em 1956, Philip Kaufman em 1978, Abel Ferrara em 1993 e Oliver Hirschbiegel em 2007 —, além de ter influenciado uma série de outras produções do gênero. Ao longo de sua carreira, Jack Finney publicou dez livros, cinco coletâneas, inúmeros contos e duas peças. Entre seus trabalhos mais famosos estão *Assault on a Queen* (1959), *Time and Again* (1970), *From Time to Time* (1995) e, claro, *Invasores de Corpos* (1955). Ele faleceu com problemas pulmonares em 1995.

pode ser que
mais forte
humana,
que o sexo
seja a
a neces
absoluta

o instinto da vida mais forte ou a fome, curiosidade: sidade de saber.

jack finney

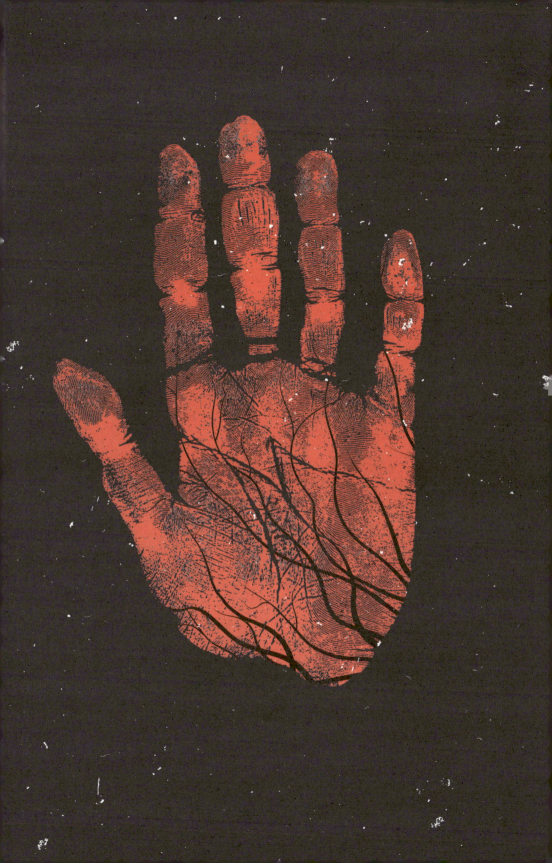